# Verstoten

Chris Ryan bij Boekerij:

*Hebzucht*
*Codenaam: verkenner*
*De achtste man*
*Doelwit*
*Executie*
*Krachtstrijd*
*Het laatste wapen*
*Tegenaanval*
*Vuurgevecht*
*Bloedbroeders*
*Killzone*
*Complot*
*Osama*
*Schietschijf*
*Missie 1*
*Missie 2*
*Missie 3*
*Missie 4*
*De krijgsheren*
*Terroristenjager*
*Spervuur*
*Moordcommando*
*Dodenlijst*
*Vijandig gebied*
*Machtsspel*
*Geen genade*
*Global strike*
*Klopjacht*
*Code zwart*
*Rood gevaar*
*Verstoten*

Chris Ryan

# Verstoten

Vertaald door Ralph van der Aa

BOEKERIJ

De vertaler bedankt L.H.K.L. Wolf voor zijn hulp.

ISBN 978-90-225-9914-3
ISBN 978-94-023-2129-6 (e-book)
NUR 330

Oorspronkelijke titel: *Outcast*
Vertaling: Ralph van der Aa
Omslagontwerp: DPS Design & Prepress Studio
Omslagbeeld © Shutterstock
Auteursfoto: Mick Kavanagh Photography
Zetwerk: Mat-Zet bv, Huizen

# 1

*Santiago, Chili*

Officier Jamie Carter stond aan de rand van het oefenterrein. De stevige middagbries woei door zijn donkere haar, en hij zou er heel wat voor overhebben om ergens anders te zijn.

Een eindje verderop kwamen de laatste soldaten uit de vrachtwagens die hen vanaf de hoofdcompound, twee kilometer verderop, hiernaartoe hadden gebracht. Er waren in totaal twintig jongens. Rekruten van de Poema's, de nieuwste brigade van de Chileense Special Forces.

Carter moest zichzelf eraan herinneren dat deze jongens het neusje van de zalm waren. De beste soldaten van het land. Ook al gedroegen sommigen zich helemaal niet zo.

Carter had zich de afgelopen maand elke dag even na zonsopgang bij het kamp gemeld om toezicht te houden op een trainingsprogramma voor de rekruten. Onder zijn leiding hadden de jongens uren op het oefenterrein en in leslokalen doorgebracht, waar ze schietoefeningen hadden gedaan, parcoursen hadden afgelegd, navigatie- en observatietechnieken hadden bestudeerd en daar tussendoor loodzware conditietrainingen hadden gedaan.

Nu stonden ze op het punt met een nieuwe oefening te beginnen.

Ze hadden zich verzameld aan de rand van een terrein dat ongeveer zo groot was als een voetbalveld. Honderd meter ver weg, in het midden van het veld, waren met zand gevulde autobanden twee meter hoog opgestapeld zodat ze een doolhof vormden, waarvan de verschillende ingangen waren te herkennen aan deuren die aan houten omlijstingen hingen.

Het bandendoolhof maakte deel uit van een groter militair oefenterrein. Erachter bevonden zich schietbanen, speciale zones voor het oefenen met granaten en mortieren, velden waar lichamelijke oefeningen werden gedaan en waar loopgraven werden aangelegd. Alles wat de soldaten moesten weten om tot een capabele SF-eenheid gevormd te worden.

Het kamp bevond zich in een dorre vallei en werd omgeven door een allegaartje van kreupelhout, struikgewas, kale heuvels en geïrrigeerde akkers. De pieken van de bergen in de verte waren gehuld in wolkenslierten. Het dichtstbijzijnde plaatsje was acht kilometer ver weg, en ze bevonden zich vijftig kilometer ten noorden van Santiago.

*Een godvergeten gat.*

Carter was een paar weken eerder gearriveerd, voor een stationering van twee jaar. Een herhalingstraining, hadden ze het bij het Regiment genoemd. Training in het buitenland van bevriende SF-eenheden.

Carter had er een ander woord voor: de hel. Stationeer een Blade ergens een paar jaar op het platteland om toezicht te houden op de opleiding van een stelletje ondermaatse rekruten. Train een groep soldaten een half jaar tot ze het vereiste niveau hebben bereikt, zwaai ze uit en ga verder met de volgende groep.

En begin weer van voren af aan.

Niemand hield van herhalingstrainingen. Dat was een feit. Het was eenzaam en geestdodend werk, en de wetenschap dat de meeste rekruten er met de pet naar zouden gooien zodra jij je hielen had gelicht maakte het lastig om gemotiveerd te blijven. Maar Carter wist dat het voor de Britse regering heel lucratief was. Landen waren bereid een klein vermogen neer te leggen voor het voorrecht hun soldaten te laten opleiden door iemand van het Regiment. Nog belangrijker was dat de opleidingen officieel werden goedgekeurd door Whitehall: het aanzien van de SAS was een nuttig hulpmiddel om in de gunst te komen bij ordinaire dictators en buitenlandse regeringsleiders.

Het leek niemand een reet te kunnen schelen dat de kerels die je opleidde op een dag misschien wel tegenover je zouden staan op het slagveld.

Een paar jaar geleden had een of andere slimmerik de regels veranderd, zodat het geld dat met deze contracten werd verdiend niet meer naar de schatkist vloeide maar rechtstreeks naar Hereford. Nu bestond zo ongeveer de helft van het werk dat door de jongens werd gedaan uit trainingsprogramma's voor buitenlandse legers.

Maar het bleef een rotklus.

Carter wist dat hij puur om politieke redenen in Chili was. De Britse regering huurde een basis in het zuiden van het land, die van cruciaal belang was voor luchtoperaties rondom de Falklandeilanden, mocht het daar ooit weer misgaan. In ruil daarvoor had Whitehall ermee ingestemd dat SAS'ers zouden helpen bij het opleiden van een nieuwe geheime SF-eenheid, waarvan de rekruten afkomstig waren uit de Chileense strijdkrachten.

Carter herinnerde zichzelf eraan dat hem nog drieëntwintig ellendige maanden te wachten stonden.

*En dat allemaal omdat ik de verkeerde mensen pissig heb gemaakt.*

Carter verdrong zijn boosheid en liep met grote passen naar de soldaten. Ze waren gekleed in hun standaard camouflage-uniform – niemand droeg tegenwoordig nog een zwarte uitrusting bij het binnenvallen van huizen, zelfs de jongens in Hereford niet. Vijftien Poema's droegen een M4 over hun schouder, de andere een Franse PGM, een scherpschuttersgeweer met .338 patronen. Ze hadden allemaal een semiautomatisch Beretta Px4 Storm-pistool in een beenholster als handwapen. Ook had elke rekruut een ballistische helm, een tactisch vest met voor en achter kogelwerende platen, en knie- en elleboogpads. In de zakken aan de voorkant van hun vest zaten L2-granaten, flashbangs, extra magazijnen, een zender, een keelmicrofoon en een koptelefoon.

Carter droeg hetzelfde uniform als de anderen, zij het één rang hoger. Het Regiment wilde graag dat de instructeurs die het stuurde zo min mogelijk opvielen, hoofdzakelijk uit veiligheidsoverwegingen. De trainers konden zich beter zo veel mogelijk vermengen met de reguliere soldaten, vooral als Whitehall de relatie met de plaatselijke regering niet aan de grote klok wilde hangen. Carters stemming werd er alleen maar slechter van doordat hij elke dag een buitenlands uniform aan moest doen.

Hiervoor ben ik niet bij het Regiment gegaan, dacht hij. Om een uniform van een tweederangs leger aan te trekken en een stelletje amateurs te trainen. Ik heb hier niets te zoeken.

Carter had niets tegen de jongens persoonlijk. Ze waren niet anders dan de soldaten die hij in een heleboel andere landen had opgeleid gedurende de negen jaar dat hij bij het Regiment zat. Hij wist echter hoe het bij deze eenheden werkte. Vaak waren de trainingsprogramma's pure tijdverspilling. Of een rekruut wel of niet slaagde had weinig te maken met zijn capaciteiten als soldaat en een heleboel met politiek.

In theorie was Carter hier om een zeer gedisciplineerde elite-eenheid te vormen. Maar in werkelijkheid was hij eerder een officier die de veiligheid op het oefenterrein moest waarborgen.

Het was zoiets als een coach die het WK had gewonnen een kroegelftal laten trainen.

'Oké jongens,' begon hij. 'Dit is de situatie.'

De soldaten luisterden aandachtig terwijl hij hen op de hoogte stelde van de achtergrond van de missie. Het plaatje voor ze schetste. Carter sprak duidelijk en langzaam. Hoewel deze jongens redelijk vloeiend Engels spraken, hadden sommige moeite met zijn Noord-Engelse accent.

'Terroristen hebben de Japanse ambassade in Santiago bezet,' zei hij terwijl hij met een hand in de richting van het bandendoolhof zwaaide. 'Alle pogingen om tot een vreedzame oplossing te komen zijn op niets uitgelopen. Een uur geleden hebben de gijzelnemers een van de gijzelaars doodgeschoten. Ze dreigen nu elk uur een burger om het leven te brengen als niet al hun eisen worden ingewilligd. De president is op de hoogte gesteld en heeft zijn goedkeuring gegeven om de situatie met geweld op te lossen. Hier komen jullie in beeld.'

Hij pauzeerde even en keek hen een voor een aan. Carter had de rekruten al een paar weken kunnen inschatten en had al snel doorgehad wie de klus aankonden. Dat waren er maar een paar. Toegewijde professionals. Jongens die echt hun best deden en zichzelf serieus namen ondanks de belabberde soldij en het politieke gekonkel. Jongens die van hun fouten wilden leren.

De meeste anderen wilden wel maar konden niet. Eerlijke soldaten, maar niet mans genoeg om elitesoldaten te worden. Carter had geen problemen met hen, zolang ze hun aandeel leverden, deden wat hun werd opgedragen en niet de kantjes eraf liepen.

Maar een paar jongens hadden niets in de buurt van een SF-eenheid te zoeken.

Meteen al bij zijn aankomst was Carter verbijsterd geweest door de slechte prestaties van sommige rekruten op het oefenterrein. Hij had soldaten gezien die in paniek raakten wanneer ze een granaat moesten gebruiken, hem per ongeluk voor hun voeten lieten vallen in plaats van hem naar hun doelwit te gooien. Een paar rekruten hadden hun flankdekking verwaarloosd of waren te ver voor hun collega's uit gerend tijdens schiet- en verplaatsingsoefeningen. Instructies over navigatie en kaartlezen waren aan dovemansoren gericht geweest. Sommigen waren heel laks met hun wapens omgegaan.

Bij het Regiment haalde je de rotte appels er al snel tijdens het selectieproces uit. Rekruten die je tijd verspilden hielden het niet lang vol.

Hier zat er voor Carter niets anders op dan om knarsetandend met ze door te gaan.

'Scherpschutters,' zei hij, 'hebben de ambassade de afgelopen vierentwintig uur geobserveerd. We weten dat er binnen zestien ambassademedewerkers en burgers worden gegijzeld en dat er acht terroristen zijn. Die moeten nu worden uitgeschakeld, om verder bloedvergieten te voorkomen.'

Hij keek in de richting van de commandant van de eenheid. Kapitein Carlos Medel was een toegewijde, oprechte kerel van begin dertig, groot en slank, met een kin die zo ver uitstak dat je je jas eraan kon ophangen. Hij was een heel behoorlijke soldaat die als een van de weinigen zijn rang op eigen kracht leek te hebben verdiend. Hij was diplomatiek en moest niets hebben van opschepperij en gebabbel over koetjes en kalfjes. Hij was ook een van de weinige vrienden die Carter in Chili had gemaakt. Ze gingen regelmatig een paar biertjes drinken in een kroeg in Santiago.

'Kapitein, ik wil dat u een inval op verschillende plekken voorbereidt,' zei Carter. 'U hebt dertig minuten de tijd. Dan wil ik dat u een aanval op de ambassade uitvoert. Begrepen?'

'Geen probleem,' zei Medel.

'Ik zou de belangrijkste aanvalsgroep moeten leiden, kapitein,' bracht een van de soldaten naar voren.

Carter verplaatste zijn blik naar de rekruut die dat had gezegd. Fabian Vargas. Een van de rotte appels. Een joch van begin twintig met een papperig gezicht. Na één blik op hem te hebben geworpen had Carter zich afgevraagd hoe het hem in vredesnaam was gelukt geselecteerd te worden voor de Special Forces. Toen hij dat aan Medel had gevraagd, had die zijn hoofd geschud en iets gemompeld over de vader van de knul, een generaal die onlangs tot stafchef van de president was benoemd. Carter had Vargas meteen al niet gemogen, en sindsdien had hij niets gezien waardoor hij van mening was veranderd.

Een dag eerder hadden ze een situatie met een gewonde maat geoefend. Een makkelijke oefening. Een paar jongens renden naar een soldaat die deed of hij gewond was, tilden hem op en droegen hem naar een veilige plek terwijl hun collega's dekkingsvuur gaven. Vargas had het klaargespeeld om zelfs die opdracht te verpesten, door de gewonde jongen te laten vallen terwijl ze zich uit de voeten maakten. De man was een regelrechte ramp.

'Geef mij de leiding, kapitein,' herhaalde Vargas. 'Ik zal die teringlijers in de pan hakken en de *gringo's* laten zien hoe wij het hier aanpakken.'

Carter schoot in de lach. 'Het enige waar jij leiding aan zou moeten geven is de rij bij de veldkeuken, dikke lamzak.'

Een paar rekruten gniffelden besmuikt. Vargas staarde de instructeur met van woede op elkaar geklemde kaken aan. Zijn reactie liet Carter koud. Hij was hier niet om een arm om de schouders van de soldaten te slaan en ze een goed gevoel over zichzelf te geven. Toen drong er iets tot hem door en veranderde zijn gezichtsuitdrukking.

'Waar is je geweer, godverdomme?' vroeg hij op hoge toon.

De soldaten vielen meteen stil, omdat ze aanvoelden dat hun instructeur ontstemd was. Vargas werd rood en wreef in zijn nek.

'Ik vroeg je iets,' grauwde Carter.

'In de vrachtwagen,' antwoordde Vargas. 'Vergeten. Geen ramp.'

'Ik ben "meneer" voor jou.' Carter duwde met een priemende wijsvinger tegen de slappe borst van de Chileen. 'Regel nummer één: je hebt altijd je wapen bij je. Het mag nooit verder dan een armlengte van je verwijderd zijn. Dat is een basisregel.'

'Het was een vergissing... meneer,' antwoordde Vargas defensief.

'Kan me geen reet schelen.' Carter stapte nog dichter naar hem toe, zodat hij bijna tegen de rekruut aan stond. 'Begin deze oefening serieus te nemen. Doe ons anders allemaal een lol en sodemieter op.'

Vargas staarde hem aan, met op elkaar geperste lippen. Hij zei niets.

'Ik verstond je niet,' zei Carter.

'Ja, *meneer*.'

'Godsamme. Ga als de sodemieter je wapen halen.' Carter keek toe hoe Vargas naar de vrachtwagen rende en wendde zich toen tot de anderen. 'Wachten jullie op een uitnodiging of zo? In de benen. De klok tikt.'

Medel draaide zich om en schreeuwde bevelen naar een van zijn ondergeschikten. Victor Ramirez was een gedrongen gozer met stekeltjeshaar, dicht bij elkaar staande ogen en zulke wijde neusvleugels dat het leek of hij een golfbal had opgesnoven. Hij was de explosievenexpert van het team. De jongen die de deuren opblies. Hij was ook een humeurige klootzak. Carter was ongeveer net zo op hem gesteld als op alcoholvrij bier en tofu.

Snel verzamelden de soldaten zich aan de rand van het terrein terwijl hun kapitein in het midden van de halve cirkel op een knie ging zitten. Ze leken wel voetballers die voor een grote wedstrijd een peptalk van de trainer kregen. Carter keek van een afstandje toe hoe Medel een ruwe kaart van het bandendoolhof op de grond improviseerde door met takjes de wanden en met steentjes de ingangen te markeren. Vervolgens deelde hij zijn manschappen in in vijf groepen van drie man en vertelde hij de jongens wie waarheen zou gaan.

Ondanks het feit dat de soldaten het oefenterrein kenden, wisten ze niet welke indeling hun binnen te wachten stond. Om het verrassingselement te vergroten had Carter de ochtend met een paar assistenten op het terrein doorgebracht om een paar vallen op te zetten. Schietkaarten die gemaskerde terroristen en gijzelaars symboliseerden waren op stukken triplex bevestigd en op strategische plekken in de vertrekken geplaatst; sommige waren verborgen achter meubels of bevonden zich op enkele centimeters naast de gijzelaars. Er waren boobytraps bevestigd: rookgranaten die afgingen door struikeldraad dat op enkelhoogte of borsthoogte was gespannen, omdat jongens die een inval uitvoerden vaak gefocust waren op de grond en dreigingen op ooghoogte dan over het hoofd zagen.

Carter nam aan dat dat een intuïtief dingetje was.

Medel ging verder met de briefing.

Carter keek op zijn G-Shock en telde de minuten af.

Terwijl hij toekeek en wachtte, welde de woede weer in hem op. Dezelfde woede die hij een paar maanden eerder in Hereford had gevoeld toen ze hem hadden verteld wat zijn nieuwe klus zou worden.

De hoge piefen hadden hem verraden, daar was hij van overtuigd. Er was geen goede reden geweest om hem voor een trainingsopdracht naar Zuid-Amerika te laten vliegen. Ze hadden Carter met een shitklus opgezadeld om hem te straffen.

Elf maanden eerder was alles anders geweest. Toen was hij de ster van het Regiment. De held van de bestorming van Bamako.

Carter was in Mali gestationeerd om daar de veiligheidstroepen te helpen trainen terwijl de rest van het land naar de verdoemenis ging. Een absurde opdracht, die hij echter zonder morren had geaccepteerd.

Op een ochtend, toen hij vijf maanden in Mali was, werd hij gebeld door iemand van wie hij de stem niet herkende. En die van de minister van Defensie bleek te zijn.

Er had een terroristische aanslag plaatsgevonden. Gewapende mannen van een splintergroepering van Islamitische Staat waren een van de populairste hotels van de stad binnengevallen. Tientallen westerse hulpverleners, zakenmensen en ambassademedewerkers zaten vast. De veiligheidstroepen vonden het lastig om hun reactie te coördineren en de minister wilde dat Carter ging helpen om de inval te helpen organiseren.

Op dat moment was Carter aan het werk op het oefenterrein dat zich kilometers buiten de stad bevond. Hij had snel zijn uitrusting verzameld, die in zijn burgerauto gegooid en was naar het hotel gescheurd. Daar had hij zijn kogelvrije vest aangetrokken, zijn M4 met geluiddemper gepakt en zijn militaire identiteitskaart getoond aan de agenten die de afzetting rond het hotel vormden. Hij had hun gevraagd waar hij de terroristen kon vinden.

Binnen een paar minuten had hij de hotellobby gezuiverd en drie gijzelnemers uitgeschakeld.

Vervolgens had Carter zich gericht op het zuiveren van de bovenverdiepingen van het hotel, waar de overige terroristen zich met de gijzelaars hadden verschanst. Hij was in allerijl de veiligheidstroepen aan het organiseren toen hij een kil telefoontje kreeg van Nigel Brathwaite, de Britse ambassadeur, die hem te verstaan had gegeven dat hij zich moest terugtrekken.

'Dit is jouw taak niet,' had Brathwaite door de telefoon gebruld. 'Je bent hier in een puur adviserende hoedanigheid. Laat het aan de plaatselijke politie en strijdkrachten over. Dat is godverdomme een bevel.'

Carter had hem genegeerd. Daar had hij niet over na hoeven te denken. Er stonden levens op het spel. Hij was in de positie om daar iets aan te doen. Hij ging zich niet terugtrekken.

De aanval op het hotel werd perfect en vlekkeloos gepland. Een snelle, gecoördineerde aanval om de terroristen uit te schakelen zonder de levens van onschuldige burgers in gevaar te brengen. Carter had de veiligheidstroepen stap voor stap door het proces geleid.

Het felle vuurgevecht in het hotel had nog geen vier minuten geduurd. Tegen de tijd dat het voorbij was, waren twaalf terroristen gedood. Daar stond de dood van één beveiliger van het hotel tegenover. Achtenvijftig gijzelaars waren gered, onder wie de Britse zaakgelastigde en verscheidene Amerikaanse staatsburgers.

Carter betwijfelde of veel mensen het zouden hebben overleefd als hij de aanval niet had georganiseerd. Misschien was iedereen wel omgekomen.

Zijn naam en foto werden op bevel van het Regiment buiten de media gehouden, maar iedereen in Hereford wist dat hij de man was geweest die in Mali orde op zaken had gesteld.

Die de vijand in de pan had gehakt. Levens had gered.

In de nasleep van de aanval had de Amerikaanse president een privéontmoeting met Carter om zijn dankbaarheid uit te spreken. Later had er in Washington achter gesloten deuren een ceremonie plaatsgevonden die werd bijgewoond door een paar hoge generaals en Congresleden. Daar had Carter de Medal of Honor gekregen, de hoogste Amerikaanse onderscheiding voor een militair. Die medaille kregen normaal gesproken alleen Amerikanen, maar de president had er persoonlijk op gestaan dat Carter er een uitgereikt zou krijgen.

De SAS-leiding had in de maag gezeten met zo'n hoge onderscheiding voor een van hun mensen en ging slechts schoorvoetend akkoord, onder de voorwaarde dat de bijeenkomst een persoonlijke aangelegenheid zou blijven die volledig uit het nieuws werd gehouden. Carter vond dat prima. Hij was van nature een ingetogen man en zat sowieso niet op publiciteit te wachten. Hij voelde zich het meest op zijn gemak wanneer hij in het gezelschap van zijn beste vrienden in de heuvels rond zijn huis in Credenhill liep.

Een tijdje was hij een levende legende in Hereford.

Toen was het allemaal misgelopen. En niet zo'n beetje ook.

Brathwaite had Carter een uitbrander gegeven omdat die had geweigerd bevelen op te volgen. Al snel na zijn terugkeer in Hereford had Carter zich gerealiseerd dat hij een enorme vergissing had begaan: hij had er een machtige vijand voor het leven bij. De ambassadeur had zijn invloed in Whitehall gebruikt om Carters bestaan bij het Regiment tot een hel te maken. Had een outcast van hem gemaakt. Vandaar die belachelijke klus in Chili. Die was hem als straf opgelegd omdat hij bevelen in de wind had geslagen.

*Nu ben ik de babysitter van een stelletje tweederangs soldaten.*

Eén ding was duidelijk. Hij was na deze stationering klaar bij het Regiment. Daar twijfelde hij totaal niet aan.

Het leek Carter het beste om zich gedeisd te houden en zijn tijd uit te zitten. Dan zou hij teruggaan naar Hereford en de hoge piefen duidelijk maken dat hij het voor gezien hield. Het Circuit was niet meer zo lucratief als tijdens het hoogtepunt van de oorlogen in het Midden-Oosten, toen mensen met de juiste vaardigheden een vermogen konden verdienen, maar Carter zou wel iets vinden. Een voormalige Blade met zijn staat van dienst had ongetwijfeld bewonderaars in de wereld van de particuliere militaire bedrijven. Het loon zou misschien niet denderend zijn en het werk saai, maar hij zou vastigheid hebben.

Het zou beter zijn dan in Hereford blijven en daar behandeld worden als een paria.

Carter keek weer op zijn horloge.

Twee minuten later stapte hij op de soldaten af.

'Oké, de tijd is om.' Hij wees met zijn kin naar Medel. 'Kapitein, wie leidt het voorste aanvalsteam?'

De kapitein wees naar Vargas. 'Fabian.'

Door de schaapachtige blik op het gezicht van de commandant had Carter de indruk dat het een politieke beslissing was. De knul had er ongetwijfeld op gestaan als eerste naar binnen te mogen, en Medel had de strijd niet met hem aan gewild.

Er verscheen een grijns op Vargas' smoel. 'Ik zal die fuckers een lesje leren,' zei hij. 'Ze gaan er allemaal aan, wacht maar.'

'Goed hoor.' Carter onderdrukte zijn woede en gaf Medel een knikje. 'Ik zal achter de eerste groep naar binnen gaan.'

'Komt u met ons mee, meneer?' vroeg Vargas fronsend. 'Waarom?'

'Omdat ik het godverdomme zeg,' grauwde Carter. 'Heb je daar problemen mee?'

'Nee meneer,' antwoordde Vargas ijzig.

'Blijf alert,' zei Carter. 'Denk aan wat jullie tijdens de oefeningen geleerd hebben.'

Hij had er een goede reden voor om bij Vargas en diens maten te blijven. Hij wilde zich ervan vergewissen dat de oefening soepel verliep. En dat betekende dat hij achter de voorste groep naar binnen liep en van vertrek tot vertrek volgde. Het kon er bij nabijheidsoefeningen stevig aan toegaan, met kogels die je om de oren vlogen, maar Carter beschouwde het als een cruciaal onderdeel van het werk. Deze jongens gingen zich in een situatie begeven met echte kogels en echte mensen. Er zouden meerdere teams uit verschillende richtingen het doolhof binnengaan, in een poging de vaart in de aanval te houden en agressief en snel te handelen. Er zou veel kinetische actie plaatsvinden. Mensen die alle kanten op renden. Het kon onoverzichtelijk worden. En dan werden er fouten gemaakt.

Alle aanvalsgroepen moesten de vertrekken in hun sector van terroristen zuiveren zonder gijzelaars neer te schieten of per ongeluk kameraden te raken. In zo'n situatie was het cruciaal dat iedereen wist wat hij deed en dat de aanval goed gecoördineerd werd. Anders bestond het gevaar dat soldaten het vuur op elkaar openden.

Terwijl Vargas op zijn gemakje wegliep om zijn uitrusting te controleren, nam Carter Medel apart.

'Weet je zeker dat je hem de leiding wilt geven?' vroeg hij zacht. 'Hij springt er nou niet bepaald uit.'

Medel haalde zijn schouders op. 'Vargas heeft vrienden. We kunnen beter geen problemen veroorzaken,' antwoordde hij fluisterend.

'Het is jouw beslissing. Laat de jongens zich klaarmaken.'

Opeens gonsde het van de bedrijvigheid terwijl Ramirez zijn bevelen gaf. De scherpschutters pakten hun wapen, verspreidden zich snel over het oefenterrein en namen hun positie in zodat de toegangswegen tot het doolhof onder schot werden gehouden. Vervolgens begaven de vijf aanvalsgroepen van drie man zich naar de hun toegewezen ingang.

Een van de groepen begaf zich naar de andere kant van de structuur. Twee andere renden naar de ingangen aan de linkerkant en een vierde naar de deur aan de rechterkant. Ongeveer op hetzelfde moment vertrok Vargas met de vijfde groep.

Rennend ging Carter over het trainingsterrein achter de hoofdgroep aan. Vargas ging voorop naar de deur aan de zuidkant van de vesting.

De twee andere jongens van het team kwamen vlak achter hem aan.

De tweede in de rij, Ivan Garrido, was een gemeen uitziende soldaat die het meer van zijn spieren dan van zijn hersens moest hebben. Zijn kuiten zagen eruit alsof iemand zandzakken om zijn benen had gebonden en zijn spieren waren zo groot als voetballen. Waarschijnlijk bracht hij te veel tijd door in het fitnesscentrum, waar hij zware gewichten deadliftte en zich volpompte met anabole steroïden. Het derde lid van de groep, Carlos Zamorano, was een slome duikelaar.

Na vijftig meter haalde Carter Vargas op zijn gemak in en arriveerde kort na Garrido en Zamorano bij de ingang. Toen hij omkeek zag hij Vargas twintig meter achter zich. De Chileen had een grimas op zijn gezicht en probeerde zijn maten uit alle macht bij te houden.

'Loop eens een beetje door godverdomme!' riep Carter naar hem.

Vargas rende strompelend verder en bereikte toen de stapel banden aan de rechterkant van de deurpost. Hij was helemaal buiten adem; het zweet gutste van zijn voorhoofd en stroomde in riviertjes over zijn gezicht.

Jezus, dacht Carter. We zijn nog maar net begonnen en die idioot ziet eruit alsof hij elk moment een hartaanval kan krijgen.

Hij richtte zijn aandacht op Garrido terwijl die zich naar de deur haastte. Zamorano maakte een omtrekkende beweging, stak zijn hand in een zak aan de achterkant van het kogelvrije vest van zijn collega en haalde er een lading springstof uit. Die bestond uit een stuk slagsnoer dat ongeveer even dik was als een waslijn, vol explosief materiaal met daaromheen dubbelzijdige tape en met een lang stuk stroomdraad eraan bevestigd.

Garrido trok het bovenste laagje van de tape los en plakte het explosief verticaal op het midden van de deurpost, waarbij hij ervoor zorgde dat het stevig vastzat. Toen haalde hij een klein ontstekingsmechanisme met een hendel en een veiligheidspal uit zijn zak. Garrido pakte het uiteinde van het stroomdraad vast en stak dat in de ontsteker. Hij zette de veiligheidspal om en riep naar de anderen dat ze dekking moesten zoeken. Vargas en Zamorano gingen snel op ruime afstand aan weerszijden van de deur staan.

Ze waren bijna klaar.

Carter had door de jaren heen honderden vergelijkbare oefeningen gedaan. Deze oefening was eenvoudig genoeg. Zodra de andere teams bevestigden dat ze hun positie hadden ingenomen, zou Vargas het commando geven. Dan zou Garrido de ontsteker activeren en een elektrische lading door de draad naar het slagsnoer laten lopen. Door de klap zou de deur worden opgeblazen, zodat Vargas' team naar binnen kon en de mannen zich konden verspreiden. Tegelijkertijd zouden de andere vier groepen hun springstof laten ontploffen en door hun eigen toegangspunt naar binnen stormen.

Eenmaal binnen zouden de aanvallers systematisch de vertrekken doorzoeken en net zo lang terroristen met kogels doorzeven tot de hele structuur was gezuiverd.

Carter was alleen niet van plan het zo makkelijk voor ze te maken.

Hij had een verrassing in petto, om iedereen scherp te houden.

Over zijn zender hoorde hij de andere teams melden dat ze hun ingang hadden bereikt. De soldaten spraken in het Engels om hun Britse instructeur ter wille te zijn. Carter moest kunnen verstaan wat ze zeiden, zodat hij kon beoordelen of ze effectief met elkaar communiceerden in de chaos en verwarring van de aanval.

'Charlie One in positie,' zei Medel.

Vargas tikte op de knop van zijn zender.

'Alpha One in positie,' zei hij met krakende stem in zijn keelmicrofoon.

De vier andere teams meldden zich kort achter elkaar om te bevestigen dat ze klaar waren voor de inval.

Zodra het eerste team zich had gemeld, stak Carter een hand in een van de zakken aan de voorkant van zijn vest en haalde er een M84-flitsgranaat uit.

De drie Chilenen letten niet op Carter. Ze hadden hun aandacht op de deur gericht en gingen in gedachten de indeling en hun verantwoordelijkheden af terwijl ze zich klaarmaakten om naar binnen te stormen. Ze hadden geen idee wat hun te wachten stond.

Carter trok de pin los, zette zich af tegen de bandenmuur en gooide de granaat eroverheen, in de richting van de achterkant van het doolhof. Hij zag de verblindende lichtflits niet waarmee de granaat tot ontploffing kwam, maar hoorde wel de oorverdovende knal die daarop volgde.

Even heerste er verbijsterde verwarring onder de soldaten. Precies zoals Carter had verwacht.

Het team was volkomen overrompeld door de explosie. Opeens lag hun keurige aanvalsplan in duigen. Nu moesten ze reageren.

Goede SF-teams moesten in staat zijn snel te handelen wanneer een situatie een onverwachte wending nam.

Dit was geen goed team.

Garrido en Zamorano keken naar hun leider en wachtten tot hij initiatief toonde. Vargas stond alleen maar naar de deur te staren. Verlamd door besluiteloosheid.

'De terroristen komen eraan!' riep Carter tegen hem. 'Jullie moeten nú naar binnen, godverdomme! Geef het bevel!'

Toen begon het spektakel. Een verbijsterende aaneenschakeling van luide explosies schalde door de lucht toen de andere groepen hun springstof lieten afgaan. Ze hadden ongetwijfeld de klap van de granaat in het bandendoolhof gehoord en aangenomen dat de eerste groep de deur door was om de aanval in gang te zetten.

Het was Vargas' schuld. Meteen nadat de granaat was afgegaan had hij de anderen moeten waarschuwen en ze het bevel moeten geven hun explosief pas tot ontploffing te brengen als hij het teken gaf. In plaats van een geoliede aanval uit te voeren, zouden de teams de vertrekken nu op verschillende momenten doorzoeken, met alle mogelijke problemen van dien.

Dat was de eerste fout die het joch maakte.

Het zou vast niet de laatste zijn.

De dikke Chileen begon als een bezetene tegen Garrido te schreeuwen: 'Naar binnen! Naar binnen!'

Carter keek naar de ingang. Garrido ging aan de linkerkant van de deur staan, met de ontsteker in zijn hand. De stroomdraad liep uit het ontstekingsmechanisme, en het andere uiteinde was aan het slagsnoer bevestigd.

Garrido kneep in de ontsteker.

Meteen toen de deur werd weggeblazen golfde er een wolk van rook en puin door de deuropening. Het volgende moment stormde de groep naar voren. Vargas ging als eerste door de met rook gevulde opening naar binnen. Hij kon duidelijk niet wachten om vijanden neer te knallen.

In de bandenconstructie hoorde Carter een reeks harde schoten, die uit het dichtstbijzijnde vertrek kwamen. Vargas, nam hij aan. Die gast was zich gaan uitleven zodra hij een voet binnen de deur had gezet.

Nog een slecht teken.

Een paar meter verderop volgde Garrido Vargas door de deuropening. Zamorano haastte zich achter hem aan.

Terwijl Carter ook naar binnen ging, hoorde hij Vargas' hijgende stem in zijn koptelefoon. Het joch moest schreeuwen om boven de korte salvo's van elders uit het doolhof uit te komen.

'Ruimte x-Een veilig!'

Carter stapte langs de verbrijzelde deurpost en kwam in het eerste vertrek, een vierkante ruimte die spaarzaam was gemeubileerd met een tafel en stoelen en een klerenkast die tegen de linkerwand stond.

In de hoek schuin tegenover de deur waren twee doelwitten van karton een paar centimeter naast elkaar neergezet. Een ervan was de standaard afbeelding van een terrorist: een gemaskerde man die met een geweer stond te zwaaien. Op de tweede afbeelding stond een vrouw die een kind tegen zich aan drukte. Carter had ze expres naast elkaar neergezet om te zien hoe zorgvuldig de soldaten te werk zouden gaan.

Beide schietkaarten waren doorzeefd met kogels.

Carter liep verder en bleef dicht achter de aanvalsgroep. In tegenstelling tot de rekruten droeg hij geen geweer; hij had zijn Beretta-pistool in de holster aan zijn riem maar zou geen vuurgevecht aangaan. Niet vandaag. Vandaag observeerde hij alleen.

En probeerde hij niet geraakt te worden.

Er klonken krakende stemmen over de zender terwijl de andere groepen hun sector doorzochten, onderbroken door korte geweersalvo's.

'Ruimte x-Zeven veilig,' meldde Medel.

'Ruimte x-Negen veilig,' zei Ramirez.

Carter liep snel de kamer weer door en haalde Vargas en diens twee maten in terwijl die zich voorbereidden om het volgende vertrek binnen te gaan.

Vargas probeerde op adem te komen en schreeuwde iets naar Garrido. Die haalde een flashbang uit zijn uitrusting, trok de pin eruit en gooide hem door de deuropening.

Standaardtactiek bij nabijheidsgevechten, met als doel vijanden die zich binnen ophielden tijdelijk te desoriënteren. Bij elke inval was door de deur naar binnen gaan het gevaarlijkste moment. Als het je niet lukte om de vijand uit te schakelen, werd je neergeschoten zodra je de kamer binnen kwam stormen.

De flashbang ging met een oogverblindende flits af. Het leek wel of er tegelijkertijd een miljoen zaklampen van telefoons aan en uit gingen. Er klonk een zware dreun in de kamer. Vervolgens rende Vargas naar binnen, gevolgd door Garrido en Zamorano.

Carter haastte zich achter de soldaten aan en observeerde hen aandachtig terwijl ze in een boog door het vertrek begonnen te lopen. Vargas keek in het rechtergedeelte van de kamer, met geheven geweer en zijn wijsvinger aan de trekker, of hij vijanden zag. Hij was volledig gefocust op wat er op ooghoogte gebeurde. Carter deed nog een stap naar voren en hoorde toen rechts van hem een harde klap. Hij keek om naar Vargas en zag dat de Chileen omhuld werd door een wolk bijtende rook. Carter realiseerde zich dat Vargas struikeldraad had geraakt.

*Jezus, die gast is echt een blok aan het been.*

In zijn koptelefoon hoorde hij de vier andere teams Medel op de hoogte stellen van hun vorderingen. Als alle terroristen waren uitgeschakeld zouden de vijf teams in het midden bij elkaar komen en zou Carter de oefening als beëindigd verklaren. Vervolgens zou hij met de jongens bespreken welke fouten er waren gemaakt.

Aan de andere kant van het doolhof klonk een harde explosie, en Carter vermoedde dat iemand een fragmentatiegranaat in een van de kamers had gegooid om de terroristen die zich daar bevonden te elimineren.

De inval werd lang niet zo snel en vloeiend uitgevoerd als de jongens van het Regiment het zouden hebben gekund, maar voor zover hij kon nagaan deed Medel zijn best om de handelingen van zijn teams te coördineren, door ervoor te zorgen dat ze hem voortdurend bleven informeren. Het was niet de slechtste aanval die hij ooit had gezien.

Vargas deed echter zijn best om alles te verkloten.

Carter snelde achter hem aan toen hij het volgende vertrek binnenbanjerde en lukraak het vuur opende. Vargas doorzeefde de terrorist achter de bank en schoot de twee burgers aan weerszijden van hem ook aan flarden. Carter kon zijn ogen niet geloven.

Zelfs het vadsige kantoorpersoneel uit Hereford zou het beter doen.

Hij schatte in dat er sinds het begin van de inval ongeveer twee minuten waren verstreken.

Door wat er over de zender werd meegedeeld wist hij dat de meeste kamers nu waren gezuiverd. Vargas stormde op de opening af die zich recht voor hem bevond en liet nog een rookgranaat afgaan doordat hij recht tegen een struikeldraad aanliep die op borsthoogte was gespannen. Die gast probeerde het wereldrecord blunders op een oefenterrein te breken.

Ramirez' stem siste over de zender dat zijn groep weer een kamer had gezuiverd.

'We maken ons klaar om hier weg te gaan en in vertrek x-Vier de confrontatie aan te gaan,' voegde de explosievenexpert eraan toe.

Carter zag dat Vargas zich twee meter schuin voor hem een weg baande door de grijzen rookflarden terwijl hij zijn mannen voorging naar het aangrenzende vertrek. Aan de zijkant van de ingang bleef hij staan en gebaarde naar Garrido. De gedrongen soldaat gooide een flashbang naar binnen en Vargas stormde door de deuropening.

Carter had meteen door wat er gebeurde.

Hij haastte zich naar de teamleden toe, roepend in zijn microfoontje, maar er luisterde niemand.

Voor hem volgden Garrido en Zamorano Vargas het volgende vertrek in. De eerste twee gingen naar links om hun deel van de kamer op vijanden te controleren terwijl Vargas aan de rechterkant keek of hij terroristen zag.

Carter stormde met bonzend hart door de deuropening. Hij rende door een gordijn van rookslierten en kwam in een rechthoekige ruimte die aanzienlijk groter was dan de kamers die ze eerder hadden gezuiverd. Er stond een bed met een metalen frame naast een bureau met een lavalamp erop. Garrido en Zamorano zwaaiden hun wapen met een wijde boog van links naar rechts. Zoekend naar vijanden die er niet waren.

Carter zag Vargas rechts van hem. De Chileen had zijn wapen geheven en richtte het op een kartonnen doelwit aan de andere kant van het vertrek, op zes meter afstand.

Vlak naast het team van Ramirez.

De drie rekruten stonden achter elkaar naast een ingang van een andere kamer. Ramirez sloot de rij. Een van zijn collega's maakte zich klaar om een flashbang door de deuropening te gooien. Ze hadden geen van allen Vargas gezien die achter hen naar binnen was gestormd.

Carters hart sloeg een slag over.

Hij had geen tijd om Vargas te waarschuwen. De kerel haalde de trekker al over en leek de andere groep niet gezien te hebben.

De Chileen was overprikkeld. Dat had Carter al eerder meegemaakt. Sommige jongens raakten in een uiterst stressvolle situatie in paniek. Ze keken niet meer voor zich en zagen alleen nog wat ze wilden zien. Vargas had duidelijk de kartonnen terrorist in het oog gekregen en besloot het vuur te openen.

Ramirez stond er nog geen twintig centimeter naast.

Gevaarlijk dichtbij.

Vargas schoot drie kogels af met zijn M4.

Hij mikte beroerd. De kogels misten het doelwit. Twee ervan sloegen in de rubberen banden vlak achter Ramirez en misten hem op een haar. Een derde kogel vloog in een aftandse stereo-installatie die op een tafel naast de muur stond en verbrijzelde het cassettedeck.

Ramirez en zijn twee andere teamleden renden al naar de volgende sector en waren zich totaal niet bewust van wat zich achter hen had afgespeeld. Ze hadden natuurlijk geen van allen het geluid van de schoten boven het onophoudelijke gepraat in hun koptelefoon horen uitkomen.

Carter richtte zijn blik meteen weer op Vargas. Die leek niet door te hebben dat hij bijna zijn maten had neergeschoten. Hij stormde halsoverkop door een andere deuropening, achter Garrido en Zamorano aan, lukraak schietend met zijn geweer. Carter klemde zijn kaken op elkaar en volgde de soldaten weer.

Even later deelde Ramirez mee dat het laatste vertrek gezuiverd was.

Carter drukte op de knop van zijn zender en zei: 'Endex! Endex! Wapens vergrendelen. Ik herhaal, wapens vergrendelen. Iedereen naar x-Vijf voor de gezamenlijke debriefing.'

Hij liep het grote vertrek met het metalen bed en de brandende rode lavalamp weer in. Vargas stond een eindje verderop en sloeg Garrido op de schouder. Ze stonden allebei als idioten te grijnzen.

Alsof er iets te vieren viel.

Carter voelde de woede weer oplaaien.

De andere aanvalsteams kwamen ook binnenlopen, met vergrendelde geweren om te voorkomen dat hun wapen per ongeluk zou afgaan. Gezien wat er net was gebeurd, wilde Carter geen enkel risico nemen. Hij wachtte tot iedereen binnen was. Toen sloeg hij zijn armen over elkaar en keek hen een voor een aan terwijl hij zich voorbereidde op de debriefing. De oefening had niet meer dan drie of vier minuten in beslag genomen, maar de mannen baadden in het zweet door de inspanning, de adrenaline en het gewicht van hun uitrusting.

'Lekker, jongens,' zei Vargas. 'Dat ging hartstikke goed. Zo doen we dat bij de Poema's.'

Hij grijnsde weer en gaf Garrido en Zamorano een boks.

Carter moest zich tot het uiterste beheersen om hem niet in zijn gezicht te rammen.

Hij staarde Vargas strak aan en zei: 'Ik zal het zo over de andere jongens hebben. Maar jij moet je schamen. Ik heb nog nooit iemand zo slecht zien presteren.'

Vargas trok een grimas. 'Wie, ik? Wat heb ik gedaan?'

'Je bent een schande. Je hebt helemaal niet geluisterd naar wat ik de afgelopen maand heb gezegd.'

Carter wees op het deel van de wand dat Vargas met kogels had doorzeefd.

'Zie je dat?' vervolgde hij. 'Het scheelde niks of je had de groep van Ramirez geraakt.'

Ramirez zette grote ogen op van schrik. 'Shit. Dat meen je niet.' Hij staarde naar de kogelgaten in de banden en draaide zich toen om om Vargas aan te kijken. 'What the fuck, man? Ik had dood kunnen zijn.'

Carter verwachtte dat de knul door het stof zou gaan. Misschien zou toegeven dat hij een fout had gemaakt. Of zou beloven dat hij zou leren van zijn fouten. In plaats daarvan plooide Vargas zijn dikke lippen tot een grijns.

'Wanneer ik binnenkom kunnen mensen zich beter schuilhouden, hè?' zei hij grinnikend. 'Fabian Vargas neemt geen gevangenen.'

Een paar van de andere jongens schoten in de lach. Carter wierp hem een woedende blik toe. 'Als je nog één grap maakt sla ik je tanden uit je bek.'

De glimlach verdween van Vargas' gezicht. 'Zo kun je niet tegen me praten.'

'Ik praat tegen je hoe ik wil. Je hebt bijna je eigen mensen omgelegd, domme lul.'

'Dat is niet mijn probleem. Ze hadden me niet voor de voeten moeten lopen.'

Carter ging vlak voor hem staan. 'Als je de moeite had genomen om te luisteren naar wat er op de zender werd gezegd, had je geweten dat Ramirez' team hier al was geweest en op weg was naar de volgende ruimte. In plaats van te blijven waar je was stormde je hier naar binnen en begon je als een kip zonder kop te schieten. Een paar centimeter naar rechts en die jongens hadden nu in een plas bloed gelegen.'

Vargas bromde wat. 'U zei dat we hier de slechteriken moesten opruimen. Dat heb ik gedaan. Meneer.'

'Ik heb gezegd dat jullie goed moesten opletten,' antwoordde Carter. 'Niet om de bevelen van je maten te negeren en als een gek rond te rennen.'

'Maak je niet dik.' Vargas stak een dikke, gedrongen arm uit naar de schietkaarten. 'We hebben die gasten te grazen genomen. Probleem opgelost.'

'Gelul,' beet Carter hem toe. 'Je hebt elke stap van deze oefening verkloot.'

Vargas werd rood van woede en keek hem vuil aan. Carter telde de fouten die het joch had gemaakt op zijn vingers af.

'Voordat we binnenkwamen raakte je in de war door de flashbang en vergat je af te stemmen met de andere groepen. Daardoor gingen de teams niet soepel naar binnen. Dat is een onvoldoende. In de eerste ruimte heb je een gijzelaar neergeschoten. Nog een onvoldoende. In de tweede kamer heb je nog twee burgers gedood. Vervolgens heb je een terrorist over het hoofd gezien die zich in de kast had verstopt. En als klap op de vuurpijl ben je twee keer tegen struikeldraad aan gelopen doordat je niet keek waar je liep. Al die dingen zouden het einde van je hele team hebben betekend.'

'Bullshit.'

Carter negeerde het protest en zei: 'Je houding is vreselijk. Als ik het voor het zeggen had, zou ik je wegsturen. Jezus, je bent een grotere bedreiging voor je maten dan de taliban.'

Er verscheen een donkere blik op Vargas' gezicht. Hij opende zijn mond om iets te zeggen, bedacht zich toen en perste zijn lippen op elkaar.

Carter vervolgde de debriefing. Een half uur lang liep hij met de andere jongens door de bandenconstructie, wees aan waar ze het verkeerd hadden gedaan en legde uit waarom, gaf commentaar op hun schietvaardigheid en coördinatievermogen. De meesten probeerden in elk geval te begrijpen wat er van hen werd verwacht. Een paar van de betere rekruten stelden zelfs vragen.

Misschien hebben een paar van deze gasten toch potentie, dacht Carter. Beter dan wat Vargas en zijn maten ervan bakken.

De zon begon achter de bergtoppen te zakken toen de mannen het bandendoolhof verlieten en terugliepen naar hun voertuigen. Achter hen werd alles alweer opgeruimd en werden kogelhulzen en afval weggehaald. Carter liep naar zijn Land Cruiser. Hij verheugde zich erop om zijn burgerkloffie weer aan te trekken en terug te gaan naar zijn huurflat in de stad.

Hij was bijna bij het portier toen Medel hem riep.

'Kom je vanavond naar het feest, Jamie?' vroeg hij terwijl hij naar Carter toe liep.

Carter herinnerde het zich knarsetandend. Vargas' vader, generaal Juan Vargas, hield een barbecue bij zijn landhuis in El Arrayán. Het hele SF-team was uitgenodigd, ook Carter, net als de Britse ambassadeur en een paar andere hoogwaardigheidsbekleders die betrokken waren bij het trainingsprogramma. Carter zou het liefst niet gaan, maar de ambassadeur had erop gestaan dat hij zijn gezicht liet zien. Hij impliceerde dat er een lucratieve overeenkomst in de pijplijn zat waar de Britse regering bij betrokken was en dat ze de generaal te vriend moesten houden. Een grote wapendeal met een waarde van een paar honderd miljoen pond.

Carter had met tegenzin ingestemd.

'Ja,' zei hij tegen Medel. 'Ik zal er zijn. Zolang ik maar niet met die lul hoef te praten.'

Hij knikte naar Vargas. Die ging voorin in een van de vrachtwagens zitten en lachte en grapte met zijn maten alsof ze een stel tieners waren.

Medel grijnsde. 'Dat zal niet hoeven. Fabian zal het te druk hebben met het vermaken van zijn vrienden.' Toen hij de aarzelende blik op Carters gezicht zag glimlachte hij. 'Trouwens, het wordt leuk. Gratis eten en drinken. Muziek. Wat wil een mens nog meer?'

Ik kan wel een paar dingen bedenken, dacht Carter.

Een terugplaatsing naar Hereford om te beginnen.

Hij kreunde en zei: 'Ik maak het niet laat. We hebben morgen een hoop oefeningen te doen.'

'Zoals je wilt.' Medel aarzelde. Toen zei hij zacht: 'Ik wil je een advies geven, Jamie.'

Carter keek de kapitein met neutrale blik aan en wachtte tot hij verderging. Medel keek even over zijn schouder, om zich ervan te vergewissen dat niemand hem kon horen.

'Lever niet alleen kritiek op Fabian. Niet waar de andere jongens bij zijn. Dat is geen goed idee.'

'Die jongen zorgt voor ongelukken,' zei Carter geërgerd. 'Als je wilt weten hoe ik erover denk: hij zou ver uit de buurt van deze eenheid moeten blijven. Hij had vandaag iemand kunnen doden.'

'Dat mag zo zijn, zijn vader is stafchef,' bracht Medel hem in herinnering. 'En dat maakt hem een van de machtigste mannen van het land. Generaal Vargas heeft een hoop vrienden op hoge posities.'

'Die zal hij nodig hebben,' zei Carter fel. 'Wanneer zijn zoon tijdens de opleiding per ongeluk een van zijn maten overhoopschiet, zal hij alle hulp nodig hebben die hij maar kan krijgen om dat joch uit de problemen te houden.'

Medel wierp hem een blik toe, maar Carter wist dat hij verantwoordelijk zou zijn gehouden als er tijdens de oefening iemand was neergeschoten. De ambassadeur zou hem op het matje hebben geroepen en hem een uitbrander hebben gegeven. Verklaringen hebben geëist.

Zíjn kop zou in de strop hebben gehangen.

Niet die van dat joch.

Medel trok een grimas. 'Probeer gewoon diplomatiek te zijn. Hij kan je het leven zuur maken, weet je.' Hij stak zijn handen op en vervolgde: 'Je zegt wat je denkt, dat begrijp ik. Maar je komt een keer in de problemen met die grote mond van je.'

‘Dat is al gebeurd, maat,’ mompelde Carter.

‘Wat bedoel je?’ vroeg Medel terwijl hij zijn voorhoofd fronste.

‘Laat maar. Bij wijze van spreken bedoel ik.’

‘Ik probeer alleen maar te helpen.’ Na een korte stilte voegde de kapitein daaraan toe: ‘Geloof me, je wilt de familie Vargas echt niet tegen je hebben.’

Daar zit wat in, dacht Carter. Ik heb al genoeg vijanden voor de rest van mijn leven.

# 2

De familie Vargas woonde in een schitterend landhuis in de heuvels buiten Santiago, op vijftien kilometer afstand van Carters kleurloze flatje. Hij was vanaf het oefenterrein rechtstreeks naar huis gereden, waar hij zich had gewassen en zijn gewone kleren had aangetrokken. Zijn uniform had hij op een hoop in de hoek van zijn kamer gegooid, naast de tas met thrillers en boeken over militaire geschiedenis die hij van huis had meegenomen. Toen was hij in de Toyota Land Cruiser gestapt die hem door de ambassade was verstrekt en in noordoostelijke richting de stad uit gereden.

Twintig minuten later reed hij de smeedijzeren poort voor het landgoed van de familie Vargas door.

Carter zei wie hij was tegen de sullig ogende beveiliger en reed met hoge snelheid over een strook asfalt die werd omringd door uitgestrekte, prachtig onderhouden gazons met exotische bomen en struiken. De oprijlaan liep naar een brede rotonde met in het midden een hoge fontein. Daarachter stond een wit gestuct huis van twee verdiepingen, met op de eerste verdieping een paar sierlijke balkons en een ingang met zuilen zo breed als ballistische raketten.

Hij reed de rotonde rond, parkeerde recht voor de ingang en stapte uit. Een grijzende valet maakte een lichte buiging en pakte de sleutels van de Land Cruiser aan. Een dienstmeisje begroette hem voor de ingang en ging Carter voor door een enorme hal die vol hing met kunst van plaatselijke kunstenaars en met aan weerszijden lange gangen. Ze liepen een van de gangen door, langs een gastentoilet en een keuken met een kookeiland dat zo groot was dat er een vliegtuig op kon landen.

Carter doorkruiste de zitkamer, ging de tuindeuren aan de achterkant door en kwam op een binnenplaats met brede tegels en een infinity pool met uitzicht op golvende heuvels en wijngaarden. Vuurkorven verwarmden de koele avondlucht.

Naast het zwembad was een breedgebouwde grillmaster met een borstelsnor vlees aan het barbecueën op een roestvrijstalen grill. Er hing een heerlijke geur van geroosterde worstjes, kip en lamsvlees.

Mensen kuierden door de tuin of stonden in kleine groepjes te praten, drinkend uit een flesje bier of nippend van een glas wijn. Carter herkende een paar jongens van het oefenterrein. Er waren ook burgers met gladde gezichten, gekleed in een informeel overhemd met spijkerbroek, en knappe vrouwen in zomerjurkjes met diep uitgesneden hals. Dat waren vast vrouwen en vriendinnen van de soldaten.

'Carter. Daar ben je,' riep een stem opgewekt achter hem.

Carter keek om en zag een slanke man in donkergrijs pak naar hem toe kuieren.

Simon Langton, de Britse ambassadeur.

Langton had het vriendelijke, aangename voorkomen van een beroepsdiplomaat. Carter had mensen van zijn soort al eerder ontmoet, in ambassades over de hele wereld. Na een poosje begon je het type te herkennen. Zijn haar zat in een scheiding en was net zo grijs als het pak dat hij droeg. Hij had zijn lippen strak op elkaar gedrukt, zijn ogen waren fletsblauw maar alert, zijn wangen gladgeschoren, het voorhoofd iets gerimpeld in rusteloze berekening. Langton bezat die vertrouwde combinatie van arrogantie, onzekerheid en achterdocht die zo kenmerkend was voor mensen die op tweederangs ambassades werkten. Hij wekte de indruk van een man die zijn hele jeugd krampachtig had geprobeerd iets van meer betekenis te bereiken, daar niet in was geslaagd en er nu toe was veroordeeld om gefrustreerd en teleurgesteld zijn carrière uit te zitten.

'Goed dat je bent gekomen,' zei Langton met zijn bekakte accent. 'Ik zal wat te drinken voor je regelen. Wat wil je hebben?'

'Een biertje,' zei Carter. 'Lager, als het er is.'

Een wenkbrauw werd zo ver opgetrokken dat hij in Langtons haar dreigde te verdwijnen. 'Je bent toch een Geordie? Heb je dan niet liever stout of zo?'

Carter lachte droogjes en zei: 'Dat ik uit Newcastle kom, wil nog niet zeggen dat ik hetzelfde drink als iedereen daar.'

'Ze hebben ook rode wijn, als je dat liever hebt. Afkomstig uit de wijngaarden van de generaal zelf.' Langton wees naar zijn glas. 'Hij is heerlijk, moet ik zeggen.'

'Bier is prima, bedankt.'

Langton knipte met zijn vingers en gebaarde naar een van zijn hulpjes, een roodharige met een blotebillengezicht en hartvormige lippen. Een van de jonge ambassademedewerkers. Ze verdween door de keukendeur en kwam even later terug met een flesje Heineken. Carter gaf haar een knikje om haar te bedanken, nam een slok en genoot van het gevoel van ijskoud bier dat door zijn keel gleed.

*Jezus wat lekker.*

*Dat had ik echt nodig na vandaag.*

'Ik hoorde dat je een akkefietje had in het kamp vandaag,' zei Langton. 'Iets waar de zoon van de generaal bij betrokken was.'

Carter fronste zijn wenkbrauwen. 'Van wie hebt u dat gehoord?'

'De kapitein had het erover. Vertrouwelijk natuurlijk.'

Langton wees naar een groep figuren die bij het zwembad stonden. Medel was een van hen. Hij dronk cervezas met de andere officieren. Fabian Vargas zat een paar meter verderop aan een tafel met Garrido en Zamorano. Ze deelden een fles Chivas Regal. Terwijl Carter toekeek boog Garrido zich naar het joch toe en fluisterde iets in zijn oor.

Vargas knikte, en toen stonden de twee mannen langzaam op van hun stoel en glipten door de tuindeuren het huis in. Zamorano bleef aan de tafel zitten en rookte een sigaar.

'Nou, Carter?' vroeg Langton. 'Wat is er gebeurd?'

'Niks,' antwoordde Carter kortaf. 'We hadden een verschil van mening. Het is uitgepraat.'

Hij wilde het voorval in het bandendoolhof niet met Langton bespreken. Als de ambassadeur wist dat Carter Vargas in het bijzijn van de hele eenheid een uitbrander had gegeven, zou hij daar eindeloos over blijven doorzeuren.

Langton zuchtte en zei: 'Ik hoop van harte dat dat zo is. Het laatste waar we op zitten te wachten is dat rancune tussen jou en Vargas junior voor onrust zorgt. Dat is slecht voor de zaken, snap je.'

'Ik zei dat er geen probleem meer is.'

Langton keek op zijn horloge. 'Goed, we kunnen je maar beter aan de generaal gaan voorstellen. Hij schijnt te popelen om een heuse SAS-legende te ontmoeten. Kom mee. En zorg er in godsnaam voor dat je de generaal en zijn zoon aan onze kant houdt.'

Carter verbeet zijn irritatie terwijl hij door de tuin achter Langton aan liep. Hij haatte dit deel van zijn werk. Om te moeten opdraven om de grote baas te ontmoeten, als een zeeleeuw die kunstjes doet voor het publiek.

*Alsof deze klus niet al erg genoeg was, moet ik gaan slijmen met een buitenlandse hoge pief.*

Ze liepen naar de man achter de grill. De grote man met de snor.

Langton schraapte zijn keel en zei: 'Generaal Vargas, mag ik het genoegen hebben u voor te stellen aan officier Jamie Carter van het Special Air Service Regiment?'

De generaal was een zwaargebouwde man van begin zestig. Op het eerste gezicht had hij meer weg van een Mexicaanse drugsbaron dan van een hoge militair. Hij was een krappe één meter tachtig, had een borstelsnor, zware kaken en ogen die als operatief aangebrachte sneden in de vlezige plooien van zijn gezicht zaten. In zijn dunne haar zat een hoop grijs.

Generaal Vargas lachte afgemeten. 'Dus jij bent de man die de trainingen van de Poema's leidt,' zei hij in Engels met een zwaar accent.

'Dat klopt, meneer.'

'Goed, heel goed.' De generaal concentreerde zich op de grill om hamburgers en worstjes om te draaien. Er kwam rook omhoog van het sissende vlees. 'Ik vind de SAS geweldig. Puike soldaten. Ja, echt puik. Ik ben zelf ooit elitesoldaat geweest, weet je.'

'Echt?'

'O ja,' zei Vargas trots. 'Iedereen vreesde ons. We waren echt meedogenloos. Onze vijanden begonnen te beven wanneer ze onze naam hoorden.' Hij lachte onaangenaam. 'Ik denk zelfs dat ik een voortreffelijke soldaat zou zijn geweest in uw eenheid.'

'Dat denk ik ook, meneer,' antwoordde Carter neutraal.

'Ik neem aan dat je op veel gevaarlijke missies bent geweest?'

'Een paar, meneer.'

'Ik heb er in mijn tijd heel veel gedaan.' Vargas lachte een rij gele tanden bloot. 'Misschien kunnen we op een dag onder het genot van een fles cognac bij elkaar gaan zitten. Dan vertel ik je over de jaren waarin ik mijn land gezuiverd heb van communistisch tuig.'

'Ja meneer. Ik kijk ernaar uit.'

Ik had nu weer in Hereford kunnen zijn, dacht Carter. Om me voor te bereiden om naar een oorlogsgebied te gaan, of om te werken aan een antiterroristische operatie.

In plaats daarvan moet ik deze lul vermaken.

'En mijn zoon?' vroeg de generaal. 'Ik mag hopen dat je hem goed traint? Geen problemen waar ik van moet weten?'

Vanuit zijn ooghoek zag Carter Vargas en Garrido op hun gemakje teruglopen naar hun tafel. Ze giechelden en wreven over hun neus. Vargas pakte de halfvolle fles Chivas, schonk zijn glas vol en sloeg de inhoud achterover. Garrido keek Zamorano samenzweerderig aan en gaf hem iets wat hij in zijn hand had verstopt. Meteen stond Zamorano op van de tafel en liep het huis in.

'Nee meneer,' loog Carter. 'Geen problemen.'

Vargas knikte. 'Ik denk dat Fabian op een dag een heel goede commandant zal zijn. Wie weet? Misschien wordt hij ooit een geweldige generaal, net als ik.'

'Ja meneer. Ongetwijfeld.'

De generaal glimlachte weer. Carter spande zijn kaken en voelde zijn bloed koken. Ik weet niet wie ik een grotere zakkenwasser vind, dacht hij. Fabian Vargas of zijn vader.

Een van de andere gasten kwam aan de generaal vragen of hij hem onder vier ogen kon spreken. Tot Carters grote opluchting verontschuldigde Vargas zich.

Hij liet Langton, die in gesprek was met een van zijn ondergeschikten, achter en zocht een rustig plekje. Hij besloot het nog een uur vol te houden voordat hij het voor gezien hield. Hij zou zich verontschuldigen, het feest verlaten en naar zijn flat rijden. Een van zijn boeken pakken en naar de plaatselijke kroeg gaan. Carter was daar een stamgast. De meeste avonden zat hij er een paar uur aan een tafeltje in de hoek te lezen en zwarte koffie te drinken.

De eigenaar, een fanatieke supporter van de Blackburn Rovers, noemde de Engelsman grappend de Zwijgzame Gringo.

Bij de SAS had Carter buiten het werk zelden contact met de andere jongens, omdat hij er de voorkeur aan gaf in zijn vrije tijd boeken te lezen of naar het fitnesscentrum te gaan, terwijl zij een band met elkaar opbouwden in een van de Herefordse kroegen. Zijn mede-Blades konden niet goed hoogte van hem krijgen. Voor hen was hij een buitenstaander. Niet echt een teamspeler, werd er door sommigen achter zijn rug gefluisterd.

Dat was bullshit. Hij wist net zo goed als ieder ander hoe hij in een team moest functioneren. Hij had er gewoon geen zin in om het na het werk op een zuipen te zetten.

In het hechte wereldje van het 22ste SAS was Carter al snel tot de ontdekking gekomen dat zijn gebrek aan bondgenoten tegen hem werkte.

Zijn daden bij de bestorming in Mali hadden het absolute hoogtepunt gevormd van zijn carrière bij het Regiment. Maar de messen waren al geslepen toen hij terugkwam van de medaille-uitreiking in Washington. Hij was een adjudant-onderofficier, en als adjudant een van de oudsten in rang binnen de SAS, maar opeens kreeg hij in Hereford de grootste rotklussen.

Hij was er al snel achter dat iemand hem er achter de schermen in had geluisd. Probeerde zijn carrière spaak te laten lopen. Carter wist wel wie dat was. Brathwaite, de Britse ambassadeur in Mali. Die klootzak had gezworen dat hij Carters loopbaan kapot zou maken. Nu maakte hij dat dreigement waar.

Uiteindelijk had Pete Boulding, de sergeant-majoor van zijn eenheid, hem apart genomen en verteld wat er aan de hand was.

'Je hebt het hier verbruid,' had Boulding gezegd. 'Er wordt gezegd dat ze van plan zijn je te grazen te nemen. Houd je gedeisd en laat het overwaaien, dan is het binnen de kortste keren weer achter de rug.'

Carter vond het niet makkelijk om zich in te houden. Hij had onder zijn mede-Blades de reputatie altijd te zeggen waar het op stond. Hij was niet geïnteresseerd in de politieke spelletjes van het Regiment. Hij slijmde niet met de leiding, volgde nooit klakkeloos de partijlijn en gaf altijd zijn ongezouten mening.

Die instelling had veel mensen pissig gemaakt, en in het bijzonder de hoge piefen. Op het hoofdkwartier moesten ze weinig hebben van soldaten die de wijsheid van hun bevelen in twijfel trokken. Ze wilden conformisten. Jongens die konden vechten als leeuwen maar in het kamp schapen waren. Het maakte niet uit of je gelijk had – als je je uitsprak en het waagde om kritiek te hebben, was je automatisch de vijand.

In de nasleep van de bestorming in Bamako had niemand hem gesteund. Carter had geen goede vrienden in Hereford; geen van de jongens was bereid geweest zijn hoofd boven het maaiveld uit te steken. De enige persoon die het waarschijnlijk voor hem zou hebben opgenomen, was al jaren weg bij de eenheid.

En daarom was hij op een zijspoor beland en deed hij nu de trainingsklus in Chili.

Misschien was het anders gelopen als ik bereid was geweest het politieke spel mee te spelen, dacht Carter.

Dan zou de leiding in Hereford me goed hebben behandeld, in plaats van een mes in mijn rug te steken.

Ze hadden me misschien een lichte straf gegeven, maar zouden nooit hebben geprobeerd mijn carrière kapot te maken.

Hij nam nog een slok bier.

Zo nu en dan zag hij Fabian Vargas het huis binnenglippen, en elke keer deed de Chileen hetzelfde. Hij liep de zitkamer en de gang door, in de richting van het toilet waar Carter langs was gekomen toen hij was gearriveerd. Een paar minuten kwam Vargas weer de tuin in, opgefokt en vol energie.

Vargas en zijn twee kompanen hadden een soort systeem bedacht. De zoon van de generaal ging eerst. Garrido en Zamorano bleven buiten, lachend en grote hoeveelheden Chivas Regal drinkend. Vervolgens kwam hun vriend terug paraderen naar de tafel en verdwenen de twee andere jongens ook naar het toilet. Ze herhaalden de routine ongeveer om het kwartier.

Je hoefde geen genie te zijn om uit te dokteren wat ze uitspookten.

Carter dronk zijn flesje leeg, ging de tuindeuren door en liep naar de keuken. Hij pakte nog een flesje uit het drankrek op het keukeneiland en maakte de dop los.

Hij wilde net teruglopen naar de zitkamer toen hij Vargas junior in de deuropening van de keuken zag staan.

Het joch stond Carter te observeren. Zijn pupillen waren zo groot als pokerfiches. Carter zag dat zijn handen nerveus bewogen. Vargas kon niet stilstaan. Hij bleef zijn gewicht van de ene voet naar de andere verplaatsen. Het zweet gutste van zijn pafferige gezicht.

Allemaal aanwijzingen van een cokeverslaving.

Vargas lachte en zei: 'Wat vind je ervan, gringo?' Hij wees om zich heen. 'Mooi huis, hè?'

'Ja,' zei Carter vlak. 'Geweldig. Heel indrukwekkend.'

Vargas dronk zijn glas leeg, zette het neer en stak zijn rechterarm uit, om het roségouden horloge te laten zien dat om zijn dikke pols zat. 'Moet je zien. Een fucking Rolex. Veertigduizend Amerikaanse dollar.'

'Leuk voor je,' zei Carter.

'Ik heb er een voor elke dag van de maand. Alle soorten horloges. Godverdomme, Rolex, Blancpain, Patek Philippe. Alles. Ik vind het leuk om af te wisselen, weet je.' Fabian Vargas tikte op het glas van zijn horloge en grijnsde geslepen. 'Misschien geef ik je wel een cadeautje als ik geslaagd ben voor de opleiding. Om je blij te maken. Wat zeg je daarvan?'

Carter dwong zichzelf om te glimlachen, omdat hij de woorden van de ambassadeur goed in zijn oren had geknoopt.

*Zorg ervoor dat je de generaal en zijn zoon aan onze kant houdt.*

Vargas zei: 'Ik wil je iets laten zien. Iets supercools.'

'Geen interesse,' zei Carter. 'Vraag het maar aan een van je maten. Ik ga trouwens toch zo weer weg.'

Fabian Vargas schudde zijn hoofd en wees met een slappe vinger naar Carter. 'Nee. Ik wil dat jíj het ziet. Ik sta erop.'

Hij zei het op een toon alsof hij een van zijn bedienden een bevel gaf.

Carter beeldde zich in dat hij het joch met een vuist in zijn gezicht ramde.

'Geloof me,' ging Vargas verder. 'Dit wil je niet missen.'

Carter zuchtte, dacht aan het vooruitzicht het komende uur in zijn eentje in de zitkamer door te brengen en naar een stompzinnig televisieprogramma te kijken, en kwam tot de conclusie dat wat het joch hem zo graag wilde laten zien nooit veel erger kon zijn dan dat.

'Kan mij het ook verrotten,' zei hij terwijl hij zijn flesje neerzette. 'Maar wel snel.'

Vargas wreef in zijn handen. Zijn grote pupillen fonkelden door de opwinding die de coke had veroorzaakt. 'Deze kant op.'

Hij liep voor Carter de keuken uit, langs de zitkamer en een gang door naar de voorkant van het huis. In de hal gingen ze naar rechts en liepen ze een kortere gang door, waarvan de muren vol hingen met gezinsfoto's en schilderijen. Voor een deur aan de linkerkant bleven ze staan.

Fabian Vargas rukte de deur open, deed het licht aan en gebaarde dat Carter voor hem uit naar binnen moest lopen. Er krulde zich een glimlach rond zijn lippen.

'Je weet niet wat je ziet,' zei hij.

Carter stapte de zwak verlichte werkkamer in. Een groot mahoniehouten bureau domineerde het midden van het vertrek. De stoel erachter leek wel een troon, en aan een koperkleurige standaard was een Chileense vlag bevestigd. Langs een van de muren stond een op maat gemaakte boekenkast, die helemaal gevuld was met in leer gebonden boeken. Aan de andere kant van het vertrek zag Carter een AK-47 die was bevestigd aan een plaquette aan de muur. Hij zag nog een heleboel andere dingen. Vitrines vol souvenirs. Zwart-witfoto's. Baklijsten met medailles en andere onderscheidingen. Nog meer antieke wapens.

Het drong tot Carter door dat het helemaal geen werkkamer was.

Het was een museum.

Links naast het geweer hing een groot portret van Augusto Pinochet aan de muur. Hij droeg een uniformjas en een rijbroek.

'Dit is het kantoor van mijn vader,' zei Vargas, en er klonk trots door in zijn stem. 'We noemen het hier de oorlogskamer.'

Hij gaf Carter een rondleiding en wees op verscheidene voorwerpen in kasten en vitrines. Carter zag een presidentiële sjerp die Pinochet ooit had gedragen, een semiautomatisch pistool, een zonnebril, twee paar glanzende kaplaarzen en nog heel veel andere dingen: een militaire cape, pennen, horloges, medailles en onderscheidingen, handgeschreven brieven. Hij zag een ceremonieel zwaard dat door een buitenlands staatshoofd aan Pinochet was geschonken. Vargas wees hem zelfs op een kam waarvan werd beweerd dat die van de man zelf was geweest. Er staken haren tussen de metalen tanden uit.

Carter werd overspoeld door een gevoel van afkeer. Dit is helemaal geen museum, dacht hij. Dit is godverdomme een bedevaartsoord.

Vargas zei: 'Mijn vader heeft gediend onder onze geweldige president. Ze hebben samen in het leger gezeten. Hij was een van de trouwste officieren van de generaal. Dat is jaren geleden.'

'Fascinerend,' loog Carter.

'Sommige mensen haten de president. Communisten en verraders, die zijn goede naam willen bezoedelen. De echte patriotten, zoals mijn familie, houden de verrichtingen van de generaal in ere. Hij heeft ons land weer sterk gemaakt. Hij was een groot man.'

Carter zei niets.

Vargas zwaaide met een arm naar de AK-47 en zei: 'Zie je dat?'

Carter knikte. Het joch vervolgde: 'Mijn opa droeg dit wapen tijdens de staatsgreep tegen de gehate marxisten. Later werkte hij bij de geheime politie.'

Carter staarde Vargas aan en voelde hoe woede zijn keel dichtkneep. Hij overwoog Vargas junior te vertellen wat hij werkelijk dacht van de gruwelkamer van zijn vader maar hield zich in.

Vargas wees naar een ingelijste poster van een glazen limonadefles.

'Weet je waarom die daar hangt?' vroeg Vargas.

Carter gaf geen antwoord.

Vargas zei: 'Mijn opa en zijn collega's hebben dezelfde flessen gebruikt om de marxisten te martelen. Ze werden in delen van het menselijk lichaam gestoken die de gevangene zwaar lieten lijden.'

Carter voelde zich misselijk worden.

'Mijn opa liet de gevangenen eerst de fles zien,' vervolgde Vargas verder. 'Voordat het verhoor begon. Zo zou de gevangene elke keer wanneer hij na zijn vrijlating een reclame zag of hoorde terugdenken aan wat er was gebeurd.'

Carter had genoeg gezien. Hij wendde zijn blik af van de poster en draaide zich om om weg te gaan. Vargas liep snel voor hem langs en ging met zijn dikke lijf in de deuropening staan. Carter rook de whisky op de adem van de Chileen, vermengd met de muffe geur van sigarenrook.

'Bevalt het je niet?' vroeg hij uitdagend.

Carter balde zijn handen tot vuisten. 'Sodemieter op.'

Vargas grijnsde en ging niet opzij. Het joch was helemaal opgefokt. Het zweet stroomde over zijn gezicht en er stonden druppels op zijn voorhoofd.

'Dit is mijn familie,' zei hij. 'Dit is wie we zijn. Met ons valt niet te spotten. Wij zijn niet het soort mensen met wie je gezeik wil. Begrijp je wat ik bedoel, vriend?'

'Wat ik begrijp is dat je een waardeloze cokejunk bent.'

Vargas zwaaide een dikke vinger heen en weer. 'Je moet wat meer respect voor me hebben, gringo. Op een dag zal ik de leiding over de Poema's hebben. Ik zou een nuttige vriend kunnen zijn.'

Carter snoof verachtelijk. 'Je bent een drugsverslaafde die mijn tijd verdoet. Je kunt nog geen bordeel runnen, laat staan een eenheid van de Special Forces.'

Vargas' gezicht betrok. Hij deed een stap naar Carter toe en tikte met een vinger tegen zijn borst. 'Nou moet je even goed luisteren, oké? Mijn vader is een goede vriend van de president. Hij kan ervoor zorgen dat je morgen in een vliegtuig naar dat kutland van je zit.' Hij grijnsde vals. 'Misschien halen we de volgende keer wel een paar Amerikanen naar Chili. Zij weten hoe ze moeten omgaan met mensen als wij.'

Er knapte iets bij Carter. Alle opgekropte frustratie en woede van de afgelopen vier weken, de kleinzielige vernederingen, de eentonige routine op het oefenterrein en de wetenschap dat hij uiterst onaangename mensen aan het leren was hoe ze moesten doden, kwamen plotseling in zijn borst tot uitbarsting. Hij pakte Vargas' wijsvinger vast en boog die met één soepele beweging zo ver naar achteren dat het bot brak.

Vargas gilde het uit van de pijn.

Het volgende moment boog Carter zijn hoofd, spande zijn spieren en kwam omhoog terwijl hij zijn schedel op het gezicht van zijn tegenstander richtte.

Met een dof, knarsend geluid beukte Carters voorhoofd tegen het zachte vlees van Vargas' neus.

De junk liep wankelend achteruit terwijl het bloed uit zijn gehavende neus gutste. Carter stortte zich op het joch, trapte hard op zijn voet en gaf hem een paar snelle stoten tegen zijn ribben. Vargas probeerde terug te slaan met een wilde rechtse. De coke die hij had gesnoven had hem zelfvertrouwen gegeven, maar hij kon er geen steek beter door vechten. Carter zag het al ver van tevoren aankomen. Hij blokkeerde de onstuimige uithaal en raakte Vargas vol op zijn kin. De zoon van de generaal viel met maaiende armen kreunend naar achteren en landde een paar centimeter van de deuropening op zijn rug.

Carter boog zich over zijn gevloerde tegenstander heen, terwijl die met schokkende schouders op de grond lag. Hij had Vargas er flink van langs gegeven. Het joch lag kronkelend op het tapijt, grijpend naar zijn gezicht en schreeuwend om hulp. Hij zou voorlopig geen coke meer snuiven.

Carter hoorde stemmen in de gang. Het gedreun van naderende voetstappen. Medel kwam de kamer binnenstormen. Hij keek even naar Vargas, wierp Carter een snelle blik toe en ging toen op één knie naast de jongen zitten om zijn verwondingen te inspecteren.

Een paar seconden later kwamen Langton, generaal Vargas en een paar andere gasten naar binnen rennen. Een van de dienstmeisjes hapte geschokt naar adem. Medel riep dat iemand handdoeken en water moest halen. Vargas junior kreunde zacht.

De ogen van de generaal versmalden zich. Zijn gezicht trilde van nauwelijks ingehouden woede.

'Wat gebeurt hier?' vroeg hij bars.

'Hij viel me aan,' kermde zijn zoon. De tranen stroomden over zijn wangen. 'Shit, mijn neus... het doet heel erg pijn.'

'Jezus,' siste Langton. 'Jezus christus.'

De generaal wierp Carter een vuile blik toe. 'Heb je hier een verklaring voor?'

*Met ons valt niet te spotten*, had het joch gezegd.

*Wij zijn niet het soort mensen met wie je gezeik wil.*

Carter zei: 'Het was zijn schuld. Die lul begon. Hij zit de hele avond al aan de coke, bedreigt mensen en gedraagt zich als een idioot. Hij vroeg erom.'

De generaal keek naar zijn zoon, die een handdoek van Medel kreeg aangereikt en tegen zijn neus drukte om het bloed te stelpen. 'Is dat waar, Fabian?'

De knul schudde zijn hoofd. 'Ik wou hem alleen je collectie laten zien. Meer niet, ik zweer het. Voordat ik het wist sloeg hij me. Shit...' Hij kneep zijn ogen dicht van de pijn.

'Godsamme.' Langton zag eruit alsof hij een beroerte kreeg. 'Wat bezielde je, man? Ben je helemaal gek geworden?'

Carter schudde verwoed zijn hoofd. 'Die lul liegt. Hij is een cocaïnejunk, godverdomme.'

Generaal Vargas keek hem woedend aan. 'Je hebt het lef mijn zoon aan te vallen en beschuldigt hem er vervolgens van dat hij een leugenaar is? Een gedecoreerde jonge officier, de beste van zijn groep? Schandalig!'

Carter beet op zijn tanden. Hij wist dat het zinloos was om zich te verdedigen. Het was uitgesloten dat de generaal een Britse soldaat eerder zou geloven dan zijn bloedeigen zoon.

Het doordringende gezoem van een telefoon verbrak de stilte. Langton haalde het toestel uit zijn broekzak en keek fronsend naar het nummer. Toen keek hij met trillende neusvleugels op naar Carter.

'Wegwezen,' siste hij. 'Jezus man, ga wég.'

Carter bleef even staan en staarde de ambassadeur vernietigend aan. Het verbaasde hem niets dat Langton de kant van de generaal had gekozen.

Het lucratieve contract.

Er stonden honderden miljoenen dollars op het spel voor Whitehall. Langton zou Carter zonder enige aarzeling voor de bus gooien als hij daarmee de deal kon bezegelen.

Een eindje verderop hielpen Garrido en Medel Fabian Vargas overeind. Het joch kromp in elkaar van de pijn en snikte zacht terwijl Medel zijn gebroken vinger bekeek.

'Donder op, idioot,' zei Langton. 'Ga naar huis. We praten later wel.'

Zijn telefoon trilde nog steeds.

Langton vloekte binnensmonds. Toen draaide hij Carter de rug toe en liep de gang in om op te nemen. Carter wurmde zich langs hem heen en ging op weg naar de voordeur. Achter hem praatte Langton gedempt met wie hij maar aan de lijn had.

*De tering voor ze.*

*Voor het hele zootje.*

De valet stond hem bij de ingang al op te wachten met de autosleutels. Terwijl hij gas gaf en met de Land Cruiser over de oprijlaan wegreed, wist Carter al dat zijn carrière bij het Regiment voorbij was.

Langton zou meteen contact opnemen met Hereford. Carter had de zoon van een generaal in zijn eigen huis te grazen genomen, en het kon niet anders dan dat dat in Engeland tot een diplomatieke rel leidde. Ze zouden Carter op de eerstvolgende vlucht naar Londen zetten. De trainingsovereenkomst zou worden afgeblazen. De grote wapendeal waarschijnlijk ook. Misschien zou hij zelfs beschuldigd worden van mishandeling.

Hij zou hoe dan ook worden weggestuurd bij het Regiment.

Carter had negen jaar als Blade gediend. Negen jaar waarin hij hard had gevochten in enkele van de vijandigste en ruigste gebieden ter wereld. Had gedaan wat er moest gebeuren.

*Mijn carrière is voorbij*, dacht hij verbitterd.

# 3

Carter bleef gedurende de korte rit naar zijn flat in het noordoosten van Santiago kwaad. Thuis. Althans, in elk geval voor de komende paar uur. Zijn appartement bevond zich op de vijfde verdieping van een smetteloos wit gebouw, een kwartiertje lopen van de Britse ambassade. Het was een van de oudere gebouwen in de buurt. Het stikte in de omgeving van de wolkenkrabbers, ketenhotels en sushirestaurants. De statige negentiende-eeuwse huizen, sjofele kroegen en hoge flats werden gestaag verzwolgen door het staal en glas die de vooruitgang met zich meebracht. Overal ter wereld hetzelfde liedje. Oud maakte plaats voor nieuw.

Ik ken het gevoel, dacht Carter.

Het was tien uur 's avonds op een donderdag in april. Het was stil op straat. Op dit tijdstip was het fris buiten, en de weinige voorbijgangers waren in zoveel lagen gehuld dat ze wel bruidstaarten leken. Carter manoeuvreerde de Land Cruiser langs de zijkant van de flat omlaag over het asfalt, zette de wagen in de ondergrondse parkeergarage en nam de trap naar de vijfde verdieping.

Er zat niets anders op dan te wachten tot hij werd gebeld door de ambassade. 22.00 uur in Santiago betekende dat het 01.00 uur was in het Verenigd Koninkrijk. Langton zou nog een tijdje op de barbecue blijven om te proberen het een beetje bij te leggen met generaal Vargas voordat hij de officier van dienst in Hereford belde. Er zou kort overlegd worden met het hoofdkwartier. Er zouden zorgen worden geuit.

Vraagtekens bij gedrag worden gezet. Vervolgens zou hij worden ontboden op de ambassade, waar een kort gesprek zou plaatsvinden met de militair attaché. Iemand zou Carter een ticket overhandigen voor de eerst beschikbare vlucht naar huis. Hij betwijfelde of iemand hem zou missen.

Carter troostte zichzelf met de gedachte dat hij in elk geval geen dag langer met Fabian Vargas hoefde te werken.

Hij kon niet slapen, dus pakte hij een ijskoud flesje Escudo uit de koelkast, maakte het open en ging in de zwartleren leunstoel voor de tv zitten. Twintig jaar geleden was die helemaal hip geweest. Hij pakte de afstandsbediening en begon drinkend van zijn bier te zappen.

Hij was pissig op Langton. Op het Regiment. Op de generaal.

Maar vooral op zichzelf.

Hij had het verknald. Een waardeloos joch met een drugsverslaving en een verkeerde instelling had hem op de kast gejaagd. Wat dan nog. Elke verstandige soldaat zou zijn mond hebben gehouden, maar Carter had zijn zelfbeheersing verloren.

Alweer.

Zijn carrière liep tóch al gevaar.

Nu was er helemaal niets van over.

Carter zapte net zo lang tot hij bij een nieuwszender kwam. Hij sprak geen Spaans, maar door de beelden snapte hij waar het over ging. Er was een ontmoeting in het Witte Huis geweest tussen de Amerikaanse president en de premiers van Groot-Brittannië en Australië. De drie mannen stonden op een podium in de camera's te grijnzen en leken heel tevreden met zichzelf. Een of andere belangrijke top.

Carter herinnerde zich dat hij er een paar dagen eerder vluchtig een artikel over had gelezen. Een nieuw militair verdrag. Naar verluidt om Chinese agressie in de regio in te dammen. Hoewel geen van de betrokkenen China specifiek had genoemd, waren de bedoelingen duidelijk.

Succes ermee, dacht Carter. Er zal meer voor nodig zijn dan een paar kernonderzeeërs om Beijing bang te maken.

De Amerikaanse president verscheen in beeld terwijl hij achter een katheder stond en vragen van de pers beantwoordde. Twee adviseurs stonden aan weerszijden van hun fragiel ogende opperbevelhebber: een ernstig kijkende man in een donker pak met een zijden stropdas, en een slanke roodharige vrouw met een lichtblauw jasje en een bijpassende broek.

Carter had de vrouw nooit eerder gezien, maar de man herkende hij meteen. Hij was lang en mager en had dunne lippen, droeg zijn grijzende haar in een scheiding en had zulke kille blauwe ogen dat ze wel van ijs leken. De man zag eruit alsof hij rond de vijftig was maar had de lichaamsbouw van een dertiger. Hij had het onbuigzame voorkomen van een oud-militair.

Dat is hem, dacht Carter. Dat is de kerel die ik heb ontmoet.

Bill Ramsey, de voormalige CIA-directeur.

Een van de naaste vertrouwelingen van de president.

Dezelfde man die Carter een Medal of Honor had omgehangen.

Carter dacht terug aan die dag. Vier maanden na de bestorming in Mali. De kleinschalige ceremonie in een zijkamer van het Capitool. Geen fotografen, geen pers. Alleen Carter, Ramsey en een paar andere Amerikaanse hoogwaardigheidsbekleders. Ramsey had hem de hand geschud, in de ogen gekeken en met dat lijzige zuidelijke accent van hem gezegd dat het Amerikaanse volk hem veel dank verschuldigd was.

'De president zal niet vergeten wat je hebt gedaan, jongen,' had Ramsey hem toevertrouwd. 'Daar kun je van op aan. Je hebt in hem een vriend voor het leven, reken daar maar op.'

Het leek Carter voor de wind te gaan, maar toen had Brathwaite alles op alles gezet om zijn carrière kapot te maken. Vanaf dat moment was het bergafwaarts gegaan.

Op de televisie ging het nu over andere belangrijke internationale gebeurtenissen. Een vluchtelingenkaravaan was langzaam op weg naar de Amerikaanse grens. Er was een korte reportage over de hongersnood in Afghanistan. Agressieve houthakkers waren het Amazonegebied aan het ontbossen. De inflatie was op het hoogste punt in twintig jaar. Carter dronk van zijn ijskoude bier en keek toe hoe de wereld ten onder ging.

Zijn flesje was leeg. Hij pakte een ander en maakte het open terwijl hij zijn woede onderdrukte.

Anderhalf uur later begon zijn telefoon te trillen.

Carter pakte het toestel dat hij van het Regiment had gekregen uit zijn zak en keek naar de naam van de beller op het scherm.

Peter Treadwell. De militair attaché van de ambassade.

Treadwell was de tussenpersoon voor het trainingstraject met de Chileense Special Forces. Een keer per week bezocht Carter hem in zijn kantoor op de Britse ambassade om hem op de hoogte te stellen van het programma. Treadwell was zelfs een paar keer in het kamp verschenen om te zien hoe Carter de rekruten aanpakte.

Zodra Carter Treadwells naam zag, wist hij dat hij slecht nieuws te horen zou krijgen.

Het was twaalf minuten na middernacht. Nog geen drie uur nadat hij het huis van de generaal uit was gestormd. Jezus, dacht hij, Langton heeft er geen gras over laten groeien. Hij moet contact met Hereford hebben opgenomen zodra ik ben weggereden. Die gast wil echt heel graag dat ik word ontslagen.

Hij veegde met een vinger over het scherm. Klemde de telefoon tegen zijn oor en zei: 'Ja?'

'Jamie, met Peter,' zei de attaché overbodig. Hij had een zwaar accent, al was het minder bekakt dan dat van Langton. En hij had op een minder vooraanstaande kostschool gezeten. Stond iets lager op de maatschappelijke ladder. 'Luister, ik zal maar meteen zeggen waar het op staat. Je moet hierheen komen.'

Zelfs over de telefoon kon Carter de kille woede in Treadwells stem horen.

*Daar zul je het hebben. Het einde van mijn leven bij het Regiment. Beëindigd door een doorgesnoven idioot met een belachelijk kapsel en een generaal met een fetisj voor aandenkens aan Pinochet.*

'Wanneer?' vroeg hij.

'Nu,' antwoordde Treadwell kortaf.

'Stuur maar een auto. Ik zal zorgen dat ik klaarsta.'

Er werd minachtend gesnoven aan de andere kant van de lijn. 'Ik stuur helemaal niks, klootzak. Niet na wat je vanavond hebt geflikt. Je hebt toch benen? Gebruik die maar.'

Treadwell vond zichzelf altijd heel grappig. Carter vond hem alleen maar een lul.

Hij wilde de verbinding al verbreken toen Treadwell zei: 'Nog één ding.'

'Ja?'

'Neem je koffers en documenten mee. Gepakt en gezakt en klaar om te vertrekken. Begrepen?'

Carter wilde vragen waarom, maar hij wist al wat het antwoord was.

*Ik ben op weg naar huis.*

*En kom hier niet meer terug.*

'Ik ben er over twintig minuten,' zei hij.

'Mooi zo. Laat ons niet wachten.'

Treadwell hing op. Carter bleef even naar de ruis luisteren. *Ons*, had Treadwell gezegd. Het was dus niet alleen de attaché. Hij vroeg zich af wie er nog meer bij het gesprek aanwezig zou zijn. De ambassadeur waarschijnlijk. Die wilde zich verlustigen aan de teloorgang van Carters SAS-carrière. Misschien was het de contactpersoon van MI6, om hem zijn boardingpass te overhandigen.

Het was afgelopen bij het Regiment. Geen twijfel mogelijk. De leiding moest niets hebben van Blades die een diplomatieke rel veroorzaakten, en erger dan de zoon van een generaal in elkaar beuken terwijl Whitehall met een charmeoffensief bezig was, kon bijna niet. Het was einde oefening voor hem.

Carter had geen gezin dat thuis op hem wachtte. Hij was op jonge leeftijd getrouwd. Té jong, achteraf gezien. Alex had zijn aandacht getrokken toen hij een avondje uit was in Hereford kort nadat hij door de selectie was gekomen. Een half jaar later waren ze getrouwd. Maar het was al snel verkeerd gegaan. Afghanistan had dingen gedaan in Carters hoofd die hij niet meer ongedaan kon maken. Toen hij weer thuiskwam, was hij heel gesloten. Alle nare herinneringen waren begraven in de donkerste uithoeken van zijn geest. Als hij het echt heel moeilijk had, zocht hij zijn heil in de drank. Alex had gezegd dat hij hulp moest zoeken, maar daar had hij niets van willen weten.

'Het lijkt wel of je een ander mens bent geworden,' had ze gezegd, en ze had gelijk. Ze hadden nog een tijdje aangemodderd voordat ze uiteindelijk uit elkaar waren gegaan. De scheiding volgde al snel. Nu kon hij zich nauwelijks de maandelijkse alimentatie veroorloven.

Carter woonde op zichzelf, in een klein huis een paar kilometer buiten Credenhill. Als hij 's morgens niet op de basis was, maakte hij lange wandelingen. 's Avonds las hij.

'Het is vast eenzaam voor je,' had een voormalige vriendin gezegd. Zo voelde het niet voor Carter. Buiten de opleiding had hij genoeg aan zijn eigen gezelschap. Hij had maar een paar vrienden. Niets dat hem aan Hereford bond. Geen reden om er langer te blijven. Dat had zo zijn voordelen.

Misschien kon hij zijn geluk in Amerika beproeven als hij weg was bij de SAS. Hij had contacten bij de CIA in Langley, bij Delta en de SEALS. Hij had een Medal of Honor en complimenten van de president in eigen persoon. Hij vermoedde dat hij daar mogelijkheden zou hebben.

*Ongetwijfeld is alles beter dan deze shitzooi.*

Hij deed er een paar minuten over om zijn weinige bezittingen in zijn reistas te stoppen: toiletspullen, burgerkleding, zijn boeken over militaire geschiedenis. Carter nam altijd een paar van die boeken mee op operaties. Momenteel verdiepte hij zich in Stalingrad, D-day en de napoleontische oorlogen.

Jaren geleden had hij tijdens een trainingsoefening een ervaren Blade helemaal zien opgaan in een verhaal over oorlogsvoering in het oude Griekenland. Dat had Carter verbaasd. Hij had de norsige man uit Birmingham gevraagd waarom hij zo'n soort boek las.

'Ik ben een soldaat,' had het droge antwoord geluid. 'Doden is mijn beroep. Waarom zou ik daar niet in geïnteresseerd zijn?'

Dat had Carter een goed antwoord gevonden. Sindsdien had hij zijn best gedaan om zijn kennis over de militaire geschiedenis bij te spijkeren als hij wat tijd overhad.

*Daar heb ik vanaf nu meer dan genoeg van.*

Drie minuten later liep hij voor de laatste keer zijn appartement uit.

# 4

Carter stapte de schaars verlichte straat op en liep in noordelijke richting. De stad werd gegeseld door een kille wind, die het gemunt had op elke centimeter onbedekte huid en die aan zijn leren jas rukte. Hij liep een paar minuten door een brede straat vol bomen, met aan weerszijden chique koopflats, kantoren van investeringsmaatschappijen en boetieks, tot hij bij een druk kruispunt kwam. Daar sloeg hij rechts af en vervolgde zijn weg door een straat met drie rijstroken.

Carter wist dat er in Hereford maar weinig mensen rouwig zouden zijn om zijn vertrek.

De andere Blades respecteerden hem vanwege zijn vaardigheden, maar dat respect was vermengd met jaloezie. En haat. Carter had door de jaren heen een hoop collega's tegen de haren in gestreken.

Het leven bij het Regiment had twee kanten. Soldaat-zijn was er daar een van. De SAS had echter ook een politieke kant. Sommige jongens ging het niet voor de wind vanwege hun verrichtingen op het slagveld maar omdat ze zich gedeisd hielden. Ze ontweken de grote missies, sleepten hun kwalificaties binnen en werkten zich gestaag steeds wat verder omhoog.

Carter kon geweldig vechten maar had het bredere systeem dat in Hereford van kracht was nooit onder de knie gekregen. Als geboren soldaat vond hij het vreselijk om het politieke gekonkel binnen de eenheid het hoofd te bieden. Hij had maten afgefakkeld die hun volgende afspraak belangrijker vonden dan de vraag of ze hun werk goed deden. Carter had gelijk gehad, maar zijn uitgesproken gedrag had hem meer dan eens in de problemen gebracht.

Ondanks alles vond hij het nog steeds geweldig om deel uit te maken van het Regiment. Zijn bloed kookte bij de gedachte dat hem dat zou worden afgenomen.

De SAS had Carter het leven gered. Hij had zijn jeugd verspild in een deprimerend plaatsje in Northumberland, een plek die door de rest van het land voorbij was gestreefd – en elke arme sukkel die er woonde wist dat. In zo'n omgeving moest je al op jonge leeftijd voor jezelf op leren komen.

Carter had zijn vader nooit gekend. Hij groeide op in een groezelige sociale huurwoning met zijn moeder en stiefvader, een agressieve dronkenlap die het kleine beetje geld dat ze bezaten vergokte. Op school vocht hij en haalde hij onvoldoendes voor zijn proefwerken. Als kind was hij altijd kwaad en voelde hij zich verloren.

Hij had altijd deel willen uitmaken van een team maar had nooit serieus over het leger nagedacht. Tot hij op een dag tegenover het plaatselijke rekruteringskantoor van het leger op de bus stond te wachten. Om redenen die hij niet begreep voelde hij zich tot het gebouw aangetrokken. De rekruteringsofficier had Carter een rooskleurig verhaal over het leger voorgeschoteld. Hij had het gehad over carrièremogelijkheden, het aanleren van nieuwe vaardigheden en reizen naar verre landen.

Maar het belangrijkste was dat hij had gezegd dat het leger net een familie was.

Dat je er deel uitmaakte van een team.

Niet lang daarna had Carter zich aangesloten bij de parachutisten. Hij had een paar jaar bij 2 Para gezeten voordat hij was geselecteerd voor de Pathfinders, een gebruikelijk carrièreverloop voor jongens die ooit in aanmerking wilden komen voor de SAS.

Nu zou er aan dat hoofdstuk van zijn leven een einde komen, realiseerde hij zich verbitterd.

Carter liep een halve kilometer verder en bereikte de Britse ambassade.

Aan de buitenkant zag de ambassade er helemaal niet uit als een diplomatieke post. Het was een kleurloos bakstenen gebouw met donkere ramen en een onopvallende voorgevel op de hoek van een druk kruispunt. Alleen aan de Union Jack die slap aan de vlaggenmast boven de ingang hing, kon je zien waar het gebouw toe diende.

Er bevond zich altijd een basisbezetting op de ambassade. Achter de receptie zat één man, een verveeld ogende Chileen met een dikke buik. Zijn mollige gezicht werd verlicht door de blauwachtige gloed van een televisiescherm. Carter begon te denken dat er iets in het nationale dieet zat. De receptionist liet hem binnen en gebaarde dat hij door de metaaldetector voor in de hal moest lopen. Hij belde kort met iemand en concentreerde zich toen weer op zijn televisieprogramma.

Carter wachtte.

Even later gingen de liftdeuren open. Er stapte een grijsharige man uit, die zijn pasje voor de lezer van de tourniquet hield en recht op Carter af kwam lopen.

Peter Treadwell begroette Carter met een kordaat knikje.

'Jamie. Bedankt voor je komst,' zei hij.

Hij zei het op beschaafde toon maar had een neerbuigende blik in zijn ogen.

Treadwell had de lichaamsbouw van een rugbyspeler die zijn beste tijd had gehad. Hij had een rond gezicht en gezwollen ogen. Zijn buik was zo dik dat je er een bierflesje op kon zetten. Waarschijnlijk bracht hij veel te veel tijd achter een bureau door. Zoop hij te veel champagne en at hij te veel canapés tijdens officiële bijeenkomsten. Maar de samengeknepen groene ogen waren kil en wezen op een latente meedogenloosheid. Carter vermoedde dat je alleen militair attaché kon worden als je het klappen van de zweep kende.

Ondanks het late tijdstip was Treadwell keurig gekleed, met een vers gestreken wit overhemd, een grijze broek en bruinleren brogues.

'Voor we naar boven gaan wil ik iets tegen je zeggen. Wat je hebt gedaan is schandalig.'

Daar had Carter geen antwoord op, dus zweeg hij. Hij wilde geen ruzie met een man die werk deed waarbij het grootste risico was dat hij zich aan papier sneed.

'Je bent een schande voor deze ambassade en voor je eenheid,' vervolgde Treadwell. 'Persoonlijk walg ik van je gedrag. Je zou je diep moeten schamen. Hoe sneller je hier weg bent, hoe beter.'

Carter gaf nog altijd geen antwoord.

Treadwell wierp hem nogmaals een priemende blik toe. Zijn gezicht droop van minachting. 'Goed. Kom mee. De anderen wachten boven.'

Hij keerde Carter de rug toe, liep met stevige passen naar de tourniquet en hield zijn pas weer bij de lezer. Carter volgde hem naar de lift. Ze gingen naar de derde verdieping, liepen een automatische deur en een gang door, langs allemaal donkere kantoren en vergaderruimtes met glazen wanden. Aan het einde van de gang bleven ze staan voor een stevige deur. Treadwell klopte twee keer snel achter elkaar op het harde hout en wachtte. Toen zwaaide de deur open en gebaarde hij naar Carter dat die naar binnen moest gaan.

Carter kwam in een vertrek met een grijs tapijt. Het was lang en smal en had een laag plafond, zodat het wel iets weg had van een onderzeeboot. Aan de muren met houten panelen hingen sierlijke lampen. Een enorme walnoothouten tafel stond in het midden van de kamer. Er stonden twaalf dure draaistoelen omheen. Op het midden van de tafel zag Carter een telefoon met luidspreker en een laptop. Plus een roestvrijstalen cafetière, keramische koffiekopjes, flesjes water en een bord uitgedroogde croissants. Ook stond er een antiek zijtafeltje met een vaas bloemen erop. Aan de muur tegenover de deur hing een flatscreen. De muren waren versierd met canvas kunstwerken en foto's.

Carter was al eerder op plekken als deze geweest, tijdens missies in andere landen. Dit was een beveiligd vertrek dat regelmatig werd gecontroleerd op afluisterapparatuur. Een ruimte waar ambassadepersoneel uiterst gevoelige gesprekken kon voeren zonder bang te hoeven zijn dat er werd meegeluisterd.

Om de tafel zaten vier mensen. Twee links, twee rechts. Ze staarden allemaal naar Carter toen hij binnen kwam lopen.

Langton zat op de dichtstbijzijnde stoel aan de linkerkant. Hij zei niets maar keek hem woedend aan.

Naast hem zat een bleke, kalende man met een lange, smalle neus. Door de vorm van zijn wenkbrauwen leek het of hij altijd enigszins afkeurend keek. Carter schatte hem rond de vijftig. De man droeg een onberispelijk donker, effen pak.

Carter verplaatste zijn blik naar de twee mannen aan de rechterkant van de tafel.

En verstijfde.

De man die het dichtst bij de deur zat was mager en pezig. Zijn dikke baard had grijze plukken en zijn lippen vormden een brede grijns. Hij had een grijs T-shirt aan en hij droeg een gerafelde honkbalpet. Hij had een tatoeage van een kikker die een drietand vasthield op zijn rechterarm – de tatoeage waarmee SEALS gevallen kameraden herdachten.

'Hoe gaat het, chef?' vroeg hij met zijn lijzige Kentucky-accent. 'Tijdje geleden.'

'Mike! Tering, wat doe jij hier?'

Mike Mullins zat bij Team Six van de SEALS, dat ook bekendstond als DEVGRU, een afkorting van Development Group, of Task Force Blue, afhankelijk van wie je het vroeg en wanneer ze er deel van hadden uitgemaakt. Amerikaanse SF-teams hadden vaak meer namen dan een identiteitsdief.

Carter en Mullins hadden samengewerkt tijdens de laatste jaren van de oorlog in Afghanistan, als onderdeel van een gezamenlijke taskforce die bestond uit Amerikaanse en Britse Special Forces. Het team dat de deuren intrapte. Het was hun taak geweest om invallen te doen, mensen die werden verdacht van terrorisme op te pakken en met de snelheid van het licht geheime informatie te vergaren. Vervolgens moesten ze weer de helikopter in en meteen door naar het volgende doelwit.

Mede door die operaties was er een hechte band ontstaan tussen de jongens van de SAS en hun tegenhangers van Delta Force en SEAL Team Six. Carter was met een hoop gasten van deze eenheden bevriend geraakt. Ook met Mike Mullins.

Carter had het goed kunnen vinden met de man uit Kentucky. Ze hadden allebei een moeilijke jeugd gehad en hadden allebei veel shit moeten overwinnen. Mullins had hem zijn verhaal op een avond bij een paar biertjes verteld. Hij was grootgebracht door zijn grootouders in een godvergeten stadje in de omgeving van Louisville. Zijn vader zat vaker wel dan niet in de gevangenis en zijn moeder en tantes waren verslaafd geraakt aan pijnstillers. Supersterke medicatie. Het hele stadje was om de haverklap high.

Mullins was in zijn jonge jaren een rouwdouwer geweest. Hij werkte in een tegelfabriek en bracht zijn vrije tijd door met drinken, kroeggevechten en experimenteren met drugs. Hij hing rond met de verkeerde mensen. Toen besloot hij, op een nacht dat hij in een politiecel zat, zijn leven helemaal om te gooien. Hij kickte af van de drugs en ging bij de marine. Na een paar jaar werd hij geselecteerd voor de SEALS, en vervolgens was hij bij de DEVGRU gegaan.

Op het eerste gezicht kwam Mullins over als een rustige, whisky zuipende plattelandsjongen, maar in werkelijkheid was hij een geniale soldaat en een diepe denker die was gepromoveerd in krijgskunde. Hij was een van de beste soldaten met wie Carter ooit had gewerkt.

'Hoe lang is het geleden, chef?' vroeg Mullins. 'Drie jaar?'

'Zoiets ja,' antwoordde Carter.

Mullins wees naar de man naast hem. 'Je herinnert je Bryan nog wel, toch? Uit Afghanistan?'

‘Hé maatje,’ zei Ortega.

Carter gaf de tweede man ter begroeting een knikje. Hij herinnerde zich dat Bryan Ortega vroeger bij de Delta Force had gezeten. Ook bekend als de Combat Applications Group, of ‘The Unit’, of Task Force Green. Er werd duidelijk verwoed strijd geleverd over de vraag welk team binnen de Amerikaanse Special Forces de meeste titels had. Misschien was er wel een prijs mee gemoeid.

Ortega was achter in de dertig en een spijkerharde gozer uit Phoenix, Arizona. Hij zag eruit als een typische Delta-soldaat, met een brede borstkas en enorme spieren. De aderen in zijn onderarmen, die helemaal bedekt waren met bendetatoeages, waren zo dik als gasleidingen. Hij droeg een olijfgroen shirt dat onmogelijk nog verder kon uitrekken rond zijn immense biceps. Om zijn nek hing een groot zilveren crucifix.

Carter kende hem niet heel goed, maar hij had van Mullins en een paar andere Amerikanen geruchten over Ortega gehoord. Er werd beweerd dat zijn ouders tijdens de drugsoorlogen uit Colombia waren gevlucht. Volgens sommige verhalen had Bryan tijdens zijn jeugd bij een plaatselijke bende gezeten. Mensen die connecties hadden met de Mexicaanse kartels. Ortega was ternauwernood aan het bendeleven ontkomen, maar enkele familieleden hadden minder geluk gehad. Hij was een ernstige, zwaarmoedige man en diepgelovig. Hij vloekte nooit, zei weinig en was tijdens operaties heel erg op zichzelf.

‘Zo te zien heb je je hand nogal toegetakeld, maatje,’ zei Ortega. Hij grijnsde. ‘Denk je dat je Floyd Mayweather bent of zo?’

Carter keek omlaag naar zijn gehavende rechterhand. De huid op zijn knokkels was geschaafd en bloederig. Bijkomende schade doordat hij de zoon van de generaal in zijn gezicht had geramd. Hij had het niet eens gemerkt.

Treadwell stapte naar voren en wees naar de man in het grijze pak.

‘Dit is Tobias Proudlock,’ zei hij. ‘Hij is tegenwoordig de man van Six in Washington. Hij vervult die rol nog maar net, dus jullie hebben nog niet eerder met elkaar te maken gehad.’

Carter schrok op. 'Wat heeft dit allemaal te betekenen?'

Treadwell zei: 'Deze drie heren willen je graag spreken.'

'Waarover?'

'Dat is iets waar we het graag alleen met de heer Carter over willen hebben,' zei Proudlock, de man in het pak, met een bekakt accent. 'U weet hoe het gaat.'

Hij glimlachte beleefd en wendde zich tot Langton.

'Wij nemen het vanaf hier over, Simon. Bedankt.'

Langton begreep de hint en hees zich met alle waardigheid die hij op kon brengen uit zijn stoel. 'Ja. Nou goed. Dan laat ik het maar aan jullie over. Als jullie iets nodig hebben, laat het dan weten.'

'We redden ons wel,' zei Proudlock.

Langton wendde zich tot Treadwell en knikte. De laatste maakte aanstalten om naar de deur te lopen. Langton volgde hem, bleef toen voor Carter staan en keek hem vuil aan. Zijn adem rook naar wijn. 'Als je maar weet dat ik de beslissing al had genomen om je weg te sturen,' zei hij half brabbelend. 'Vanwege je schandalige optreden vanavond. Wat je hier ook met deze heren te bespreken hebt, denk maar niet dat je uit de problemen bent. Ik zal zo snel mogelijk een klacht indienen bij je meerderen. Ik zal mijn ongenoegen in de sterkst mogelijke bewoordingen kenbaar maken.'

Carter haalde zijn schouders op. 'Vul je formulieren maar in als je daar blij van wordt.'

'Jezus, heb je dan niets ter verdediging aan te voeren?' beet Langton hem toe. 'Bied je zelfs je excuses niet aan?'

'Nee,' antwoordde Carter. 'Want het spijt me verdomme helemaal niet. Ik zal blij zijn als ik hier weg ben.'

'Dat geldt dan voor ons allebei.' Langton snoof verachtelijk voor hij de kamer uit stormde. Treadwell volgde hem en trok de deur achter zich dicht.

Toen glimlachte Mullins en zei: 'Zo te zien heb je hem behoorlijk pissig gemaakt, chef.'

Carter zei: 'Dat is nog niks. Je zou hem moeten zien als de foie gras in de kantine van de ambassade op is.'

Mullins' enorme schouders schokten als zuigers toen hij begon te lachen. Al snel deed Ortega mee. Proudlock keek Carter afkeurend aan en gebaarde naar de stoel waarop Langton net nog had gezeten.

'Ga zitten,' zei hij. 'Wil je iets hebben? Koffie? Water?'

Carter schudde zijn hoofd. Het duizelde hem nog steeds.

Mullins grijnsde en zei: 'Ik zal je iets vertellen, chef. Je timing is voortreffelijk. Je hebt ontzettend veel mazzel.'

'Dat zie ik toch anders, maat.'

Mullins lachte, deed zijn pet af en haalde een hand door zijn grijze haar. Carter ging met een knoop in zijn maag tegenover de Amerikanen zitten.

'Je dacht dat dit iets te maken had met die lul die je in elkaar hebt geslagen, hè?' vroeg Mullins terwijl hij zijn pet weer op zijn hoofd zette.

Carter haalde zijn schouders op. 'Dat is wel bij me opgekomen.'

Weer lachte Mullins. 'Ik kan het je niet kwalijk nemen. Zou ik zelf ook gedacht hebben. Eerlijk gezegd klonk het alsof die sukkel zijn verdiende loon heeft gekregen. Maar je moet wel lef hebben om de zoon van de generaal in zijn eigen kantoor in elkaar te beuken.' Hij schudde zijn hoofd. 'Jullie Britten doen het wel in stijl.'

'Waarom zijn jullie hier?' vroeg Carter.

Mullins haalde zijn benen van elkaar en antwoordde: 'We zullen open kaart spelen, aangezien we allemaal vrienden van elkaar zijn. Bryan en ik werken tegenwoordig voor de CIA. Maar dat had je vast al door.'

Carter verstijfde.

De CIA. Dat betekende dat Mullins en Ortega deel uitmaakten van de Special Operations Group, de paramilitaire elite-eenheid van de CIA. De SOG was een hecht team van voormalige leden van SEAL Team Six en Delta die geheime operaties op vreemde bodem uitvoerden. Ze knapten het vuile werk voor de CIA op. De inlichtingendienst had de afgelopen jaren heel wat Amerikaanse Special Forces in de arm genomen, rechtstreeks of via een tussenpersoon om minder snel met ze in verband te kunnen worden gebracht.

En dat leidde tot een andere vraag.

'Wat is er aan de hand?' vroeg hij terwijl hij de gezichten van de twee Amerikanen tegenover hem bestudeerde. 'Waarom ben ik hier?'

Mullins draaide zijn hoofd naar Proudlock om de officier van MI6 het woord te geven. Proudlock leunde naar voren en legde zijn handen gevouwen voor zich. Zijn zilveren manchetknopen fonkelden in het licht van de muurlampen.

'Washington heeft ons gestuurd om je te briefen,' zei hij. Hij verschoof zijn gewicht en trok een grimas, alsof hij aambeien had. 'Gelukkig voor jou, zou ik daar aan kunnen toevoegen. Als we hier een paar uur later waren aangekomen, had je nu in een vliegtuig naar Londen gezeten.'

'De, eh, situatie met die jongen is trouwens afgehandeld,' zei Mullins, die een beker koffie voor zichzelf inschonk en er vervolgens vier suikerzakjes in leegschudde. 'De generaal zal geen aanklacht indienen. Je gaat vrijuit, wat je ambassadeur er ook van denkt.'

Carter knikte langzaam. Hij zou opgetogen moeten zijn. Twee minuten geleden was hij nog bijna ontslagen en was zijn leven als een Blade ten einde gekomen. Nu ging hij vrijuit. Maar de opluchting die hij voelde werd onmiddellijk de kop ingedrukt door de wetenschap dat de CIA geen vinger zou hebben uitgestoken zonder er iets voor terug te vragen.

Wat ze ook wilden, Carter vermoedde dat het altijd beter was dan het alternatief.

Beter dan het leiden van een belabberde trainingsdeal en shit moeten verdragen van de familie Vargas.

'Ik luister,' zei hij.

Er viel een korte stilte waarin Proudlock een map uit een leren tas naast zijn stoel haalde. Ortega had zijn brede armen voor zijn borst over elkaar geslagen en staarde strak naar een punt op de tafel, alsof hij er kwaad op was. Mullins scheurde een vijfde suikerzakje open en tikte het leeg in zijn beker. Carter begon te denken dat hij een probleem had.

Proudlock legde de map voor zich op tafel, sloeg hem open en keek Carter aan. 'Wat kun je me vertellen over een man die David Vann heet?'

'Dave?' Carter ging rechtop zitten. 'Hij heeft bij het Regiment gezeten.'

'Je hebt hem persoonlijk gekend, heb ik begrepen. Jullie waren bevriend.'

'Dat klopt.' Carter zuchtte en liet de lucht tussen zijn opeengeklemde kaken ontsnappen. 'Ik kende David zeker. Hij was een ware legende toen ik bij het Regiment kwam. Hij was mijn instructeur bij de selectie.'

'Klopt het dat hij je directe leidinggevende was?'

Carter knikte. 'Hij was mijn pelotonscommandant.'

'Zou je zeggen dat jullie close waren?'

Carter haalde zijn schouders op. 'We zaten allebei bij het Para Reg.' Toen hij zag dat Proudlock hem niet-begrijpend aankeek legde hij uit: 'We zaten bij de parachutisten voordat we bij de SAS kwamen. We waren voormalige Pathfinders.'

Proudlock fronste zijn voorhoofd. 'Wat maakt dat uit?'

'Veel jongens die door de selectie komen, komen daarvandaan. Ze vormen vaak hun eigen kliekjes in Hereford. Zien alle anderen als losers of sukkels.'

'Jij ook?'

'Eerst wel. Je hebt een bepaalde mindset als je bij de para's zit.' Carter probeerde de woorden te vinden om dat aan een niet-militair uit te leggen. 'Zelfs als je je als een lul gedraagt kom je er als voormalige para mee weg. De andere para-jongens steunen je. Vanwege de loyaliteit aan hun vorige eenheid.'

‘Dus Vann nam je onder zijn hoede? Zou je kunnen zeggen dat hij een mentor was?’

‘Ja.’

Maar Carter wist dat het meer was.

Toen Carter bij het D-Squadron kwam, zat Vann al jaren bij het Regiment. Alle jongens in Hereford kenden Vann. Hij had in de jaren negentig in Bosnië gevochten, in Sierra Leone. Vervolgens in Irak, waar hij het had opgenomen tegen al-Qaida en de opstandelingen die de hoofden van westerlingen hadden afgesneden.

Vann had de reputatie een geniale maar soms roekeloze soldaat te zijn. En een keiharde. Hij werd door de andere jongens evenzeer gevreesd als gerespecteerd.

Carter had tegen Vann opgekeken. Hem bewonderd.

En Vann had Carters carrière gered.

Sommige jongens bij de SAS verslapten nadat ze door de zware selectie waren gekomen. Wanneer je eenmaal die beige baret droeg, trapte je al snel in de valkuil om te denken dat je het hoogtepunt van je militaire carrière had bereikt. Een tijdje had Carter dezelfde fout gemaakt. In plaats van zich serieus toe te wijden en te leren vechten, was hij zich gaan gedragen alsof hij de allerbeste soldaat uit de wereldgeschiedenis was.

Het eerste jaar was hij regelmatig op stap gegaan met de andere jongens die bij Para Reg hadden gezeten, en ze hadden gevochten met de plaatselijke bevolking. Het ging van kwaad tot erger.

Toen had Vann hem op een dag na de training apart genomen. ‘Rustig aan, jongen,’ had hij met zijn Belfast-accent tegen Carter gezegd. ‘Je zit nu bij de SAS. Weet je wat dat betekent?’

Carter had hem alleen maar aangekeken.

‘Je vindt jezelf heel wat, hè? Maar dat slaat echt nergens op. Het enige wat je hebt bereikt, is dat je nu bij een eenheid zit die beter is uitgerust. Meer niet. Nu zul je jezelf weer elke dag opnieuw moeten bewijzen. Als je dat niet doet, kun je je biezen weer pakken.’

Als iemand anders zo tegen Carter had gepraat zou hij niet geluisterd hebben. Maar hij had genoeg respect voor Vann om zich te realiseren dat hij de waarheid sprak. Als Carter een langdurige carrière bij het Regiment wilde, moest hij gaan oppassen.

Leren hoe hij als een professional moest leven, had Vann gezegd.

Zichzelf serieus nemen.

Vanaf dat moment had Carter zich volledig toegewijd om te leven als een elitesoldaat. Maar hij was Vanns advies nooit vergeten. Als de Noord-Ier niet had ingegrepen zou Carter het nooit hebben overleefd bij het Regiment. Dan zou hij nu weer terug zijn bij Para Reg en zich afvragen hoe het zo had kunnen lopen.

Hij vroeg: 'Waarom zijn jullie in Dave geïnteresseerd?'

Mullins en Ortega wierpen elkaar een blik van verstandhouding toe. Proudlock leunde naar achteren en keek naar de mannen van de CIA. Hij wachtte tot zij het gesprek overnamen. Mullins keek even fronsend naar zijn handpalmen, alsof hij zijn eigen toekomst probeerde te voorspellen.

Toen keek hij Carter aan. 'Wat we je gaan vertellen blijft onder ons. Het is belangrijk dat je dat begrijpt. Van soldaat tot soldaat. Oké?'

'Oké,' zei Carter bedachtzaam.

Mullins nam een slok van zijn mierzoete koffie en zei: 'De afgelopen vijf maanden heeft Vann een operatie voor ons gedaan. Volledig geheim.'

'Wat voor operatie?' vroeg Carter.

'Een trainingsklus,' zei Ortega. 'In Afghanistan.'

'Vann heeft gewerkt met wat er over is van de strijdkrachten die het tegen de taliban opnemen,' legde Proudlock uit. 'Het verzet.'

'Het verbaast me dat er nog iemand is. Ik dacht dat de taliban de meesten tijdens de overname in de pan hadden gehakt.'

'Een kleine groep houdt stand,' zei Mullins. 'Voormalige moedjahedien, soldaten, plus een paar gedesillusioneerde talibanstrijders.

Ze opereren momenteel in het noordoosten van het land, tussen de Panjshirvallei en de grens met Tadzjikistan.'

'Je vroegere werkterrein, meen ik,' viel Proudlock hem in de rede.

Carter knikte. 'Ik ben een tijdje instructeur geweest in die contreien.'

'Dat was...' Proudlock keek in de map. 'Tussen 2018 en 2019, begrijp ik.'

'Dat klopt.'

Afghanistan.

Carter had daar achttien lange maanden met een SF-eenheid in het noorden van het land doorgebracht. De instructeurs van het Regiment hadden groepen Afghaanse elitesoldaten begeleid tijdens missies om geheime informatie te vergaren en aanvallen uit te voeren op posities van de taliban. Ze handelden onafhankelijk van de coalitie en hadden statische doelen gesaboteerd, oprukkende strijdkrachten in een hinderlaag gelokt en heroïnehandelaren uitgeschakeld. Vijanden uitgeschakeld die zich buiten het bereik van de conventionele strijdkrachten bevonden.

Een tijdje waren de operaties een verpletterend succes. Maar de stress die het met zich meebracht om in volledige afzondering van zijn maten te moeten leven, de bloederige gevechten en tribale vetes die hij moest ondergaan terwijl hij een smerige oorlog tegen de vijand voerde, eiste ten slotte een te zware tol van Carter.

Hij was als een andere man teruggekeerd. Alsof hij een andere persoonlijkheid had gekregen. Er was iets geknapt in de lange periode die hij afgezonderd van het Regiment en de rigide structuur van een leven bij het leger had doorgebracht. Opeens kwam hij tot de ontdekking dat hij geen geduld had voor de politieke bullshit in Hereford. Voor iemand die niet kon filteren was dat een ernstig probleem.

Uiteindelijk kreeg het hoofdkwartier genoeg van Carters onverbloemde uitspraken. Zijn commandant had hem ervan beschuldigd geen teamspeler te zijn en had hem naar Mali gestuurd voor een trainingsopdracht.

Toen had hij ingegrepen bij de gijzeling in Bamako. En had hij in de Britse ambassadeur een vijand voor het leven gemaakt.

Hij kwam terug in de realiteit doordat Mullins doorging met de briefing. 'De rebellen noemen zich de Nationale Alliantie. Ze beweren de rechtmatige regering van Afghanistan te vormen en hebben gezworen zich dood te vechten tegen de taliban. Ze worden geleid door ene Jabar Hakimi.'

'Nooit van gehoord.'

'Logisch, hij is van de jongere generatie Afghanen. Zijn oudere broer, Rashid, heeft meerdere jaren tegen de taliban gevochten tot hij vorig jaar in de omgeving van Aybak sneuvelde tijdens een vuurgevecht. De oudsten van de Alliantie benoemden meteen Jabar tot de nieuwe leider. Daarvoor was hij een van de lagere commandanten.'

Proudlock zei: 'Van Hakimi weten we niet veel. Maar zijn broer was een voortreffelijke leider, en dat levert hem een zekere mate van steun op. Rashid was politiek geslepen. Hij had charisma en was gematigd. Een nederige asceet die zijn volgelingen tot hartstochtelijke toewijding inspireerde. Hij schreef zijn proefschrift in Durham, over de tactiek van de Vietcong. Heel interessant leesvoer, eerlijk gezegd.'

'Denken jullie dat zijn jongere broer tegen de taak is opgewassen?' vroeg Carter.

'Hij heeft zijn sporen verdiend,' zei Proudlock stellig. 'De naam van zijn broer legt bij de stammen veel gewicht in de schaal. Jabar heeft wel wat militaire ervaring en hij kent zijn manschappen. Hij is het paard waar we in deze race ons geld op zetten. We hebben behoorlijk in hem geïnvesteerd.'

Opeens begreep Carter waarom Six ermee had ingestemd samen met de CIA een geheime operatie in Afghanistan uit te voeren: Whitehall gokte erop dat Hakimi op een dag een invloedrijke, machtige persoon zou worden in het Afghaanse politieke landschap. Een riskante strategie zonder garantie op de gewenste uitkomst. Maar de gok waard, gezien het potentiële voordeel.

‘De rest van de leiders van de rebellen zijn na het laatste offensief van de taliban het land uit gevlucht,’ zei Ortega. Zij zijn niet meer in beeld. En dat betekent dat Hakimi zo ongeveer als laatste over is.’

Mullins nam een paar grote slokken van zijn koffie en zei: ‘Kort na de evacuatie begonnen we de Nationale Alliantie te voorzien van wapens en uitrusting. Hoofdzakelijk kleine wapens. Als onderdeel van de deal stuurden we iemand naar ze toe om de rebellen te leren hoe ze die moesten gebruiken. Iemand van buitenaf. Six beval je maatje aan.’

Carter hield zijn hoofd schuin. ‘Waarom zou je Dave sturen? Waarom niet een van jullie eigen mensen?’

‘We wilden een buffer. Orders van de allerhoogste top, snap je. We kregen toestemming de Nationale Alliantie te bewapenen, maar onder de voorwaarde dat er niets naar ons kon worden herleid. De opperbevelhebber wilde er niet mee geassocieerd kunnen worden, voor het geval het helemaal misliep. Daarom hebben we jullie bij het team gehaald,’ voegde hij eraan toe, gebarend in de richting van Proudlock.

‘Ik wil erop wijzen dat we een strikt adviserende rol hebben bij deze operatie,’ zei de laatste. ‘We hebben de overeenkomst met Vann gefaciliteerd, maar alle financiën en logistiek worden verzorgd door onze vrienden aan de andere kant van de oceaan.’

Carter fronste zijn wenkbrauwen en wreef over zijn stoppelbaard. ‘Ik begrijp het niet. Wat heeft dit met mij te maken?’

Mullins zei: ‘Vann had regelmatig contact met ons, door middel van een gecodeerde satelliettelefoon waarmee hij via een beveiligde lijn Langley kon bellen. Bryan fungeerde als tussenpersoon.’ Hij knikte naar Ortega. ‘De afspraak was dat Vann een keer per week verslag zou uitbrengen en dat hij zich zou melden als hij spullen nodig had. Of als hij een gevecht met de vijand moest melden.’

‘Ik weet hoe het werkt,’ antwoordde Carter geïrriteerd. ‘Wat is er aan de hand?’

Ortega zei: 'We hebben al zes weken niets meer van Vann gehoord.'

Carter fronste zijn voorhoofd. 'Dave heeft geen verslag meer uitgebracht?'

'Dat klopt, maatje. We hebben nog geen muizenscheet van hem gehoord. Hij is van de radar verdwenen.'

Mullins zei: 'We hebben samen met jullie mensen geprobeerd erachter te komen wat er aan de hand is. Maar het ontbreekt ons momenteel aan betrouwbare contacten. De meeste plaatselijke contacten zijn na de machtsovername door de taliban ondergedoken. Ontmanteld. We hebben wel een paar contactpersonen, maar die jongens staan laag op de ladder. Ze beschikken niet over de vaardigheden om hem te gaan zoeken. Er was een potentiële kandidaat, maar die is een paar dagen voor de volledige overname door de taliban omgekomen bij een vuurgevecht. Dus je snapt wat ons probleem is, chef.'

Ortega zei: 'We hebben te maken met één enkele Britse soldaat ergens in het noorden van het land, midden in oorlogsgebied, en niemand heeft enig idee waar hij mee bezig is.'

Carter zei: 'Wat moet ik daaraan doen?'

Mullins zweeg even en keek hem recht aan. Toen zei hij: 'We willen dat jij naar Afghanistan gaat om Vann op te sporen. Zie erachter te komen wat er met hem is gebeurd, voordat de taliban of iemand anders hem vindt.'

# 5

Er viel een gespannen stilte in het vertrek. De vragen tolden als de symbolen van een fruitautomaat door zijn hoofd. Hij koos de meest voor de hand liggende. 'Waarom ik?'

'Drie redenen.' Mullins telde ze af op zijn vingers. 'De eerste is, zoals ik al zei, dat we geen mensen ter plaatse hebben voor dit soort operaties. Onze belangrijkste contactpersonen zijn hem gesmeerd toen ze zich realiseerden dat de taliban Kabul zouden innemen.'

'Er is vast wel íémand achtergebleven,' zei Carter. 'Veteranen van de Afghaanse Special Forces en zo. Kom op, jullie zijn van de CIA.'

Ortega zoog lucht door zijn tanden. 'Zo makkelijk is het niet, vriend. De mensen die er nog zitten, hebben het contact verbroken. We denken dat ze ons niet meer vertrouwen.'

Carter lachte vreugdeloos. 'Gek hè? Jullie president heeft die arme drommels gouden bergen beloofd, maar zodra het een beetje hachelijk werd besloot hij zijn verlies te nemen en is hij gevlucht. Wat had je dan verwacht?'

'Tja, nou ja, het is niet anders. Maar het betekent dat we momenteel niet goed weten wat er in Afghanistan gebeurt.'

'Wat is de tweede reden?' vroeg Carter.

Ortega zei: 'We moeten het kunnen ontkennen. We kunnen niet officieel betrokken raken bij een operatie die sowieso niet uitgevoerd zou mogen worden. Als we Amerikaanse burgers het land in sturen om Vann te zoeken, zal al snel iemand het verband leggen en zich realiseren dat we de rebellen financieel steunen.'

'Er zouden hoorzittingen in het Congres komen,' zei Mullins. 'Mensen zouden vragen stellen. Het zou ongemakkelijk worden. Snap je wat ik bedoel, chef?'

Proudlock verschoof op zijn stoel en zei: 'Ik denk dat onze Amerikaanse vrienden duidelijk proberen te maken dat ze aan handen en voeten gebonden zijn, Jamie. Politiek gezien. En wij niet.'

'Precies,' zei Ortega.

Mullins telde verder af op zijn vingers. 'Verder heb je heel veel operationele ervaring. Je bent daar instructeur geweest. Dat betekent dat je de terreingesteldheid kent, de stammen.'

Carter knikte peinzend. Hoewel Delta en DEVGRU 22 SAS wat betreft uitrusting en training de afgelopen jaren in vele opzichten voorbij waren gestreefd, was het Regiment nog altijd in het voordeel als het ging om het winnen van de sympathie en het vertrouwen van de bevolking. Als je ergens binnen wilde vallen kon je daar het beste de Amerikanen voor nemen. Maar als je iemand nodig had om een relatie met een stamoudste op te bouwen, had het Regiment een betere staat van dienst.

Carter wist niet waarom dat zo was. Misschien was het een kwestie van arrogantie. Als je dacht dat je uit het beste land ter wereld kwam, leek iedereen die ergens anders vandaan kwam inferieur.

'Het is niet nodig dat ik Vann ga zoeken,' zei hij. 'Jullie zeggen toch dat hij een satelliettelefoon heeft om verslag uit te brengen aan Langley?'

Mullins knikte. 'Dat klopt.'

'Traceer het signaal dan gewoon. Jullie kunnen zijn locatie vaststellen, een drone over het gebied laten vliegen en zijn positie in kaart brengen, of hem weghalen met een helikopter. Probleem opgelost.'

Mullins aarzelde en wisselde een snelle blik uit met Ortega die Carter niet aanstond.

‘De satelliettelefoon zal niets opleveren,’ zei Ortega na een korte stilte. ‘Vann heeft hem zes weken geleden uitgeschakeld.’

‘Waarom zou hij dat doen?’

‘Dat weten we niet.’

‘Weten jullie zeker dat hij het doelbewust heeft gedaan? Misschien is dat ding beschadigd tijdens een vuurgevecht. Of misschien is het schakelsysteem defect geraakt. Dat gebeurt zo vaak. Wet van Murphy. Jullie willen niet weten met hoeveel operaties ik ben doorgegaan nadat mijn telefoon het had begeven.’

Mullins antwoordde: ‘We hebben rekening gehouden met die mogelijkheid, maar het lijkt hier niet het geval te zijn.’

‘Waarom niet?’

‘Twee weken geleden hebben we een ander signaal opgevangen. Van Vanns satelliettelefoon.’

Carter kreeg een knoop in zijn maag. ‘Wacht even. Dave heeft hem weer geactiveerd?’

Ortega knikte. ‘We hebben het signaal getraceerd tot in Kabul en een van onze laatste mensen daar poolshoogte laten nemen.’

‘En?’

‘Hij vond een joch van negentien dat rondliep op een rommelmarkt en daar een militaire satelliettelefoon probeerde te slijten.’

Er liep een rilling over Carters rug. ‘Hoe kwam hij in godsnaam aan Daves telefoon?’

‘Hij zei dat hij uit een dorp ten noorden van Panjshir kwam. Een piepklein plaatsje. Hij beweerde dat er een paar dagen eerder een grote blanke gast naar hem toe was gekomen die hem de telefoon en een handvol gouden munten had gegeven. Hij moest naar Kabul rijden om het toestel aan te zetten.’

‘Hebben jullie iemand naar het dorp gestuurd?’

‘Natuurlijk. We zijn geen amateurs.’

‘En?’

‘En niks. Nada. Er wonen daar een paar boeren. Verder niets.

Niemand wist iets over Vann, en als dat wel zo was wilden ze niks loslaten.'

Carter stelde de logische vraag. 'Waarom zou Dave zijn telefoon aan een willekeurig joch geven?'

'Als we dat wisten zouden we hier niet zitten, maatje.'

'Jullie zullen toch wel een idee hebben?'

Proudlock sloeg zijn benen over elkaar en zei behoedzaam: 'We proberen er met een open blik naar te kijken. Misschien was Vann bang dat hij was ontdekt en wilde hij zijn achtervolgers op een dwaalspoor brengen.'

'Denken jullie dat hij op de vlucht is?'

'Het is de meest logische verklaring,' zei Mullins. 'De taliban zijn hard bezig de laatste verzetshaarden te vernietigen. Ze belagen die lui echt dag en nacht. De jongens van de Nationale Alliantie krijgen op hun sodemieter en de commandanten liggen met elkaar in de clinch. Daarom hadden we Vann ook gestuurd.'

'Hakimi beschikt over een hoop kwaliteiten,' zei Ortega. 'Maar hij heeft zijn handen vol aan conflicten binnen de Alliantie, en hij heeft geen ervaring met het coördineren van een langdurige guerrillaoorlog. Daarom hebben we een beroep op Vann gedaan. We zochten een manier om het evenwicht te herstellen.'

'Het is geen 2001 meer,' vulde Mullins aan. 'We hebben niet te maken met een stelletje bebaarde moellahs met roestige AK-47's. De taliban zijn nu beter uitgerust. We hebben het over Black Hawk-helikopters, Chinese drones en steun uit Rusland en Pakistan.'

Carters ogen puilden bijna uit hun kassen. 'Hebben de taliban Black Hawks?'

'Een hele vloot, chef. Oorlogsbuit. Ze vliegen met Pakistaanse piloten die worden gedetacheerd door de taliban.'

De evacuatie uit Kabul, dacht Carter. Hij had de beelden op tv gezien. In de verwoede poging te ontkomen aan de chaos rond het vliegveld hadden de Amerikanen een verbijsterende hoeveelheid materieel achtergelaten. Wapens, nachtkijkers, voertuigen. Ze zeiden dat een deel was verwoest, maar ongetwijfeld was een nog veel groter deel intact gebleven. De jongens van de Alliantie maakten geen schijn van kans. Tenzij ze hulp van buitenaf kregen.

Het maakte Carter woedend. Hij dacht aan de frustrerende verspilling van inspanning en levens. Een conflict dat twintig jaar had geduurd. Duizenden doden. Medestrijders die voor het leven verminkt waren.

*Al die shit die we hebben meegemaakt, en toen de laatste Hercules C-17 opsteeg was het land weer helemaal terug bij af.*

'Waar het om gaat is dat als de opstandelingen zijn aangevallen, Vann waarschijnlijk is ondergedoken,' zei Mullins. 'Dat zou de meest logische verklaring zijn. Hij had ongetwijfeld de taliban achter zich aan, en misschien ook ISIS-K. Hij zal zich gedeisd willen houden tot de rust is weergekeerd.'

'En de rebellen?' vroeg Carter. 'Ik neem aan dat jullie contact kunnen opnemen met Hakimi.'

'Vann was ons belangrijkste contact,' zei Proudlock. 'Alles liep via hem. Verzoeken om extra voorraden of financiële ondersteuning, informatie, noem maar op.'

'De CIA heeft altijd een achterdeur. Kunnen jullie die niet gebruiken?'

'Hebben we al geprobeerd,' zei Proudlock geïrriteerd. 'Voor zover wij kunnen nagaan houden Jabar Hakimi en zijn naaste adviseurs zich ook schuil.'

'Maar jullie hebben geen idee waar?'

'Nee.'

'Jabars troepen zijn voortdurend onderweg van het ene kamp naar het andere,' zei Mullins. 'Standaardprocedure. Het feit dat we geen contact met ze kunnen krijgen, zegt niks. Maar het kan net zo goed zijn dat ze klop hebben gekregen en alle kanten op zijn gevlucht.'

Carter schudde zijn hoofd en zei: 'Hoe willen jullie in vredesnaam dat ik Vann vind? Hij kan overal zitten. Voor hetzelfde geld is hij onderweg naar de ambassade in Pakistan.'

'Zou kunnen,' zei Mullins, 'maar het is niet erg waarschijnlijk. Onze mensen daar zijn naar hem op zoek. Als hij daar was, zou hij intussen al gespot zijn.'

'We hebben voor de zekerheid de ambassades in alle omringende landen ingeseind,' zei Proudlock. 'Als Vann opduikt laten ze dat meteen weten. Maar ik moet zeggen dat ik het met Mike eens ben. Als Vann Afghanistan had verlaten, zouden we intussen vrijwel zeker iets van hem hebben gehoord. Alles wijst erop dat hij zich ergens in de bergen schuilhoudt.'

'Hoe weten jullie dat de taliban hem niet gevangen hebben genomen? Of ISIS-K?' vroeg Carter.

'Als dat zo was, hadden we dat intussen wel geweten. De taliban zouden ermee uitpakken op social media. Wij denken dat Vann nog steeds vrij rondloopt.'

'Zelfs als dat zo is, zal het een helse klus worden om hem te vinden,' zei Carter. 'Ik kan moeilijk een beetje gaan rondlopen en op deuren kloppen om aan de plaatselijke geitenhoeders te vragen of ze misschien een grote blanke kerel hebben gezien.'

'Er is een plan,' zei Mullins kortaf.

'Dat mag ik hopen. Dave is een prima kerel en ik zou graag helpen, maar als jullie me daar in mijn eentje naartoe sturen, hou ik het nog geen vijf minuten vol. Jezus, jullie weten niet eens zeker of hij nog leeft.'

'We vertrouwen erop dat dat het geval is.'

'Misschien moeten jullie daar dan nog eens goed over nadenken. De informatie van die jongen met de telefoon is twee weken oud. De situatie is intussen misschien wel veranderd. Straks ga ik op zoek naar een speld in een hooiberg.'

'Dat ga je niet, chef. Geloof me,' zei Mullins grijnzend.

Carter keek hem vragend aan.

‘Vann leeft nog,’ voegde Mullins eraan toe.
‘Hoe weten jullie dat?’
‘Omdat iemand hem heeft gezien.’

# 6

Carter wachtte tot de Amerikanen meer vertelden. Mullins haalde zijn smartphone tevoorschijn en ontgrendelde hem door zijn verweerde gezicht ervoor te houden. Hij tikte op het scherm en swipete een paar keer. Toen schoof hij het toestel over de glanzende tafel naar Carter toe.

Die pakte het op en staarde naar de foto van een stevige Afghaanse man met een netjes onderhouden stoppelbaard, kort donker haar en een schedel die zo plat was dat je er een potje biljart op zou kunnen spelen. Hij droeg een versleten camouflagejas en had een Palestijnse sjaal om zijn nek.

'Herken je hem, chef?' vroeg Mullins.

Carter knikte. 'Omar Sharza. Hij was een tolk voor de Afghaanse Special Forces. Ik heb een paar keer met hem gewerkt toen ik in Afghanistan zat. Een van de goeie gasten.' Hij keek op van het scherm en kneep zijn ogen samen. 'Wat doet hij nu in Afghanistan? Jullie hebben daar toch iedereen moeten weghalen?'

'Sharza koos ervoor om achter te blijven na de machtsovername door de taliban,' legde Proudlock uit. 'Vrijwillig, wil ik daar meteen aan toevoegen. Hij helpt mensen via een sluipweg uit Afghanistan te vluchten. Om het land uit te komen voordat de taliban hen kunnen doden.'

Carter keek op. 'Hij denkt dat hij Dave heeft gezien?'

'Niet precies,' zei Proudlock, die een nerveuze blik met Mullins uitwisselde.

‘Wat bedoel je daarmee?’

‘Vier dagen geleden kwam Sharza door een plaatsje dat Khordokan heet. Hij hielp een ambtenaar het land uit te komen van wie bekend was dat hij een tegenstander was van de taliban.’

Mullins zei: ‘Sharza raakte aan de praat met een van zijn contactpersonen in het dorp. Die vertelde hem dat hij een dag eerder een man had gezien die aan Vanns beschrijving voldeed. Hij had in het dorp een paar muilezels gekocht en betaald met goud.’

‘Weten we zeker dat het Dave was?’

‘Behoorlijk zeker.’

‘Nadat de satelliettelefoon weer was geactiveerd heeft Sharza het nieuws gedeeld met zijn netwerk,’ zei Ortega. ‘Hij vroeg of iedereen wilde uitkijken naar een man die er niet uitzag of klonk als iemand die uit de omgeving kwam maar zich wel zo kleedde.’

‘Vann is daar al vijf maanden,’ legde Mullins uit. ‘Dus heeft hij ongetwijfeld een baard en draagt hij lokale kleding. Een toevallige voorbijganger zou in de luren worden gelegd door de vermomming, maar iemand die hem van dichtbij zag of hoorde praten zou al snel doorhebben dat hij daar niet vandaan kwam.’

‘Khordokan?’ vroeg Carter. Hij vertrok zijn gezicht. ‘Dat is niet ver van de grens met Tadzjikistan.’

‘Klopt,’ beet Proudlock hem toe. ‘En wat dan nog?’

‘Wat doet Dave helemaal daar?’

‘Dat weten we niet. Misschien is de operatiebasis van de rebellen ontdekt en moesten ze op stel en sprong verder naar het noorden.’

Mullins zei: ‘Khordokan wordt als veilig beschouwd. Of in elk geval zo veilig als momenteel mogelijk is in Afghanistan. De mensen daar zijn fel gekant tegen de taliban, dus het is een logische plek om je schuil te houden. Maar het is natuurlijk pure speculatie. Er kunnen heel veel redenen zijn waarom Vann in dat gebied verblijft.’

‘Ervan uitgaand dat hij daar nog steeds is,’ zei Carter. ‘Misschien is hij intussen wel verder gereisd en loopt het spoor dood.’

‘Zelfs dan kan Vann niet ver weg zijn,’ zei Ortega. ‘Niet nu de rest van het land vergeven is van de taliban, ISIS-K-strijders en rivaliserende milities.’

Carter schudde stellig zijn hoofd. ‘Ik ken die omgeving. Het is daar dunbevolkt. Een paar verspreide dorpjes en boerderijen, veel smalle bergpassen en grotten. Dave kan zich daar overal schuilhouden.’

‘Sharza is op dit moment in het gebied,’ zei Mullins. ‘Hij doet discreet navraag bij de plaatselijke bevolking. Dat zou moeten helpen het zoekgebied iets in te dammen.’

Carter blies zijn wangen leeg. ‘Toch wordt het ontzettend lastig. Je kunt net zo goed zandkorrel op een strand zoeken.’

‘Dit is onze beste kans om hem te vinden, chef.’

Carter staarde hem aan. Mullins klonk alsof hij zichzelf er tegen beter weten in van probeerde te overtuigen dat zijn plan succes zou hebben.

‘Dat is het niet alleen, maat,’ zei Carter. ‘Jullie enige aanwijzing is dat iemand hem misschien wel of misschien niet gezien heeft.’

Mullins stak zijn kolenschoppen van handen in de lucht. ‘Het is wat het is. Je weet hoe het gaat. Als de situatie niet hopeloos was, zouden jongens als wij niet worden opgetrommeld om de boel op te ruimen.’

‘Het is duidelijk dat we de zoektocht naar Vann niet alleen aan Sharza kunnen toevertrouwen,’ zei Ortega. ‘Voor zover we weten is hij een goeie kerel, maar hij is niet getraind om mensen op te sporen en in veiligheid te brengen. Hij beschikt niet over de vaardigheden om dit soort werk te doen.’

Proudlock zei: ‘Je orders zijn om naar Oezbekistan te vliegen, Afghanistan binnen te gaan en Sharza te ontmoeten. Zodra je Vann hebt gevonden stel je rechtstreeks Langley op de hoogte. Dan zullen we gezamenlijk de situatie inschatten en een besluit nemen over de vervolgstappen. Als het ernaar uitziet dat we Vann daar weg moeten halen, zullen we het je laten weten.’ Hij gebaarde met zijn onberispelijk verzorgde hand naar de twee CIA-mannen. ‘Mike en Brian zullen je op de hoogte brengen van de specifieke details. Heb je verder nog vragen?'

'Waarom ik?' vroeg Carter. 'Ik sta er niet bepaald goed op in Hereford, mocht jullie dat ontgaan zijn.'

Proudlocks mondhoek krulde zich tot een glimlach. 'Ja, ik heb gelezen over die onaangename toestand in Mali. Je lijkt er een gewoonte van te maken om in elk land waar je werkt de ambassadeur pissig te maken.'

Carter klemde zijn kaken op elkaar en werd weer kwaad toen hij terugdacht aan zijn ontmoeting met Brathwaite in de nasleep van de gijzeling in Mali. 'Ik zal dit niet vergeten,' had Brathwaite tegen hem gezegd, met een stem die droop van woede. 'Hoe wáág je het om mijn bevelen niet op te volgen. Ik maak je godverdomme kapot, man. Hoor je me?'

Carter had het dreigement afgedaan als bluf, maar de klootzak had woord gehouden. Uiteindelijk was Brathwaite verantwoordelijk geweest voor zijn overplaatsing naar Chili.

*In zekere zin zit ik hier nu alleen maar vanwege die teringlijer.*

'Om antwoord te geven op je vraag,' zei Proudlock, 'jij kent Vann, en dat betekent dat je weet hoe hij denkt. Wat hij in een specifieke situatie zal doen. Dat kan handig zijn bij zijn opsporing. Ten tweede heb je er ervaring mee om in je eentje te opereren in Afghanistan.'

Daar moest Carter even over nadenken. Proudlock zag de aarzelende uitdrukking op zijn gezicht en fronste zijn wenkbrauwen.

'Ik had eerlijk gezegd verwacht dat je zou staan te springen om hierbij betrokken te raken.'

Carter keek hem vuil aan. 'Hoezo?'

Proudlock wees met een priemende vinger naar de map die voor hem lag. 'Het staat allemaal in het dossier, ouwe jongen. Je hebt een hekel aan gezag en houdt er niet van om gecommandeerd te worden door anderen. Op deze missie heb je met niemand iets te maken. Perfect voor een kerel als jij.'

‘We hebben het over Afghanistan. Als dit misloopt, word ik met mijn kop op een paal gespietst.’

‘Het loopt niet mis,’ zei Ortega.

‘Jij bent de juiste man voor de missie, vriend,’ zei Mullins. ‘Als íémand Vann kan vinden, is het wel een oorlogsheld die de Medal of Honor heeft gekregen.’

‘Het is maar een medaille. Ik wilde dat ding niet eens. En de helft van de jongens thuis is er jaloers door geworden. Ik zou beter af zijn geweest zonder.’

‘Laat ze de tering krijgen. Ja toch? Bryan en ik hebben eerder met jou gewerkt. We kennen je kwaliteiten. Feit is dat we je daar niet heen zouden sturen als we niet dachten dat je tegen de taak was opgewassen.’

‘Het spreekt voor zich dat elke betrokkenheid bij deze operatie ontkend zal worden,’ voegde Proudlock daar haastig aan toe. ‘Als je gevangen wordt genomen of gedood, zullen we zeggen dat we niets van je activiteiten afwisten.’

Er verscheen een diepe frons in Carters voorhoofd. Hij had de nodige twijfels. Hij had de nieuwsberichten over Afghanistan gezien. Het hele land ging naar de sodemieter. Krijgsheren vlogen elkaar naar de keel, terroristische groeperingen zetten trainingskampen op in de bergen, drugshandelaren slachtten elkaar af om de belangrijkste smokkelroutes in handen te krijgen. Hongersnood, dood en economische ineenstorting.

*Ik zal het land in gaan terwijl verder iedereen er juist als de sodemieter probeert weg te komen.*

Maar hij had veel aan Vann te danken. De Noord-Ier had Carter jaren geleden onder zijn hoede genomen. Vann had hem begeleid, ervoor gezorgd dat hij weer op het juiste pad kwam. Zonder Dave zou ik al lang zijn weggestuurd bij het Regiment, bracht hij zichzelf in herinnering.

Trouwens, Carter vermoedde dat het ook zijn voordelen kon hebben om iets voor de CIA te gaan doen. Als hij deze taak op zich nam, bestond de mogelijkheid dat de inlichtingendienst vaker een beroep op hem zou doen. Er waren buiten Hereford steeds minder mogelijkheden. Het klonk helemaal niet zo verkeerd om voor Uncle Sam aan de slag te gaan.

*In Amerika sta ik er tenminste niet slecht op. Nog niet.*

'Wanneer vertrek ik?' vroeg hij.

'Vannacht,' antwoordde Proudlock, die fronsend op zijn horloge keek. 'Om vijf uur. Over iets meer dan vier uur. Onze vrienden hier hebben de logistieke zaken geregeld. We zullen alles uitleggen, en dan word je linea recta naar een privévliegtuig gebracht.'

Carter keek hem aandachtig aan. Hij vroeg zich al een paar minuten iets af.

'Waarom kan het jou iets schelen?' vroeg hij.

Proudlock staarde hem uitdrukkingsloos aan. 'Pardon?'

'Wat er met Vann aan de hand is. Je doet ontzettend veel moeite om een vermiste kerel te vinden die niet eens meer bij het Regiment zit. Je zou gewoon kunnen ontkennen dat je iets van zijn operaties afweet en rustig kunnen afwachten tot je iets van hem hoorde.'

Er viel een korte stilte. Proudlock schoof ongemakkelijk heen en weer. Mullins en Ortega keken elkaar bezorgd aan.

'Het ligt allemaal erg gevoelig,' zei Mullins. 'We willen niet dat Vann wordt gepakt door de taliban of ISIS-K. Of door wie dan ook. Dat zou alles nogal gecompliceerd kunnen maken.'

'Dave zou zijn mond nooit voorbijpraten. Hij is trouw en toegewijd.'

'Daar maken we ons geen zorgen over, maatje,' zei Ortega.

'Waarom zijn jullie dan opeens zo begaan met zijn welzijn?'

'Buiten deze kamer weten maar vijf mensen van deze operatie af, waaronder de president in eigen persoon. Verder niemand.'

'Dus?'

'Vann is verdwenen in het meest wetteloze land ter wereld,' zei Mullins. 'Als hij gevangen is genomen, hoeft hij helemaal niets te bekennen. Ze zullen gewoon zijn gezicht op social media tonen en zeggen dat hij in onze naam allemaal vreselijke dingen heeft gedaan. Als hij de pech heeft ontvoerd te zijn door ISIS-K, kunnen ze ons chanteren. Hem gebruiken om te onderhandelen. Laat een paar van onze vrienden uit de gevangenkampen in Syrië vrij, zoiets.'

'De president heeft zijn politieke carrière verbonden aan ons vertrek uit Afghanistan,' zei Ortega. 'Het was smerig, tuurlijk, maar wat we er persoonlijk ook van vinden, hij wilde er weg omdat dat een gunstig effect had op de peilingen. Als bekend wordt dat we nog steeds betrokken zijn, zal dat er voor veel mensen slecht uitzien. Begrijp je wat ik bedoel?'

'Ja hoor,' zei Carter. 'Jullie opperbevelhebber wil niet met zijn lul in zijn handen betrapt worden.'

'Als je het zo wilt verwoorden, inderdaad.'

'Er is natuurlijk nog een kwestie,' zei Proudlock. 'Je maatje Vann is onder enigszins verdachte omstandigheden vertrokken bij het Regiment. Een luchtaanval waar geen toestemming voor was gegeven toen hij instructeur was, als ik het goed heb begrepen.'

Carter staarde hem aan. Hij herinnerde zich het verhaal. Vann was instructeur van een team Afghaanse Special Forces in het zuidoosten van het land, langs de poreuze grens met Pakistan. Tegen het einde van zijn stationering had hij om een luchtaanval verzocht op een doelwit bij het grottencomplex van Tora Bora, als onderdeel van een missie om een groep geharde ISIS-strijders te verdrijven. Bij de aanval waren vier burgers omgekomen. Uit een onderzoek was gebleken dat er officieel geen toestemming voor de aanval was gegeven. Vann had geprobeerd de vergissing te verheimelijken door een gegronde reden voor de aanval te verzinnen, wat uiteindelijk tot zijn ontslag bij het Regiment had geleid.

'Dave kon er niets aan doen,' bracht Carter naar voren. 'Hij vroeg om luchtsteun bij wat naar zijn weten een legitieme aanval was. Hij had geen idee dat zich op dat moment burgers in het gebied bevonden.'

‘Dat neemt niet weg dat hij wel vaker de fout in lijkt te zijn gegaan. Bevelen heeft genegeerd. Misschien heeft de geschiedenis zich hier herhaald.’

‘Wat bedoel je daarmee?’

‘Misschien heeft hij het recht weer in eigen hand genomen. Het kan zijn dat hij zich bij de strijders van de Nationale Alliantie bevindt om rekeningen te vereffenen met rivaliserende stammen. Dat zou problematisch voor ons kunnen zijn, om voor de hand liggende redenen.’

Carter zag een flits van bezorgdheid in de ogen van de geheim agent. Ondanks zijn arrogante toon was het duidelijk dat Proudlock onder druk stond. Carter kon de reden wel raden. De CIA had Six om hulp gevraagd. Iemand – Proudlock of diens leidinggevende – had Vann bij de Amerikanen aanbevolen als een veilige optie om de klus te klaren. Nu was die man spoorloos verdwenen.

Proudlock zou alle plooien heel graag weer gladstrijken voordat er koppen gingen rollen. Als eerste die van hem.

Proudlock leunde naar voren en zei zacht: ‘Zorg ervoor dat je Vann vindt. Wat er ook voor nodig is. Als je faalt, is dat slecht voor ons allemaal. Begrepen?’

‘Is dat een dreigement?’

‘Het is wat je maar wilt,’ zei Proudlock. ‘Maar één ding beloof ik je. Als je ons teleurstelt, is het afgelopen met je carrière. Daar zal ik voor zorgen, geloof me.’

# 7

Proudlock stond op en verliet het vertrek om een paar mensen te bellen. Toen haalde Mullins een laptop tevoorschijn en typte iets in. Carter zag een venster vergroot worden op het scherm waarop een satellietkaart van het noordoosten van Afghanistan zichtbaar was. Het rebellengebied. Een stuk land aan de Tadzjiekse zuidgrens dat in het oosten werd begrensd door besneeuwde bergketens. Aan de westkant markeerde een brede rivier de grens met Oezbekistan. Kaboel lag driehonderd kilometer verder naar het zuiden. Dorre woestijn, afgewisseld met diepe valleien, riviertjes en grasland. Een reusachtig gebied. Met heel veel lege ruimte.

Dunbevolkt.

Ver uit elkaar liggende dorpjes en boerderijen.

Mullins wees op een plek in Zuid-Oezbekistan, vijf kilometer ten noorden van de Afghaanse grens. 'Daar ga je landen, in Termez,' zei hij. 'Onze gids wacht je op op het vliegveld en brengt je langs de grenspost ten oosten van de stad.'

'Wie is de gids?' vroeg Carter.

'Een Afghaan. Een voormalige politieman. Een van de weinige geluksvogels die op tijd het land heeft weten te verlaten.'

'Waarom ontmoet Sharza me niet in Oezbekistan?'

'Uitgesloten. Sharza wordt gezocht, omdat hij zoveel mensen helpt weg te komen. De taliban zoeken hem overal. Als hij de grens over gaat, bestaat de kans dat hij herkend wordt.'

‘Is deze gids betrouwbaar?’

‘Hij is oké,’ antwoordde Ortega. ‘Hij kent de grensstreek op zijn duimpje. Maak je maar geen zorgen.’

‘Jij hebt makkelijk praten,’ grauwde Carter. ‘Jij zet je leven niet op het spel in de achtertuin van de taliban.’

‘Vertrouw je ons niet?’

‘Ik vertrouw niemand, maat. Kwestie van gewoonte.’

Ortega keek hem staalhard aan. ‘Als je een probleem hebt, maat, zeg het dan gewoon.’

‘Ik wil geen ruzie,’ antwoordde Carter terwijl hij Ortega recht in de ogen keek. ‘Ik wil er alleen zeker van zijn dat ik goed voorbereid het land in ga.’

Mullins stak verzoenend zijn handen op. ‘De gids deugt,’ zei hij. ‘We hebben hem nagetrokken. Je hoeft je nergens zorgen over te maken. Ik geef je mijn woord, chef. Als de ene soldaat aan de andere.’

‘Meer hoef ik niet te weten.’

‘Laten we doorgaan.’ Mullins wees op het scherm de grens tussen Oezbekistan en Afghanistan aan. ‘Zodra je de gids hebt gevonden, gaan jullie rechtstreeks via de Vriendschapsbrug de grens over.’

‘Wat is mijn alibi?’

‘Je bent administratief medewerker van een internationale ngo in de medische sector. Er zijn momenteel meerdere van dat soort organisaties actief in Afghanistan, met verschillende programma’s. Jij gaat toezicht houden op een van die projecten, om ervoor te zorgen dat het geld op een goede manier wordt besteed.’

‘Zullen de grenswachten het verhaal geloven?’

‘Ik zou niet weten waarom niet,’ zei Ortega.

Mullins zei: ‘De taliban zitten te springen om buitenlandse hulp. Er dreigt een humanitaire ramp. En voedseltekorten, een energiecrisis, torenhoge inflatie.’

‘Het lijkt Groot-Brittannië wel, maat.’

Mullins glimlachte. 'Waar het om gaat, is dat de taliban het zich niet kunnen veroorloven die ngo's het land uit te sturen. Niet als ze massale onrust onder de bevolking willen voorkomen. We hebben meerdere keren met dit verhaal gewerkt met jongens die een reddingsoperatie gingen uitvoeren. We weten hoe we je het land in moeten krijgen.'

'En hoe zit het met reisdocumenten?'

'De gids zal je van alles voorzien wat je nodig hebt. Hij zal in een auto rijden met het ngo-logo erop. Verder hebben we de relevante website bijgewerkt zodat je naam op de pagina met de namen van medewerkers staat.'

'Je reist natuurlijk onder eigen naam Afghanistan binnen. Dat is eenvoudiger,' zei Ortega.

'Behalve wij en onze twee andere Amerikaanse vrienden weet niemand van je betrokkenheid bij dat incident in Mali,' zei Mullins. 'Buiten de SAS al helemaal niet. Ik neem aan dat je weet dat Whitehall ervoor heeft gezorgd dat er geen foto's van je online verschenen en dat je naam nergens genoemd werd. Volgens ons zou het daarom geen enkel probleem moeten zijn om onder eigen naam het land in te gaan. Het is uitgesloten dat iemand je herkent.'

Ortega liet zijn blik over Carter heen glijden. 'Je hebt andere kleren nodig. Iets wat meer bij het werk past. In het vliegtuig liggen zakken met kleding.'

'En een noodpakket?' vroeg Carter.

'Dat ligt allemaal in het vliegtuig. Je kunt gebruiken wat je maar nodig hebt.'

Mullins verplaatste de kaart verder naar het oosten. Toen zoomde hij met zijn vinger en duim in op het noordelijkste deel van Afghanistan. Carter wachtte tot de kaart helemaal geladen was en de omgeving gedetailleerd werd weergegeven. Hij zag een aantal smalle bergpassen, bergen en drooggevallen rivierbeddingen, in een verdord landschap met slechts kleine plukjes groen.

Mullins wees op een locatie op vijftig kilometer ten zuiden van de Tadzjiekse grens.

'Dat is Khordokan,' zei hij. 'Het ligt op driehonderdvijftig kilometer van de grens met Oezbekistan. Vier uur rijden vanaf Termez. Misschien langer, afhankelijk van de staat van de wegen. Je zult Sharza ontmoeten op een afgesproken kruispunt aan de andere kant van de grens en vervolgens reizen jullie naar een onderduikadres. Wanneer jullie elkaar getroffen hebben gaat de gids terug naar Oezbekistan.'

Carter wreef over zijn voorhoofd en dacht na. 'Ik heb in het binnenland spullen nodig. Om te beginnen wapens. Ik ga niet in die contreien rondlopen als ik niet fatsoenlijk gewapend ben.'

'Sharza zal wapens krijgen van zijn contactpersonen in het gebied. Alles waar hij maar de hand op kan leggen, en tegenwoordig kan dat van alles zijn – M4's, Russische pistolen, raketwerpers. Je zult je een beetje moeten behelpen.'

'Het kan me geen moer schelen waar het spul vandaan komt,' zei Carter. 'Als ik er maar goed mee kan schieten.'

Hij bestudeerde de kaart met de blik van een beroepsmilitair. Zijn hersenen maakten overuren om het grotere geheel te zien – om eventuele hindernissen te ontdekken, zich voor te bereiden op mogelijke scenario's. Over een paar uur was hij op weg naar Oezbekistan en kon hij niet meer terug. Hij wilde niets aan het toeval overlaten.

'We zullen geld nodig hebben,' zei hij. 'Voor noodgevallen. Om voorraden te kopen, of extra brandstof, of paarden als we die nodig hebben. In die provincie zijn sommige dorpen niet over een weg bereikbaar.'

'De gids in Oezbekistan zal je goud geven. Genoeg voor elke situatie waarin je maar terechtkomt,' zei Ortega.

'Ik zal proberen de bonnetjes te bewaren.'

Mullins gooide zijn hoofd in zijn nek en lachte. Zelfs Ortega glimlachte even. Iets wat vast maar één keer per millennium gebeurde. Zoals een zeldzame planetaire uitlijning.

Een paar minuten later kwam Proudlock de kamer weer binnen. Hij ging op een hoek van de tafel zitten terwijl Carter zijn aandacht nog altijd op de satellietkaart richtte. Hij keek naar het punt waar hij vanuit Oezbekistan de grens over zou gaan en naar de hoofdwegen die in oostelijke richting naar Khordokan liepen.

'Via die route komen we dwars door talibangebied. Is er een plan om daardoorheen te komen?' vroeg Carter.

'Je tolk zal weten hoe hij de belangrijkste controleposten in de steden moet ontwijken,' antwoordde Ortega. 'Als je op achterafwegen blijft en ervoor zorgt dat je niet opvalt, zou alles goed moeten gaan.'

'De taliban hebben momenteel hun handen vol,' vulde Mullins aan. 'Ze hebben te maken met onrust onder de bevolking, hongersnood, de toenemende dreiging van ISIS-K, gevechten met rivaliserende krijgsheren, soldaten die overlopen naar de rebellen en de heropleving van al-Qaida. Islamitische militanten proberen het land binnen te komen om aanslagen te plegen. Ze zullen zich niet heel druk maken om een hulpverlener die met zijn tolk door het land reist.'

'Bovendien hebben ze met de pr te maken,' zei Ortega.

'Hoe bedoel je?'

'Er is negen miljard dollar aan Afghaanse bezittingen bevroren. De taliban willen dat die worden vrijgegeven. Ze denken dat de beste manier om dat te bereiken een charmeoffensief is. Dat betekent geen trainingskampen voor terroristen en geen circulerende video's van westerlingen die een scheerbeurt krijgen met een machete.'

Carter lachte cynisch. 'Ik kan me niet voorstellen dat iemand voor dat gelul zou vallen. Alleen een idioot denkt dat de taliban nu onschuldige lammetjes zijn.'

'Klopt,' zei Mullins. 'Ik hoef waarschijnlijk niet op te zeggen dat dat beleid tot grote onenigheid binnen de taliban heeft geleid. Sommigen zijn mensen gaan gijzelen om aan losgeld te komen. Anderen zijn daar op tegen. Het hangt ervan af wie je tegen het lijf loopt en waar.'

'Wat doen we als we in moeilijkheden komen?'

'Dan kun je maar beter je mond houden en Sharza het woord laten doen. Hij komt daarvandaan. Als iemand vragen gaat stellen, zal hij die afhandelen.'

'Als er niets anders meer op zit zul je ze moeten omkopen,' bracht Proudlock naar voren. 'Met goud.' Hij glimlachte cynisch. 'De taliban mogen graag doen of ze verheven zijn boven corruptie, maar dat is puur voor de bühne. Ze zijn zo corrupt als de pest, net als iedereen in die godvergeten contreien.'

'Ik zal ondersteuning nodig hebben,' zei Carter. 'Als het fout loopt, ben ik de lul.'

Mullins gaf niet meteen antwoord. In plaats daarvan stak hij een hand in zijn rugzak en haalde er een grote satelliettelefoon uit met een paneel met twaalf toetsen. Het zat in een robuuste behuizing. Uit de linkerbovenhoek stak een uitschuifbare zwarte antenne die zo dik was als een sigarenkoker.

'Geschikt voor militair gebruik,' lichtte Mullins toe. 'Werkt met stemidentificatie, dus je kunt vrijuit praten zonder bang te hoeven zijn dat iemand hem probeert te hacken. Er staat een nummer opgeslagen in het geheugen. Als je dat belt, word je doorgeschakeld naar het operatieteam in Langley. Als je in een situatie terechtkomt waarbij je vuurkracht nodig hebt of moet worden opgehaald, neem dan contact met ons op. We kunnen een raket op een doelwit afschieten of zo snel mogelijk een helikopter naar je locatie sturen.'

Hij overhandigde Carter de satelliettelefoon en keek hem strak aan.

'Wat er ook gebeurt, raak deze telefoon niet kwijt,' zei hij. 'Is dat duidelijk, chef? Je leven hangt er misschien van af.'

'Heb je die speech ook tegen Vann gehouden?' antwoordde Carter droog. 'Want als dat zo is, heeft hij kennelijk niet goed geluisterd.'

Mullins gezichtsuitdrukking verhardde zich. 'Ik ben bloedserieus. Deze telefoon is je enige verbinding met de buitenwereld. Als je daar in de problemen komt en geen contact met ons kunt opnemen, kunnen we je onmogelijk weghalen.'

Carter zette de telefoon neer. 'Wat gebeurt er als ik Vann heb gevonden? Ervan uitgaand dat alles volgens plan verloopt?'

'Bel dat nummer. We zullen hem willen spreken. Zie erachter te komen wat er aan de hand is. Dan bedenken wij wel wat we moeten doen.'

'Gaan jullie hem weghalen?'

'Dat hangt ervan af,' zei Ortega.

'Waarvan?'

'Of je maatje iets te verbergen heeft.'

Carter schudde zijn hoofd. 'Je vergist je. Dave zou nooit zonder goede reden zijn ondergedoken. Wat er ook is gebeurd, hij zal er een verklaring voor hebben.'

Ortega keek hem meesmuilend aan. 'We zullen zien.'

Een uur lang liepen ze de details van het plan door. Tijdstippen, locaties, afstanden. Evacuatiepunten in noodgevallen. Routes het land in en uit. Ze lieten Carter een foto zien van de Afghaanse gids, de voormalige politieman, zodat Carter wist wie hij zocht als hij in Oezbekistan was geland. Toen ze klaar waren, gingen Mullins en Ortega alles een tweede keer met hem door. Ze wilden dat Carter het plan tot het laatste detail uit zijn hoofd kende.

Misschien was het de minder opwindende kant van oorlogsvoering. Maar het was net zo belangrijk als het vermogen om een doelwit neer te leggen of een deur in te trappen.

Proudlock ijsbeerde nerveus door het vertrek, terwijl hij telefoneerde en zo nu en dan fronsend op zijn horloge keek. Rond drie uur liep hij de gang weer op.

Carter dronk een tweede kop bittere koffie, wreef over zijn vermoeide ogen en richtte zich weer op de kaarten. Wegen, rivieren, dorpen. Hij probeerde niet alles uit zijn hoofd te leren maar wilde zich wel een goed beeld vormen van de omgeving. Drie jaar geleden was hij voor het laatst in Afghanistan geweest. Sommige details waren een beetje weggezakt.

Even later kwam Proudlock weer naar binnen lopen.

'Er is een auto onderweg,' zei hij terwijl hij op zijn horloge keek. 'Die zou hier over twintig minuten moeten zijn. De chauffeur zal je rechtstreeks door de stad naar het vliegveld brengen. Een politie-escorte zal helpen om de weg vrij te houden. Er staat een privévliegtuig voor je klaar op de landingsbaan – met de complimenten van onze vrienden uit Langley. Klokslag vijf uur gaan de wielen van de grond.'

'Waar vliegen we heen?'

'Jullie gaan eerst naar Charleston om bij te tanken. Dan een tweede vlucht naar Londen. Van daaruit vlieg je rechtstreeks naar Termez in het zuiden van Oezbekistan. De totale reisduur is ongeveer eenentwintig uur. De aankomsttijd in Oezbekistan is rond half elf plaatselijke tijd. Morgenochtend.'

'Misschien kun je daar beter wat ijs op doen als je eenmaal in het vliegtuig zit.' Mullins gaf grijnzend een knikje naar Carters gezwollen rechterhand. 'Dat ziet er lelijk uit, chef.'

'Je zou die andere gast moeten zien.'

Dat ontlokte Proudlock een vernietigende blik. 'Ik zou er niet over opscheppen als ik jou was, makker. Je carrière hangt aan een zijden draad.'

'Het verhaal van het afgelopen jaar voor mij, maat.'

'Voor ik het vergeet,' zei Mullins 'Er is een laptop van de CIA aan boord van het vliegtuig. Verbonden met de wifi aan boord. Dat biedt je de gelegenheid om het zoekgebied gedetailleerd te bestuderen voordat je landt.'

De laatste tien minuten spraken ze het plan nog één keer door, om ervoor te zorgen dat er geen onduidelijkheden waren. Toen verliet Proudlock de kamer om via een beveiligde verbinding een update te sturen naar Vauxhall Bridge.

Om 04.15 uur klopte dezelfde roodharige met het ronde gezicht die Carter een paar uur eerder bij de barbecue van de familie Vargas had gezien op de deur om mee te delen dat zijn auto was gearriveerd.

Er werd niet uitvoerig afscheid genomen. Mullins gaf hem een hand en zei dat ze een biertje zouden drinken als hij weer veilig terug was. Hij herinnerde Carter er nogmaals aan dat hij zijn satelliettelefoon niet uit het oog moest verliezen. Ortega knikte kort en zakelijk.

Toen pakte Carter zijn reistas en liep achter de roodharige het vertrek uit.

Op weg naar buiten zag hij Langton en Treadwell nergens. Die hadden het waarschijnlijk te druk met het vinden van een vervanger voor het trainingsprogramma. Ze zouden ongetwijfeld contact opnemen met Hereford en erop aandringen dat ze een nieuw iemand stuurden om de opleiding in goede banen te leiden. Kruiperige telefoontjes met generaal Vargas plegen om hem te laten weten hoeveel hun vriendschap voor hen betekende.

*De tering voor ze. Dat Vargas-joch is mijn probleem niet meer.*

*Ik heb hier lang genoeg weggerot.*

Hij had dat uiterst zeldzame geschenk gekregen: een tweede kans.

Nadat hij maanden genoegen had moeten nemen met klotestationeringen en al dat gelul in Hereford, had Carter nu de mogelijkheid om weer echt aan het werk te gaan. Weer te doen waar hij het beste in was. Het echte soldatenwerk.

Doden was Carters beroep. Hij had zich eraan toegewijd met een intense vastberadenheid die slechts weinig anderen konden evenaren. Na de gijzeling in Bamako had het Regiment geprobeerd Carter het enige te ontnemen wat hem goed afging.

Even was hij zijn doel in het leven kwijt geweest. Nu had hij een kans zijn carrière nieuw leven in te blazen. En hij was vastbesloten die te grijpen.

Het was nog donker toen hij om kwart over vier naar buiten liep. Er waaide afval over de weg. De enige tekenen van leven waren de verlichte ramen van woonflats in de verte.

Voor het gebouw stonden drie auto's op hem te wachten. De achterste was een grijze BMW X7, met donkere zijramen en een grille zo groot als een toegangspoort. Daarvoor stonden twee groen-witte Dodge Chargers, met draaiende motor, brandende koplampen en rood-blauwe zwaailichten op het dak. Het politie-escorte dat ervoor moest zorgen dat ze zonder oponthoud bij het vliegveld kwamen. Carter vroeg zich af of ze op dit tijdstip snel vast zouden komen te zitten in het verkeer. Maar je wist maar nooit. Het was hem op de raarste plekken overkomen.

Zodra Carter het gebouw uit kwam, stapte de chauffeur van de BMW uit en liep om de achterkant van de auto heen. Hij had een Oost-Europees uiterlijk. Bleek en met fletse ogen, en met een lang gezicht met daarboven een grijze V-vormige haarlok. Waarschijnlijk een expat. Iemand die vroeger bij de politie of de geheime dienst had gewerkt en zich nu in Chili had gevestigd om tot zijn pensioen klusjes op te knappen voor Six. Waarschijnlijk uit loyaliteit, of uit een misplaatst gevoel van vaderlandsliefde. Dit soort mensen deed het werk zeker niet voor het geld dat ze ermee verdienden.

Carter zette zijn tas in de kofferbak, liep om de auto heen naar de passagierskant en ging op de achterbank zitten. De chauffeur nam plaats achter het stuur. Voor hen reed de voorste Dodge Charger weg van de ambassade, de verder lege straat in. De tweede Dodge volgde op een paar meter afstand en de BMW sloot de rij.

Het was nog geen half uur rijden naar het vliegveld. Carter staarde uit het raam en keek naar de stad die in een stroom van fel licht en schaduw voorbijflitste. Hij probeerde de spanning die zich als een strakke band om hem heen klemde te negeren.

Om kwart voor vijf nam het konvooi een afslag en reed nog een kilometer verder naar het vliegveld, waar de auto's de hoofdterminals links lieten liggen en naar een controlepost reden. Een geüniformeerde man van de beveiliging kwam het wachthuisje uit en sprak met een van de agenten in de voorste politieauto. Toen ging de slagboom omhoog en reden de auto's langzaam verder over de toegangsweg, die een bocht maakte en naar een betonnen platform liep.

Na tweehonderd meter kwamen ze langs een lage terminal met een glazen voorgevel en een rij privévliegtuigen, tankwagens en brandweerwagens. Toen lichtten de remlichten van de Dodge Chargers op en bracht de chauffeur de BMW zachtjes achter ze tot stilstand, naast een duur uitziend privévliegtuig. Het was een ultralangeafstandsmodel, van het soort dat vaak door de CIA werd gebruikt voor uitleveringsvluchten. Het werd beheerd door een lege vennootschap, om de indruk te wekken dat het om een particulier transportbedrijf ging en niet om een vliegende verhoorcel.

Carter stapte uit, tilde zijn tas uit de kofferbak en liep de vliegtuigtrap op. De cabine was ontdaan van alle luxe. Er waren metalen ringen aan de vloer bevestigd. Van die dingen om gevangenen aan hun benen te boeien. Carter zag bloedvlekken op de vloerbedekking. Aan het plafond hingen zware netten. In het achterste gedeelte bevond zich een slaapgedeelte, en Carter zag een paar olijfgroene zakken vol kleding en laarzen.

In het voorste gedeelte zaten twee mannen in groene legerkleding. Een van hen had een comb-over en een voorhoofd dat zo groot was dat je er een film op kon projecteren. De ander was een glibberig uitziende klootzak met strak naar achteren gekamd haar. De bemanning die het het tweede deel van de reis zou overnemen. Waarschijnlijk werkten ze in diensten van acht uur. De piloten hadden een lange vlucht voor de boeg.

De mannen begroetten hem met een knikje en vervolgden hun gesprek. De boodschap was duidelijk: *We zijn hier niet om met je te praten.* Carter liep langs ze heen en ging in het middelste compartiment op een stoel zitten. Hij maakte zijn gordel vast.

Even later stond de man met het naar achteren gekamde haar op, pakte de hendel aan de leuning van de vliegtuigtrap vast en sloot handmatig de cabinedeur. De piloten voerden hun laatste controles uit, vervolgens taxiede het vliegtuig naar de rand van de landingsbaan. De gillende motoren zorgden voor een oorverdovend crescendo.

Drie minuten later vlogen ze boven Chili. Carter keek door zijn raampje naar de met lichtjes bezaaide stad onder hem. Drie jaar na zijn missie als instructeur ging hij terug naar Afghanistan.

Terug naar waar het allemaal was begonnen.

Hij schatte de kans dat hij er weer levend weg zou komen op vijftig procent. De meeste mensen zouden dat geen acceptabel percentage vinden. Maar Carter was anders dan de meeste mensen. Hij was een Blade.

De jongens van het Regiment namen per definitie enorme risico's. Dat onderscheidde hen van alle anderen. Ze waren bereid om door een deur te breken en een terroristische dreiging onschadelijk te maken, want zo werd je een held. Een Blade zou altijd eerder levens redden en vijanden doden dan op safe spelen.

Die instelling werd Carter al op jonge leeftijd ingeprent. Hij nam het zijn hele leven al tegen de wereld op, op welke manier dan ook. Hij had er talent voor. Kende geen andere manier van leven.

Maar hij voelde ook iets anders.

De verplichting tegenover een oude vriend. Een gevoel van loyaliteit. David Vann verkeerde in moeilijkheden, en er was maar één persoon die hem nu kon helpen.

*Ik heb de kans mijn voormalige mentor te redden. Van de taliban, of* ISIS-K, *of wie er ook maar achter hem aan zit.*

*Dave rekent op me.*

*Ik laat hem niet zakken.*

# 8

Toen ze een half uur onderweg waren, stond de man met het achterovergekamde haar op en kwam naar Carter toe lopen. 'Ik kom je even een seintje geven. Het licht gaat zo uit,' deelde hij mee met een nasaal Midwesters accent. Hij wees met een duim naar de man met de comb-over. 'Mijn partner en ik nemen een paar slaappillen en doen even onze ogen dicht voordat we aan het werk gaan.'

Carter knikte en vroeg: 'Hoe lang nog voor we in Charleston zijn?'

'Acht uur. We landen om ongeveer half twaalf 's morgens plaatselijke tijd. Daarna vliegen we al snel weer verder.'

'Begrepen.'

De man keek naar de achterkant van de cabine. 'Je kunt achterin slapen als je wilt. Er ligt daar ook een zak met kleren. Overhemden, cargobroeken, laarzen en schoenen, wat je maar zoekt. Pak gerust wat je wilt.'

'Waar is de laptop?'

'Ook achterin. Met de rest van de apparatuur. Hij heeft al verbinding met de wifi. Als je problemen hebt, laat je het mij of Kurt maar weten.'

'Het zal wel lukken. Luister, heb je misschien een pil over? Ik ben te opgefokt om te pitten.'

Even aarzelde de man. Toen stak hij een hand in zijn broekzak en haalde er een potje witte pillen uit. Hij draaide het dekseltje los en tikte een pilletje in Carters hand.

‘Bedankt,’ zei Carter.

De man haalde zijn schouders op.

De plafondlampen gingen uit, zodat het donker werd in de cabine. Carter pakte een fles water uit de koelkast in het keukentje, stopte de slaappil in zijn mond en slikte die met een teug koud water door. Toen liep hij naar het achterste gedeelte, ging op een van de slaapzakken op de cabinevloer liggen en deed zijn vermoeide ogen dicht.

Ondanks de pil viel hij niet meteen in slaap. Er schoten allemaal vragen door zijn hoofd. Dezelfde vragen die Carter al had vanaf het moment dat hij de Britse ambassade had verlaten.

Waarom was Vann vermist geraakt?

Wat had hij in godsnaam in Khordokan te zoeken?

En waarom had hij besloten zijn telefoon te lozen?

Carter kwam tot de slotsom dat de eenvoudigste verklaring ook de meest logische was: Vann en zijn collega’s van de Nationale Alliantie waren ontdekt en in een vuurgevecht met de vijand verwikkeld geraakt. De taliban, ISIS-K of een andere groepering. Hij had op de een of andere manier kans gezien te ontkomen en had zich schuilgehouden om te wachten tot er hulp kwam. Dat was misschien veiliger dan te riskeren de grens over te gaan.

Maar wat er met de satelliettelefoon was gebeurd, was lastiger te verklaren. Het ging tegen alle standaardprocedures in die ze in Hereford hadden geleerd om het toestel opzettelijk te lozen. Proudlock had de mogelijkheid geopperd dat Vann de telefoon misschien had afgedankt om zijn achtervolgers af te schudden, maar dat betwijfelde Carter. Het zou de taliban aan het technische inzicht ontbreken om een signaal op te sporen, en hij betwijfelde ook of ze Vanns boodschappen konden ontcijferen. Mullins had gezegd dat de telefoons de allernieuwste encryptie gebruikten. Bijna onmogelijk te hacken.

Dus moest hij de alternatieven nagaan. Misschien had dat joch op de rommelmarkt gelogen over zijn verhaal. Misschien was hij er op een andere manier aan gekomen. Misschien hoorden zijn familieleden bij de groep die Vann gevangenhield. Dat was mogelijk maar niet waarschijnlijk. Als Vann gevangen was genomen, hadden degenen die daarvoor verantwoordelijk waren dat al lang aan de grote klok gehangen. Of een video van zijn executie hebben uitgezonden. Dat het zo stil bleef, deed vermoeden dat Vann nog altijd op vrije voeten was.

Dus wat konden andere redenen zijn waarom Vann afstand had gedaan van zijn reddingslijn?

Carter wist het niet. Eén ding wist hij echter wel. David Vann was een van de beste militairen die ooit de beige baret van het 22ste SAS hadden gedragen. Hij was een legendarische soldaat die volledig was toegewijd aan het werk. Hij zou zijn missie alleen verlaten hebben als hij het idee had gehad dat hij geen andere mogelijkheid had.

We hebben geen idee, had Mullins tegen hem gezegd.

*Je meent het,* dacht Carter.

*Ik weet niet waarom Vann van de radar is verdwenen. Maar ik weet wel dat hij in de problemen zit.*

*Wat er ook aan de hand is, ik zal hem vinden.*

Opeens werd hij ontzettend moe. Eindelijk eisten de afgelopen vierentwintig uur dan toch hun tol en werd hij overmand door uitputting. Zijn oogleden werden zwaar, en hij viel in een onrustige slaap.

Zes uur later werd hij wakker. Twee uur voordat ze in Charleston gingen bijtanken. Carter stond op van zijn slaapzak en zocht in de zakken met kleding achter in de cabine. Al snel had hij een cargobroek, een T-shirt en een overhemd gevonden, allemaal in zijn maat en in onopvallende kaki en beige kleuren. Plus een paar dikke grijze sokken, zalmkleurige wandelschoenen en een jas van North Face. Op de jas zat klittenband, met het logo van de hulporganisatie erop. Hij pakte een extra T-shirt, een extra broek en extra sokken, omdat je nooit wist met welke omstandigheden je te maken kreeg. Hij wilde niet dagen achter elkaar vieze of natte kleren hoeven dragen.

Carter vond een waterdichte rugzak vol overlevingsspullen, om precies te zijn een slaapzak, een gasstel met vier gasflessen, drie kookpannen, vier rantsoenpakketten met kant-en-klare maaltijden, chocoladerepen, toetjes en energiedrankjes. Plus waterzuiveringstabletten, een deken, een schuimrubberen mat, een sjaal, dikke handschoenen, een kompas, een veldfles, hexamine kooktabletten, een verbanddoos, een zakmes en een opschrijfboekje en een pen, allebei met het logo van de ngo erop.

Alles wat hij als hulpverlener echt nodig zou kunnen hebben in het veld. Alles was door particuliere bedrijven gemaakt. Het waren spullen die je in elke gemiddelde kampeerwinkel kon kopen.

Carter controleerde alles, pakte de rugzak opnieuw in en stopte er twee extra flesjes water uit het keukentje bij. Hij trok zijn nieuwe kleren aan en stopte zijn gedragen kleding in zijn reistas, samen met de smartphone die hij van Six had gekregen. Die tas zou in het vliegtuig blijven en zou hij weer terugkrijgen als hij veilig terugkeerde uit Afghanistan.

*Ervan uitgaande dat ik levend terugkom,* dacht Carter grimmig.

Hij zette de laptop aan en opende de satellietbeelden van het noordoosten van Afghanistan. Hij liep de mogelijke routes na die Vann kon hebben genomen en lette vooral op de locatie van omliggende dorpjes. Probeerde gebieden in kaart te brengen waar Vann zich zou kunnen schuilhouden.

Vrijwel meteen besefte Carter dat hij een probleem had. Het zoekgebied was reusachtig groot. Meer dan achttienduizend vierkante kilometer. Maar hij was vol vertrouwen dat hij dat gebied kon inperken. Om een groot deel werd nog altijd gevochten. Sommige dorpen waren ongetwijfeld loyaal aan de taliban of ISIS-K, of aan een krijgsheer die in de gunst van de taliban probeerde te komen door met ze mee te vechten. Waarschijnlijk was van de helft van het gebied uitgesloten dat Vann daar was.

Er was echter een ander probleem. Ook al reduceerde Carter het zoekgebied, er waren nog altijd honderden plekken waar iemand zich kon schuilhouden. Op al die plekken kon Vann zich bevinden. En terwijl Carter verwoed naar hem zocht, zou de taliban massaal in de omgeving aanwezig zijn.

Het zou een godswonder zijn als ik hem vond voordat een van ons wordt opgepakt, dacht hij.

Twee uur later landden ze in Charleston. Er was een tweede korte tussenstop op de luchthaven van de RAF Northolt, in de buurt van Londen. Carter dronk meer koffie en surfte langs nieuwssites. Hij scrolde door de gebruikelijke verhalen: illegale migranten die in kleine bootjes het Kanaal overstaken, louche huisbazen die een vermogen opstreken, mensen die zich al hun spaargeld lieten ontfutselen.

Eén artikel trok zijn aandacht. Een verslag over de toenemende spanning tussen China en Taiwan, waarin werd beweerd dat het Taiwanese luchtruim werd geschonden door toestellen van de Chinese luchtmacht. Er werd melding gemaakt van veel activiteit rond de marinebases in Xiamen en Whenzou. Smaldelen werden in staat van paraatheid gebracht. Infanterie-eenheden en artillerie werden verzameld in uitvalposities langs de zuid- en oostkust van China. Er waren de gebruikelijke nietszeggende uitspraken van defensiespecialisten die het er niet met elkaar over eens waren of de bewegingen een voorbode waren van een grootschalige invasie of dat het ging om strategische bluf. Maar aan het einde van het artikel stond iets wat Carters belangstelling wekte.

Een foto van Bill Ramsey, de voormalige CIA-directeur en de adviseur van de president, met zijn karakteristieke zilverkleurige haar, ingevallen wangen en zijden stropdas. In het onderschrift werd hij omschreven als de invloedrijkste Amerikaan op wie nooit was gestemd.

Ramsey werd in het artikel geciteerd. Hij sloeg een agressieve toon aan jegens China en was duidelijk geen vriend van Beijing. Hij noemde Taiwan niet expliciet, maar de implicatie liet niets aan duidelijkheid te wensen over.

*De Chinese Communistische Partij vormt een ernstige bedreiging van vrede en voorspoed in de wereld,* zei Ramsey met zijn kenmerkende onbehouwen stijl.

*Ik heb een boodschap voor de Chinese premier: Amerika is niet langer bereid de andere kant op te kijken terwijl de rechten van vrijheidslievende volkeren wordt vertrapt door de laars van het Chinese totalitarisme. Iedereen die de belangen van onze bondgenoten bedreigt, begaat een vreselijke vergissing. En ik garandeer u dat de dagen van de Chinese tirannie zijn geteld.*

Carter deed de laptop dicht en ging weer slapen.

Vijf uur later kwam de man met het Midwesterse accent naar hem toe om te zeggen dat ze bijna bij Termez waren. Carter zette zijn G-Shock op de lokale tijd en keek door het ronde raampje naar de stad onder zich. Aan één kant van de rivier zag hij brede rechte straten, huizenblokken uit het Sovjettijdperk en moskeeën met gouden koepels. Drieduizend jaar geschiedenis strekte zich onder hem uit.

Carter keek omlaag naar het schouwspel en kreeg een onrustig gevoel in zijn maag.

Over een paar uur ga ik de grens over. Afghanistan in.

Nu kan ik niet meer terug.

# 9

Ze landden iets voor elf uur in de ochtend plaatselijke tijd. Bijna tweeëntwintig uur na Carters vertrek uit Santiago. De geur van heet asfalt en kerosine hing in de lucht terwijl Carter met zijn rugzak de vliegtuigtrap afliep. Het was in Termez het begin van het voorjaar en de zon stond al verzengend heet aan de strakblauwe hemel. Een luchthavenbeveiliger heette Carter welkom op het platform. Hij hoefde maar één blik op de SAS'er te werpen om hem in de richting van de hoofdterminal te sturen.

Carter volgde de borden naar de paspoortcontrole en sloot aan in een lange rij passagiers. Hoofdzakelijk arbeiders uit de olie- en gasindustrie. Ruige kerels van middelbare leeftijd in zware werkkleding, met verweerde gezichten en eeltige handen. Geen toeristen dus. Ze waren hier niet om de sierlijke moskeeën of de mausoleums van koningen uit de oudheid te bewonderen. Carter liet zijn paspoort en visum aan de douanebeambte zien. De man bestudeerde zijn documenten aandachtig, bekeek zijn kleding met het logo van de ngo erop en het sleutelkoord waar zijn identiteitskaart aan hing. Toen zette hij een stempel in Carters paspoort en gaf hij aan dat hij door kon lopen.

Carter liep langs de bagageband en kwam in een aankomsthal met hoge plafonds. Op posters werd reclame gemaakt voor taximaatschappijen, plaatselijke restaurants en voor bedrijven die pompen, olietankers en warmtewisselaars aanprezen. Allerlei soorten ingewikkelde installaties, ongetwijfeld gericht op de raffinaderijmanagers en oliebonzen die hier langskwamen.

Hij liep langs de taxfreeshops, vond een fel verlicht café waar het naar ontsmettingsmiddel rook en bestelde een Coke Zero bij de chagrijnige kerel achter de bar. Hij hield zijn bankpas tegen de kaartlezer, ging zitten en wachtte tot de gids op kwam dagen.

Een paar minuten later kwam een breedgeschouderde man naar zijn tafeltje lopen. Carter herkende hem meteen van de foto die hij tijdens de briefing in Santiago had gezien. De voormalige Afghaanse politieman. Hij was iets kleiner dan Carter en begon dik te worden; hij had een lange hangsnor en zijn grote buik dreigde uit zijn overhemd te barsten. Hij had borstelige wenkbrauwen en zware oogleden, alsof hij net was ontwaakt uit een diepe slaap, waaronder zijn ogen wantrouwig naar Carter loerden.

'Jij bent Carter?' vroeg hij met een raspende rokersstem. 'Jamie Carter, ja?'

Carter stond op en zei: 'Dat klopt.'

De gids stak een zweterige hand uit. Op zijn kaki overhemd was hetzelfde logo bevestigd als dat op Carters overhemd en broek. Uit alle poriën van zijn lichaam kwam de geur van goedkope tabak.

'Najim Kabiri. Ik breng je de grens over.'

Carter gaf de Afghaan een hand. Kabiri had een stevige grip en een harde blik in zijn ogen. Mullins had gezegd dat de man jaren bij de Afghaanse politie had gezeten. Dat was gevaarlijk werk, met de voortdurende dreiging van infiltranten van de taliban en met een grote kans om gedood te worden. Je moest stalen zenuwen hebben om in die functie lang te overleven.

Kabiri keek naar de rugzak bij Carters voeten. 'Is dat al je bagage?'

'Yep,' zei Carter. 'Dat is alles.'

Kabiri knikte. 'Ik sta buiten. We rijden meteen naar de grens, oké? Daar ontmoeten we Omar. Ik moet voor de avond terug zijn.'

'Ik loop met je mee.'

Carter volgde Kabiri door de hal en door de hoofdingang, langs de drommen passagiers en chauffeurs bij de taxistandplaats, stak de weg over en liep naar een parkeerplaats. En in de tijd die dat in beslag nam had Kabiri begroetingen geschreeuwd naar een paar taxichauffeurs, een gesprek gevoerd op zijn oeroud uitziende telefoon en er nog een kankerstaafje uit het pakje van een Russisch merk doorheen gejaagd.

Ze liepen snel de parkeerplaats over en bleven staan voor een witte Toyota Land Cruiser. Een van de oudere modellen, met op de zijkant een stikker met het logo van de ngo. Aan de achteruitkijkspiegel hing een kralenketting. Kabiri gooide zijn peuk op de grond, vertrapte hem onder zijn hak en gebaarde naar Carter dat hij in moest stappen. Carter zette zijn rugzak op de achterbank en nam plaats op de bijrijdersstoel terwijl Kabiri zich met zijn dikke buik achter het stuur wurmde.

'Ik heb wat geschenken voor je, vriend,' zei de Afghaan terwijl hij de motor startte. Er schalde traditionele volksmuziek door de luidsprekers. 'In het handschoenenkastje.'

Carter maakte het open. Er lagen een paar gelamineerde kaarten van het noordoosten van Afghanistan in, plus een zak goudbaartjes van vijf gram. Ze waren ongeveer zo groot als een simkaart en hadden een waarde van ruim 250 pond. Een jaarsalaris in Afghanistan. Carter zag ook een vel papier met briefhoofd waarop in het Engels en het Oezbeeks werd verklaard dat de drager van het document voor het medische hulpprogramma werkte en het recht had om Afghanistan binnen te gaan. Projecttoezicht. Onder aan de brief stond de handtekening van de CEO van het bedrijf. Het document was hartstikke nep, maar dat zouden de grenswachten niet weten. Die zouden alleen het ngo-logo zien en denken dat het een officiële brief was.

Misschien was het moreel verwerpelijk. Het kon altijd fout lopen als soldaten zich voordeden als hulpverleners of vredestichters. Daar konden onschuldige mensen het slachtoffer van worden. Maar Carter kon zich daar nu niet druk over maken.

*Zolang we er maar mee de grens over komen.*

Hij stopte de zak met goudbaren in het tasje aan zijn riem en deed de kaarten in zijn rugzak. Kabiri stak weer een stinkende sigaret op en reed met de Land Cruiser naar het oosten en vervolgens het zuiden. Carter zag half ingestorte huizen, bouwvallige theehuizen en drukke bazaars. Fraaie marionetten torenden boven tuinen vol onkruid uit. Schurftige honden zwierven door de straten en snuffelden aan bergen afval. Buiten de stad strekte zich een eindeloze woestijn uit.

Kabiri nam nog een haal van zijn sigaret, wierp een blik op de telefoon die op het dashboard lag en zei: 'We zijn over een kwartier bij de brug. Laat mij het woord doen, oké? Ik ken die jongens. Ze vertrouwen me.'

Carter keek hem aan en vroeg: 'Heb je dit vaker gedaan?'

'Heel vaak,' zei Kabiri. 'Ik werk meestal voor de hulporganisaties, weet je. Ik breng mensen naar de projecten aan de andere kant van de grens. Soms vragen de Amerikanen me om een gunst. Om iemand de grens over te brengen, zonder vragen te stellen.'

'Waarom zou je je leven op het spel zetten door gasten als mij naar Afghanistan te brengen als je een vaste baan hebt?' vroeg Carter.

'Ik heb familie. In Kaboel. Ik stuur ze geld. Wat ik maar kan missen, om huur en eten te betalen. De Amerikanen betalen goed, zoals je weet,' antwoordde Kabiri.

'Kun je ze daar niet weg krijgen?'

'Heb ik geprobeerd. Heel vaak. Het is niet makkelijk met de taliban. Zij willen niet dat mensen vertrekken. Voorlopig doe ik wat ik kan. Later helpen de Amerikanen me misschien om daar weg te komen.' Kabiri zweeg even. Er kringelde rook uit zijn neusgaten. 'Omar wacht op ons aan de andere kant van de brug,' zei hij. 'Vijftien kilometer ver weg. Als we hem ontmoet hebben is alles geregeld. Dan ga ik terug. Snap je? Ik blijf geen seconde langer dan nodig is.'

'Ik snap het, maat.'

Carter wierp een zijdelingse blik op Kabiri. De kerel zweette als een drugskoerier op het vliegveld. Carter kon het hem niet kwalijk nemen. Hij ging Afghanistan in met een blanke kerel als passagier. Een riskante onderneming. Als ze ons doorhebben, gijzelen ze mij misschien, dacht Carter. Dan gebruiken ze me om een hoop losgeld te krijgen. Maar Kabiri zullen ze martelen en doden. Misschien wordt hij wel levend begraven. Of ze gooien hem van het dak van een gebouw met tien verdiepingen.

'Ken je Omar Sharza?' vroeg Kabiri.

Carter knikte. 'We hebben met elkaar gewerkt. Een paar jaar geleden.'

'Omar is een goede vriend van me.'

'O ja?'

'Ja. Sinds de taliban aan de macht zijn werken we veel samen. Ik denk dat we dat nog heel lang blijven doen. Mensen willen graag weg uit Afghanistan.'

Kabiri deed het raam open, schoot zijn peuk naar buiten en stak een nieuwe sigaret op. Op de radiozender had de volksmuziek plaatsgemaakt voor luidruchtige reclames in de plaatselijke taal.

'Mensen gaan dood van de honger,' vervolgde Kabiri. 'Niemand heeft geld om eten te kopen, en het is dit jaar weer heel droog. Nu zeggen ze dat Daesh-K sterker wordt. Elke dag komen er meer strijders Afghanistan binnen. Niet alleen Daesh-K, ook al-Qaida. Zelfs de taliban kunnen die lui niet controleren. Het is heel tragisch.'

Carter gaf geen antwoord. Hij had er geen behoefte aan om aan te pappen met deze kerel. Hij wilde alleen maar de grens over zodat hij zich bij Sharza kon voegen en Vann kon gaan zoeken.

*Hoe eerder we beginnen met zoeken, hoe groter de kans dat we hem vinden.*

'Het gaat me natuurlijk niks aan,' zei Kabiri. 'Maar als je het mij vraagt moet je wel gek zijn om daar nu weer naartoe te gaan.'

'Je hebt gelijk,' antwoordde Carter op vlakke toon. 'Het gaat je geen reet aan.'

Kabiri zweeg en concentreerde zich weer op de weg. Carter keek toe hoe het landschap voorbij rolde en nam in zijn hoofd de komende uren door. Hij vermoedde dat ze er nog ongeveer een half uur over zouden doen om de grens met Afghanistan over te steken. Vervolgens was het nog eens een half uur rijden naar de ontmoetingsplek met Sharza. Daarna wachtte hem een reis van driehonderdvijftig kilometer naar het oosten, naar het onderduikadres in de buurt van Khordokan. Een rit van vier uur, misschien langer. Als ze onderweg niet in de problemen kwamen, zouden ze daar iets voor het donker arriveren. Carter kon de rest van de avond samen met Sharza vaststellen welke plekken ze konden verkennen voordat ze bij zonsopgang met hun zoektocht begonnen.

Ze reden in oostelijke richting, weg van de stad, en kwamen door een uitgedroogd landschap met een paar geïsoleerde gehuchten. Iets langs de zijkant van de weg trok Carters aandacht. Hij zag dat er honderden armetierige tentjes op een veld waren neergezet. Sommige bestonden uit nauwelijks meer dan een stuk zeil dat met stokken bij elkaar werd gehouden. In de ruimtes tussen de tenten zag hij magere kinderen in bergen rottend afval wroeten. Haveloze oude mannen zaten in groepjes in de verzengend hete zon. Langs de weg staken gesluierde vrouwen smekend hun handen uit naar passerende automobilisten, bedelend om een beetje eten.

'Vluchtelingen,' zei Kabiri, die Carters gezichtsuitdrukking zag. 'Uit Afghanistan. Degenen die geluk hebben gehad.'

'Jezus. Het moeten er duizenden zijn,' zei Carter. Hij dacht: als dit de mensen zijn die geluk hebben gehad, is het wel echt enorm bergaf gegaan met het land sinds ik daar voor het laatst was.

*We gaan de hel binnen.*

'Zij hebben tenminste nog weg kunnen komen voor het te laat was,' zei Kabiri. 'Ze hebben geen geld, geen kleren. Het leven zal hier heel zwaar voor ze zijn. Maar in elk geval gaan zij niet dood van de honger.'

Carter liet zijn ogen over de eindeloze rijen tentjes gaan. Uitgemergelde gestalten staarden wezenloos in het niets. Moeders probeerden huilende baby's te troosten.

'Het zal beter worden,' zei Kabiri. 'Wanneer de wereld hoort wat ons volk te verduren heeft, zullen ze moeten helpen. Ze kunnen ons niet op deze manier laten lijden.'

'Misschien niet,' antwoordde Carter.

Maar hij kende de harde waarheid. De rest van de wereld gaf geen moer om deze arme drommels, niet echt. Westerse beroemdheden en hoogwaardigheidsbekleders zouden meelevende berichten op social media plaatsen en hun steun uitspreken voor de Afghaanse vrouwen, of wat er op het moment maar in de mode was. Om verder te gaan met de volgende ramp wanneer de aandacht van het publiek verslapte.

*Geen wonder dat de rest van de wereld de pest aan ons heeft.*

Zeven minuten later kwamen ze bij de grensovergang, een zwaarbewaakte zone die zich op een kilometer of twee van de brug over de rivier bevond. Carter zag een heleboel prikkeldraad. Een hoop zandzakken en betonblokken. Om een wachthuis heen stonden zes grenswachten, gewapend met Russische geweren, tactische vesten en holsters met pistolen. Boven hen wapperde een Oezbeekse vlag in de middagbries.

Voor het wachthuis stond een lange rij voertuigen te wachten om doorgelaten te worden. Het waren hoofdzakelijke hulpkonvooien van ngo's en liefdadigheidsinstellingen uit verschillende landen. Duitsland, Frankrijk, Canada. Normaal gesproken zou het hier een komen en gaan zijn van handelaren die hun spullen verkochten, zei Kabiri, maar nu nam niemand de moeite meer.

'De handelaren zeggen dat de mensen geen geld hebben om iets te kopen. Sommigen ruilen hun gouden sieraden of verkopen wat ze verder nog hebben. Maar de meeste mensen hebben niets meer.'

Kabiri maakte snel zijn sigaret uit, pakte het verkreukelde pakje van het dashboard en stopte het in zijn broekzak. Een verstandige zet. De taliban moesten niets hebben van roken. Kabiri en Carter wilden de Afghaanse grenswachten niet onnodig kwaad maken.

Terwijl Carter zijn blik langs de rijen voertuigen liet gaan, zag hij aan het einde van de rij een Land Rover van een bekende Britse ngo aan komen rijden.

'Shit,' mompelde hij.

Kabiri wierp hem een bezorgde blik toe. 'Wat is er?'

Carter wees naar de Land Rover achter hen. 'Blijf uit de buurt van die wagen,' zei hij. 'Minder snelheid en ga achter ze rijden,' voegde hij eraan toe, wijzend op een Duits konvooi dat achter de Land Cruiser reed.

'Waarom? Is er een probleem?' vroeg Kabiri. Carter hoorde paniek in zijn stem.

'Blijf gewoon uit de buurt van die wagen,' beval Carter. 'Hij is van een Britse hulporganisatie.'

'Nou en?'

'Ze zullen beveiligers bij zich hebben,' zei Carter. 'Sommige van die jongens kunnen van het Regiment zijn. Ze zouden me kunnen herkennen.'

'Weet je het zeker?'

'Doe het gewoon, man.'

Kabiri liet de Land Cruiser stapvoets rijden en ging naar de kant van de weg, zodat de drie Duitse voertuigen hen passeerden. Toen sloot hij weer achter in de rij aan. Terwijl ze langzaam vooruitreden, keek Carter uit zijn ooghoek naar Kabiri. Die zweette als een otter en leek steeds nerveuzer te worden.

Jezus, dacht Carter. Zijn zenuwen zijn nu al aan gort, en we zijn nog niet eens bij de grens.

Na wat een eeuwigheid leek te duren maar waarschijnlijk niet langer was dan vijf minuten, gebaarde een streng kijkende grenswacht dat ze door moesten rijden. Dat bleek het makkelijke deel van de overgang te zijn. De Oezbeekse grenswachten waren niet geïnteresseerd in mensen die Afghanistan in probeerden te komen. Ze hadden alleen oog voor wie er de andere kant op ging. Deze grenswacht had een kort gesprek met Kabiri en wierp een nieuwsgierige blik op de papieren van Carter voordat hij met een achteloos gebaar aangaf dat ze verder konden.

Kabiri zorgde ervoor dat hij dicht achter het Duitse konvooi bleef terwijl ze over een weg- en spoorbrug uit het Sovjettijdperk reden die over een donkere rivier liep.

Op de oever aan de overkant zag Carter zwaar vervallen gebouwen, roestige pick-uptrucks en doorgezakte elektrische leidingen.

Afghaans grondgebied.

Ze gingen de brug over en reden nog zo'n tweehonderd meter verder. Toen bracht Kabiri de Land Cruiser langzaam tot stilstand omdat ze de wegversperring bij de Afghaanse grenspost naderden.

Voor hen speelde zich een chaotisch schouwspel af. De weg stond vol met een lange rij voertuigen met draaiende motoren, zodat het blauw zag van de uitlaatgassen. De bestuurder van de Britse wagen boog zich uit zijn raampje en zwaaide met papieren naar een talibansoldaat.

Er patrouilleerden meer soldaten bij de grenspost, die dreigend naar de nieuw gearriveerde wagens keken. Ze leken in niets op de armzalig uitgeruste soldaten die Carter tijdens zijn laatste verblijf in Afghanistan had gezien. Deze gasten hadden een Amerikaanse uitrusting en wapens. Ongetwijfeld gepikt uit de voorraden die de Amerikaanse strijdkrachten hadden achtergelaten. Carter zag een man die was gewapend met een FN Minimi licht machinegeweer. Zijn schouders waren omhangen met patroongordels van 5.56x45mm NAVO-munitie.

*Het is geen 2001 meer*, had Mullins gezegd. *We hebben niet te maken met een stelletje bebaarde moellahs.*

*De taliban zijn nu beter uitgerust.*

Voor hen werd de Britse ngo-crew eindelijk doorgelaten.

Kabiri reed met de Land Cruiser langzaam naar voren en greep het stuur zo stevig vast dat Carter dacht dat het misschien zou breken. De voorkant van het overhemd van de gids was helemaal doordrenkt van het zweet.

Aan de andere kant van de weg baande een lange rij grote vrachtwagens zich kronkelend een weg naar de door de taliban bemande grenspost. Terwijl Carter toekeek stapten drie soldaten de weg op. Ze gebaarden en schreeuwden naar de chauffeur van de voorste vrachtwagen dat hij naar de kant moest.

De laatste wagen van het Duitse konvooi was doorgereden.

Een paar zwaarbewapende soldaten die naast het wachthuis stonden riepen iets onverstaanbaars naar Kabiri en gebaarden dat hij moest stoppen. Toen de Land Cruiser naast het gebouw stond, deed Kabiri zijn raam open en zette de motor uit.

De twee soldaten marcheerden naar hen toe; een lange man en een veel kleinere collega. Ze leken wel de grootste en kleinste pop van een matroesjkaset. De kleine man was gedrongen, had een brede nek en droeg een halfronde zonnebril. De tweede soldaat was een stuk langer dan zijn maat. Hij had een onaangenaam gezicht en een halvemaanvormig litteken onder zijn linkeroog.

Hun uitrusting en kleding mochten dan zijn veranderd, de taliban zagen er nog steeds uit als een stelletje kwaadaardige klootzakken.

De kleine soldaat bleef een paar stappen voor de Land Cruiser staan. Hij keek Carter zo vuil en dreigend mogelijk aan terwijl de man met het litteken naar Kabiri's raampje liep. Kabiri lachte hem nerveus toe. Zijn gevlekte rotte tanden leken wel uitgedrukte sigarettenpeuken.

De man met het litteken snauwde iets tegen Kabiri en stak zijn linkerhand uit. Carter begreep maar al te goed wat de kerel wilde. *Papieren.* Carter overhandigde hem zijn paspoort en de valse brief van de ngo. De soldaat fronste geconcentreerd zijn voorhoofd terwijl hij de documenten bestudeerde.

Aan de andere kant van de weg stapte de chauffeur van de voorste vrachtwagen uit en stak zijn handen in de lucht. Een van de soldaten begon hem vragen te stellen terwijl zijn twee maten het voertuig inspecteerden, de cabine doorzochten en tegen de banden trapten.

Carter keek weer naar de man met het litteken. Die stond nog steeds fronsend naar de brief te kijken. Zijn collega met de zonnebril kwam bij hem staan om er ook een blik op te werpen. Ze voerden kort overleg voor het wachthuis. Toen liep de man met het litteken met grote passen naar de Land Cruiser, wijzend op het document en schreeuwend tegen Kabiri.

Die stak zijn handen in de lucht alsof hij zich overgaf en maakte een verontschuldigend gebaar. Alsof hij wilde zeggen: wat kan ik eraan doen? De soldaat schudde zijn hoofd en knipte kwaad met zijn vingers terwijl hij de brief teruggaf.

'Wat wil hij?' vroeg Carter.

'Hij zegt dat deze brief niet genoeg is,' antwoordde Kabiri met gespannen stem. 'Hij zegt dat hij ons niet door kan laten zonder de rest van de documenten.'

'Zeg maar dat dit alles is wat we hebben,' zei Carter boos. 'Als hij er problemen mee heeft, kan hij op de website van de ngo kijken. Daar vindt hij alle informatie over me.'

Kabiri vertaalde het haastig, en de soldaat met het litteken antwoordde kort en vinnig.

'Hij zegt dat hij niets van een website weet,' zei Kabiri. 'Hij zegt dat je het recht niet hebt om in Afghanistan te zijn als je de juiste papieren niet hebt.'

Carter boog zich naar Kabiri's raam en liet de soldaat de identiteitskaart aan zijn sleutelkoord zien. 'Zeg tegen die idioot dat we aan een groot project werken dat wordt gesteund door zijn regering. Als hij ons niet doorlaat, krijgt hij heel veel gedonder met zijn bazen.'

Kabiri vertaalde weer, maar de man leek niet te luisteren. Zijn blik viel op Carters rechterhand en hij kneep achterdochtig zijn ogen tot spleetjes. De soldaat wees ernaar terwijl hij iets tegen Kabiri snauwde.

'Wat is er?' vroeg Carter. 'Wat zit hij nou te zeiken?'

Kabiri slikte nerveus. 'Hij wil weten waarom een hulpverlener een bebloede vuist heeft.'

Carter wierp een blik op zijn gehavende hand. Hij was tijdens de vlucht uit Chili zo druk bezig geweest met de missie dat hij helemaal was vergeten het opgedroogde bloed van zijn knokkels te halen. Een stomme fout.

De soldaat stond ongeduldig te wachten.

'Ik ben van de vliegtuigtrap gevallen,' zei Carter. 'Tijdens de aansluitende vlucht. Ik keek niet goed waar ik liep. Echt iets voor mij.'

Kabiri vertaalde het voor Litteken. Die snoof en fronste zijn voorhoofd. Carter realiseerde zich dat hij er geen woord van geloofde. De man riep woedend iets tegen Kabiri en richtte de loop van zijn geweer op hem. Kabiri gaf paniekerig antwoord. De woordenwisseling begon verhit te worden. Het drong tot Carter door dat de hele operatie de mist in dreigde te gaan. Als Litteken hun verhaal niet geloofde, was hij de lul.

Toen hoorde hij opschudding bij een van vrachtwagens. Er werd gegild en geschreeuwd. Carter keek naar de overkant van de weg. Naar de voorste vrachtwagen, vijftien meter verderop.

Kabiri en de soldaat met het litteken deden hetzelfde.

Twee soldaten sleepten twee krijsende kinderen onder de vrachtwagen vandaan, en vervolgens nog twee. Ze zetten ze alle vier naast elkaar en hielden ze onder schot. Geen van de jongens leek ouder dan elf.

Carter keek door de vieze voorruit toe hoe de soldaten de kinderen hun rafelige kleren van het lijf scheurden, waardoor er tientallen donkere pakketjes zichtbaar werden die met ducttape aan hun borst, armen en benen waren vastgeplakt.

Heroïne.

Zwarte teer.

De twee soldaten rukten de pakketjes los en begonnen de halfnaakte jongens af te ranselen met hun lange houten stokken. Meteen kwamen de andere grenswachten aanrennen om mee te doen. Ze schopten en sloegen gezichten en rompen terwijl hun maten eromheen stonden te lachen.

Carter zag nog drie jongens onder een van de vrachtwagens vandaan kruipen. Ze draaiden zich om en renden de weg over, in een wanhopige poging aan het lot van hun vrienden te ontkomen. Een van de bewakers zag ze en leek een bevel te schreeuwen naar Zonnebril en Litteken. Misschien beval hij hen achter ze aan te gaan.

De soldaat met het litteken keek om naar Kabiri en kneep zijn wenkbrauwen samen, alsof hij een snelle beslissing nam. Toen sprak hij een paar woorden tegen de gids en ging achter de vluchtende kinderen aan.

'Hij zegt dat we kunnen gaan,' zei Kabiri. 'We mogen onze reis voortzetten.'

'Goddank,' mompelde Carter.

Terwijl ze wegreden, keek Carter nog een keer om naar de grensovergang. Litteken en Zonnebril hadden de drugskoeriers ingehaald. Ze trokken ze overeind terwijl hun maten de andere jongens onder schot hielden en naar een betonnen gebouw zonder ramen lieten lopen dat naast de weg stond.

'Smokkelaars,' zei Kabiri. Hij stak een sigaret op, nam een haal en blies opgelucht rook uit. 'Dat is nu een heel groot probleem bij de grens. Veel bendes gebruiken de kinderen om te proberen hun handel de grens over te krijgen. Meestal lukt het, soms niet.'

'Maar de taliban runnen toch de meeste smokkeloperaties in deze omgeving?' vroeg Carter.

'Ja.'

'Waarom zouden ze dan kinderen arresteren omdat ze heroïne vervoeren? Ze willen toch dat het spul op zijn bestemming aankomt?'

'Vraag en aanbod,' zei Kabiri. 'Op het moment is er te veel opium op de wereldmarkt. Die is, hoe noem je dat? Verzadigd. Daardoor is het goedkoop. Dus nu snijden de taliban de toevoer af. Zo drijven ze de prijs op en verdienen ze meer geld.'

Kabiri wreef zijn duim en wijsvinger langs elkaar om zijn punt kracht bij te zetten.

'Wat gebeurt er met die jongens?' vroeg Carter.

'Ze worden afgeranseld en geslagen. Een paar worden misschien gebruikt voor *bacha bazi*.'

Carter trok walgend zijn neus op. In de tijd dat hij instructeur in Afghanistan was geweest had hij genoeg verhalen gehoord over het landelijke gebruik tienerjongens als vrouw te kleden en te laten dansen voor groepen volwassen mannen. Veel van hen werden verkocht of ontvoerd en seksueel misbruikt door machtige Afghanen.

'Ik dacht dat de taliban die dansende jongens hadden verboden,' merkte hij op.

'Dat is ook zo. Maar ze gebruiken ze soms om te spioneren. Om in de buurt van de krijgsheren en de commandanten te komen die zich verzetten tegen de taliban. Ze dwingen de jongens om het vertrouwen van hun vijanden te winnen, en later schieten ze ze dood of vergiftigen ze ze.'

Carter schudde ongelovig zijn hoofd. 'De drugsbendes gebruikten nooit kinderen. Niet voor dit soort shit.'

'De tijden zijn veranderd,' zei Kabiri.

'Wat bedoel je daarmee?'

Kabiri haalde zijn schouders op. 'Mensen zijn wanhopig. Ouders doen alles voor een beetje eten. Sommige mensen verkopen hun nieren of andere organen. Meisjes worden uitgehuwelijkt aan oudere mannen, soms als ze nog heel jong zijn, zodat de vader een aanbetaling krijgt op de bruidsschat. Jongens worden gedwongen zware arbeid te verrichten. Wat ze maar voor werk kunnen vinden. Soms gaan ze voor smokkelaars werken. Die betalen het gezin geld als het hun kind lukt om de grens over te komen.'

Carter staarde hem walgend aan. 'Mensen verkopen nu hun kinderen?'

Kabiri antwoordde op vlakke toon: 'Ze kunnen niet anders. Een bruid kan twee- tot driehonderd dollar opleveren. Genoeg om een tijd van te kunnen eten. Veel ouders kunnen het zich tóch niet veroorloven om hun kinderen te voeden. Als ze ze niet verkopen, gaan ze dood van de honger.'

'Jezus christus.'

'Ik zei het toch. Je moet wel gek zijn om hier weer naartoe te komen.'

# 10

Ze reden vanaf de grenspost in oostelijke richting en kwamen door de strategische grensplaats Hairatan. Carter keek uit zijn raam terwijl ze langs onvoorstelbare armoede en wanhoop reden. Lange rijen mensen stonden in de rij bij een distributiecentrum dat voedsel uitdeelde. Anderen zaten te bedelen langs de weg, met ondervoede kinderen op een deken aan hun voeten. De wanhoop die in de lucht hing was bijna tastbaar. Carter kon het aan de gezichten zien. Dit was een volk dat tot het uiterste op de proef werd gesteld.

*Twintig jaar oorlog, en dit is hoe we het land hebben achtergelaten.*

Hij herinnerde zich dat Afghanistan in een andere tijdzone lag en zette zijn G-Shock op de lokale tijd, een half uur vroeger dan in Oezbekistan. Na een paar kilometer maakte de weg een bocht in zuidelijke richting en reden ze dieper landinwaarts. Carter zag groepjes abrikozenbomen, verwaarloosde boerderijen en verpauperde dorpen. Langs de wegen sjokten lange rijen mensen, velen blootsvoets; de mannen droegen allerlei verschillende vesten, tunieken en broeken. Sommigen liepen naast een ondervoede ezel die zwaar gebukt ging onder de wereldse bezittingen van het gezin.

Ze reden verder naar het oosten, in de richting van Kunduz. Na twintig minuten kwamen ze bij een kruispunt waar aan de zijkant van de weg een verlaten truckstop lag. In de verte stond het verroeste metalen karkas van een Afghaans pantservoertuig in de brandende zon. Doordat hij de kaarten had bestudeerd zag Carter meteen dat het de plek was waar ze Omar zouden ontmoeten.

Kabiri minderde vaart tot vijftien kilometer per uur, ging de weg af en parkeerde naast de vervallen truckstop.

‘Waar is Omar?’ vroeg Carter.

‘We zijn te vroeg,’ antwoordde Kabiri. ‘Hij komt zo. Geen zorgen, vriend. Geduld, hij komt wel.’

Terwijl ze wachtten pafte Kabiri nog een ranzig ruikende sigaret. Carter pakte een plastic waterfles uit zijn rugzak en nam een paar slokken.

Acht minuten later zag hij in westelijke richting een stofwolk boven de weg. Een witte Toyota Hilux reed op hoge snelheid naar hen toe. Carter keek toe hoe de wagen de verharde weg af reed en naast de Land Cruiser tot stilstand kwam. Het was een oud vierdeursmodel met een korte laadbak. De banden waren versleten en de lak zat onder het zand en de viezigheid. Het perfecte voertuig om op te gaan in de plaatselijke omgeving.

Kabiri gaf een knikje naar de pick-up en zei kortweg: ‘Daar. Dat is Omar. Ga, ik ben hier klaar.’

‘Het beste, maat,’ zei Carter tegen hem. ‘Veel succes met je familie.’

Kabiri glimlachte. ‘Ik denk dat ik jou beter succes kan wensen.’

Dat is helemaal waar, dacht Carter terwijl hij uitstapte.

Hij liep naar het achterportier, opende het en pakte zijn rugzak van de achterbank. Hij nam even de tijd om de ngo-emblemen van zijn overhemd, broek en tas te halen en stopte ze in zijn zak: als ze onderweg nog andere controleposten van de taliban tegenkwamen, zou hij ze weer vastmaken en proberen zich erlangs te bluffen door het verhaal op te hangen dat hij hier voor zijn werk op reis was.

Hij sloeg het portier dicht. Kabiri reed zo snel weg dat er een enorme stofwolk opdwarrelde terwijl hij met de Land Cruiser weer de verharde weg op reed. Toen liep Carter snel naar de pick-up. Omar Sharza stapte uit en begroette hem met een stevige handdruk.

'Mijn broeder,' zei hij in het Engels met een licht accent. Hij stapte iets naar achteren en glimlachte moe en verdrietig. 'Ik had niet gedacht dat ik je hier nog eens zou zien.'

'Ik ook niet, maat,' antwoordde Carter.

Sharza zag er precies zo uit als Carter zich hem herinnerde. Hij was een beer van een vent, met stevige armen en benen en een volle baard. Maar zijn ogen waren bloeddoorlopen en hadden een gespannen blik. Die werd ongetwijfeld veroorzaakt door de voortdurende stress die het met zich meebracht om mensen onder de neus van de taliban het land uit te helpen vluchten.

'Ben je klaar?' vroeg Sharza. Hij had een zachte stem die totaal niet paste bij zijn grizzlybeerachtige lijf. Toen Carter knikte zei hij: 'Goed, laten we dan gaan.'

Carter zette zijn rugzak achter in de cabine en ging op de bijrijdersstoel zitten. Toen drukte Sharza de startknop op het dashboard in en kwam de motor van de Hilux brullend tot leven. Al snel scheurden ze in oostelijke richting over de weg.

In de richting van Khordokan, en de laatste plek waar David Vann was gesignaleerd.

Om de haverklap keek Sharza in de achteruitkijkspiegel, alsof hij bang was dat iemand hem misschien volgde. De weg achter hem bleef echter leeg en na een paar kilometer ontspande de tolk zienderogen.

'Sorry dat ik je niet in Oezbekistan kon ontmoeten,' zei hij ten slotte. 'Maar je moet het begrijpen. Mensen zoeken me. Ik kon het risico niet nemen.'

'Hou op, maat,' antwoordde Carter. 'Je hoeft je niet te verontschuldigen.'

Sharza glimlachte bedroefd. 'Het is spijtig dat we elkaar weer ontmoeten.'

Carter keek hem vragend aan. 'Wat doe je hier nog, Omar? Je zou het land uit moeten zijn en met je gezin in Kent moeten zitten of zo.'

Carter was verrast door de warmte in zijn eigen stem. Maar hij mocht Sharza. Respecteerde hem. Hij had als instructeur van de Afghaanse Special Forces anderhalf jaar met hem doorgebracht. Ze hadden samen gegeten, grapjes gemaakt en gevochten tegen de taliban. In zo'n omgeving was je er al snel achter wie je kon vertrouwen en wie er niet was opgewassen tegen de taak. Sharza had zich bewezen als een toegewijde, loyale en onverzettelijke man.

Sharza had zijn leven geriskeerd door samen met Carter te dienen. Als iemand het verdiende om ergens anders dan in Afghanistan een bestaan op te bouwen, was hij het.

'Ik kon niet gaan,' legde Sharza zacht uit. 'De Britse regering bood hulp om me weg te krijgen, maar die kon ik niet aannemen.'

'Waarom niet?'

'Er zijn hier mensen... mensen die mijn hulp nodig hebben. Ik kon ze niet in de steek laten.'

'Je hebt een vrouw en kinderen, Omar.'

'Ik weet het.'

'Waarom blijf je hier dan? Elke keer dat je een voet buiten de deur zet, waag je je leven.'

Sharza staarde met holle blik voor zich uit. Toen slikte hij en zei: 'Ik heb een neef. De zoon van mijn broer. Amredin. Hij is negentien. Hij is hier nog steeds, in Bazarak. Daar verschuilt hij zich.' Hij keek Carter even aan. 'Als de taliban hem vinden, zullen ze hem doden. Dat weet ik zeker.'

'En je broer?'

'Die is in Griekenland. In een vluchtelingenkamp. Met de rest van het gezin. Amredin zou meegaan, maar mijn broer werd getipt door een vriend dat de taliban hem wilden arresteren. Daarom is hij midden in de nacht halsoverkop gevlucht, zonder iemand te kunnen waarschuwen. Ze hadden niet eens de tijd om hun spullen te pakken.' Sharza zweeg even en vervolgde: 'Amredin was toen bij zijn grootouders. Mijn broer moest hem achterlaten.'

Na een korte stilte zei Carter: ‘Is dat de reden waarom je hier nog steeds bent? Vanwege je neef?’

‘Ja,’ zei Sharza. Hij krabde aan zijn baard. ‘De Amerikanen beloofden dat ze Amredin in veiligheid zouden brengen als ik bereid was anderen te helpen ontsnappen.’

‘Maar dat hebben ze dus niet gedaan?’

‘Nog niet. Ze zeggen dat ze het juiste moment afwachten.’

‘En jouw gezin?’

‘Zij wachten op me in Groot-Brittannië. In een plaats die Cardiff heet. Ken je het daar?’

Carter lachte hartelijk en verdreef zo de sombere stemming. ‘Ja, ik ken Cardiff.’

‘Wat is er zo grappig?’

‘Je spreekt misschien wel beter Engels dan sommige van onze jongens, maar je zult geen woord verstaan van de plaatselijke bevolking daar. Ze spreken een heel andere taal.’

‘Dan zal ik die leren,’ zei Sharza trots. ‘En nog heel veel andere dingen. Mijn kinderen ook. Ik hoop dat ik hier snel weg ben. Wanneer we je vriend hebben gevonden.’

Carter vroeg ernstig: ‘Hoeveel hebben ze je over de missie verteld?’

‘Alleen dat je vriend, Vann, gevaar loopt.’ Sharza aarzelde even. ‘Ze zeiden dat hij goed contact heeft met Jabar Hakimi, de leider van de Nationale Alliantie. Is dat waar?’

‘Voor zover ik weet wel. Hoezo?’

‘Ik heb contacten, in Kaboel en op andere plekken. Zij zeggen dat de taliban van plan zijn de Nationale Alliantie uit te roeien nu die nog zwak is. Ze hebben gezworen iedereen die met ze samenwerkt op te sporen en te doden.’ Sharza zweeg even. ‘Ook je vriend.’

‘Dan moeten wij hem eerder vinden,’ zei Carter.

Sharza knikte. ‘Ik heb gedaan wat de Amerikanen vroegen en met mensen die ik vertrouw over je vriend gesproken. Om te zien of iemand hem heeft gezien of over hem heeft gehoord.’

'En?'

'Niets. Niemand heeft hem sinds Khordokan gezien.' Hij keek Carter aan. 'Je vriend is net een geest.'

Carter wreef over zijn wang. 'We zullen later de kaarten beter moeten bekijken. Erachter komen waar hij zich zou kunnen schuilhouden. Als Vann een paar dagen geleden in dat gebied was, kan hij niet ver weg zijn.'

'Nee.'

'Waar is het onderduikadres?'

'Ik heb een plek voor ons gevonden in een dorp, vijftien kilometer van Khordokan. We slapen daar vannacht.'

'Is het veilig?'

'Ik ken de bewoners. Het zijn goede mensen,' antwoordde Sharza stellig. 'Ze moeten niets hebben van de taliban. Ze zullen ons onderdak bieden. Ik zou mijn leven aan ze toevertrouwen.'

Dat doe je al, maat, zei Carter bijna.

Carter keek op zijn G-Shock. Het was iets over enen. Een reis van driehonderdvijftig kilometer over Afghaanse wegen kwam neer op een rit van ongeveer vier uur. Ze zouden normaal gesproken om een uur of vijf aankomen. Twee uur voordat het donker werd. Genoeg tijd om de kaarten te bekijken voordat ze de volgende ochtend aan hun zoektocht zouden beginnen.

Ze reden verder naar het oosten, door de grote steden Kunduz en Taloqan. Talibangebied, maar Sharza had uitgelegd dat het de enige manier was om het onderduikadres te bereiken. Hij wist echter waar de belangrijkste wegversperringen zich bevonden en op welke plekken de kans het grootst was dat ze grote aantallen taliban zouden aantreffen: bij moskeeën, overheidsgebouwen en voedseldistributiecentra die ze bewaakten.

Bovendien waren de meeste politiemensen voormalige talibansoldaten, vertelde hij. Velen van hen kwamen uit kleine dorpen. Ze waren nooit eerder in een stad geweest en wisten niets van de achterafstraten en zijwegen in een plaats als Kunduz. Sharza stuurde de Hilux behendig door chaotische straatjes vol bedelaars en roedels wilde honden. Vrouwen zochten door vuilniszakken terwijl daklozen gehuld waren in gerafelde dekens.

Ten oosten van Kunduz leek de situatie nog uitzichtlozer. Ze reden langs smalle stroken verdord land aan weerszijden van de rivier, die werd omringd door ruige bergketens. Langs de rivier lagen kleine, straatarme dorpen, die uit weinig meer bestonden dan troosteloze krotten en papavervelden.

'Zo te zien is het hier niet erg veranderd,' zei Carter.

Sharza glimlachte. 'Bedoel je de opium?'

'Daar wordt nog steeds het meest in gehandeld, neem ik aan.'

'Vooralsnog wel,' antwoordde Sharza. 'Maar misschien niet veel langer meer.' Hij zwaaide met een hand naar de omliggende bergen. 'De mensen hier zijn arm, maar dit land is heel rijk. Je hebt hier veel mineralen. Kolen ook. De Chinezen openen nu mijnen overal in de omgeving. Veel Chinezen komen hier werken.'

'Riskant,' zei Carter. 'Ze lopen het risico in de gevechten verzeild te raken.'

'Dat,' zei Sharza, 'is een van de redenen waarom de taliban de Nationale Alliantie zo snel mogelijk willen vernietigen. De Chinezen willen dat de taliban de veiligheid van hun mensen garandeert. Anders dreigen ze hun operaties te beëindigen en te vertrekken. Dat kunnen de taliban zich niet veroorloven.'

Het oude liedje, dacht Carter. De ene buitenlandse grootmacht trekt zich terug en nog geen vijf minuten later trekt de volgende het land in om van de situatie te profiteren. Deze mensen kunnen nooit even op adem komen.

'De situatie is hier slecht, maar ik denk dat het alleen maar erger zal worden,' vervolgde Sharza.

'Erger dan dit?' vroeg Carter, en hij trok een wenkbrauw op.

Sharza knikte. 'De taliban zijn aan de macht gekomen omdat de mensen dachten dat ze niet zo corrupt konden zijn als het vorige regime, en ze waren bereid hun nog een kans te geven. Maar als ze hun eigen volk niet kunnen voeden, zullen ze niet lang aan de macht blijven. Hun vijanden krijgen nu al meer steun.'

'Bedoel je dan de Nationale Alliantie?'

'Sommige mensen sluiten zich daar bij aan, ja. Maar anderen kiezen voor ISIS-K.' Hij zuchtte vermoeid. 'Zij profiteren van de ellende. Ze zeggen dat de taliban marionetten zijn van de Amerikaanse regering en niet vertrouwd kunnen worden. Veel taliban zijn gedesillusioneerd en sluiten zich bij hen aan. Soldaten die dachten dat de overwinning op de Amerikanen tot vrede zou leiden. ISIS-K wordt met de week sterker.'

'Denk je dat ze de taliban zullen verdrijven?'

'Op een dag, wie weet. Misschien worden ze uiteindelijk sterk genoeg om de taliban te verslaan. Maar ik hoop het niet. Dat zou heel slecht voor ons zijn.'

Carter besloot van onderwerp te veranderen. 'Wat is er met de andere jongens gebeurd waarmee we hebben gewerkt?' vroeg hij. 'Hamidullah en de anderen? Hebben zij op tijd weg kunnen komen?'

Sharza schudde zijn hoofd en zei somber: 'Hamidullah is gesneuveld tijdens het gevecht met de taliban in Panjshir. Faysal is in zijn dorp gearresteerd en gewurgd. De taliban hebben zijn zoons gedood, zijn dochter verkracht en zijn vrouw gedwongen om te trouwen met een van hun commandanten. Mustafa is gemarteld en levend begraven.'

'Jezus. Is er niemand ontkomen?'

'Ahmad. Hij is de grens overgekomen vlak voor de taliban Kaboel innamen. Hij zit nu geloof ik in een kamp in Iran. Van de anderen weet ik het niet.'

Hij staarde weer voor zich naar de weg, zonder emotie in zijn ogen. Carter wilde iets troostends zeggen maar kon niets bedenken. Er was niets wat je zou kon zeggen tegen een man die de meeste van zijn vrienden was verloren.

Ze reden twintig minuten in stilte verder, tot ze weer bij een wegversperring van de taliban kwamen, die werd bemand door twee slonzig uitziende soldaten. Aan hun houding en de manier waarop ze liepen kon Carter zien dat ze uitschot waren. Hij drukte zijn emblemen weer op het klittenband op zijn kleding en liet Sharza het woord doen. De tolk zwaaide met de brief naar de twee soldaten, maar die hadden daar geen enkele belangstelling voor, en Carter vermoedde dat ze allebei analfabeet waren.

De soldaten keken elkaar aan, taxeerden de auto plus Sharza's passagier en kwamen tot de logische conclusie.

Een van de mannen stak een hand uit en hield die naast Sharza's raam. Het universele gebaar voor smeergeld.

Carter haalde twee van de kleine goudbaren uit zijn tasje en gaf die aan hem. Vijfhonderd Britse pond aan goud. De soldaat stapte achteruit en gaf met zijn geweer aan dat de Hilux door kon rijden.

'Goed om te weten dat sommige dingen niet veranderd zijn,' zei Carter terwijl ze de wegversperring achter zich lieten. 'Het is hier nog net zo corrupt.'

'Het is nu erger dan ooit,' zei Sharza lachend.

'Hoezo?'

'De meeste talibansoldaten hebben al maanden geen geld gehad. De regering heeft geen cent. De schatkist is leeg en ze kunnen de soldij van hun eigen manschappen niet opbrengen. Dat betekent dat de mannen hun huur en hun rekeningen niet kunnen betalen, en zelfs het eten voor hun gezin niet.'

Carter grinnikte. 'Boffen wij even.'

Sharza haalde zijn schouders op. 'Vandaag is het gunstig voor ons. Maar morgen misschien wel niet.'

'Wat bedoel je daarmee?'

'Als de taliban niet snel betaald krijgen, zullen ze de bevelen uit Kaboel gaan negeren en mensen gaan gijzelen. Dan zal het heel moeilijk worden voor mensen als jij om hier te opereren.'

Iets voor vijven reden ze een gammele brug over de rivier over, waarna Sharza rechtsaf ging en ze over een eenbaansweg naar het oosten reden. Die volgden ze drie kilometer tot ze tot stilstand kwamen voor een eenvoudig huisje, met een voortuin waar een lemen muur omheen stond die tot Carters heupen reikte. Tussen de stenen en de stront stonden twee uitgemergelde muilezels te grazen.

Sharza zette de motor uit en zei: 'We zijn er, broeder.'

Carter stapte uit en pakte zijn rugzak van de achterbank. Toen liep hij achter Sharza naar de verweerde houten deur aan de zijkant van het huisje. Er stond een harde droge wind in de vallei, die zand in Carters mond en gezicht blies.

Terwijl ze aan kwamen lopen, zwaaide de deur open en kwam er een oud uitziende man met een tulband uit het donkere huisje. Hij had een pluizige baard en een gezicht dat eruitzag als gerimpeld fruit. Sharza begroette de man hartelijk. Ze praatten een tijdje met elkaar en wisselden beleefdheden uit, tot de tolk zich tot Carter wendde. De man keek zijn gast onbewogen aan. Het leek hem niet te verbazen dat er een Brit bij hem op de drempel stond. Maar ja, die kerel had in zijn leven waarschijnlijk alles al meegemaakt. De Sovjets, de taliban, de Amerikanen, en nu weer de taliban.

'Dit is Khaibar,' zei Sharza, wijzend op de oude man. 'Mijn vader heeft samen met hem voor de Noordelijke Alliantie tegen de taliban gevochten. Hij zegt dat hij het een eer vindt om je in zijn huis te verwelkomen.'

Ze gaven elkaar een hand. Carter keek de tolk aan. 'Hoeveel weet hij over me?'

'Ik heb gezegd dat je een goede vriend bent van jaren geleden. Meer hoeft hij niet te weten.'

'Zeg maar dat ik heel dankbaar ben voor zijn gastvrijheid.'

Carter wist welk risico de man nam door een westerse soldaat onderdak te bieden. Als de taliban erachter kwamen, kon hij niets minder dan de doodstraf verwachten.

Khaibar praatte even met Sharza terwijl hij hen voorging door de voortuin. Nadat Carter achter de Afghanen aan het sober gemeubileerde huis binnen was gegaan, nam hij de tijd om zijn schoenen uit te doen. Hij wierp een blik in de kamers die om de gang heen lagen maar zag daar verder niemand. Dat vond hij merkwaardig. Normaal gesproken zou een woning van deze omvang meerdere gezinnen huisvesten. Er waren hier echter nog minder mensen dan in een kroeg tijdens een lockdown.

'Waar is iedereen?' vroeg hij aan Sharza. 'Waar is de rest van de familie?'

'De meesten zijn vertrokken. Degenen die niet gesneuveld zijn. Sommigen zijn naar Kaboel gegaan om daar te werken, anderen zijn het land uit gevlucht. Nu is hier niemand meer behalve Khaibar en zijn kleinzoon. Het is hetzelfde in veel andere dorpen in deze omgeving.'

'Hoe redt hij zich?'

'Hij doet wat klusjes in de andere dorpen. Maar het betaalt niet geweldig en hij heeft nauwelijks genoeg om geen honger te lijden.' Daar voegde Sharza moedeloos aan toe: 'Zo hebben de Amerikanen ons achtergelaten.'

Ze volgden Khaibar door een ruime kamer met versleten tapijten op de vloer en fraai gedecoreerde kussens tegen de muren. Voor het raam aan de achterkant hingen rafelige gordijnen. Midden op de verder lege vloer stond een aftands metalen dienblad met daarop een theepot en een paar glazen. Carter zag kommetjes rijst, een paar sneden robuust brood en wat fruit. Aan de kale muren hingen alleen een paar ingelijste foto's van familieleden. Een oud fornuis was de enige warmtebron.

Ernaast zat een kleine jongen in een donkerbruine tuniek een filmpje op zijn smartphone te kijken. Afgezien van de kleding had hij een willekeurig kind uit elk land ter wereld kunnen zijn.

'Dit is Zohib,' zei Sharza. 'Khaibars kleinzoon.'

De jongen keek op naar Carter. Die had de uitdrukkingsloze blik in zijn ogen al eerder had gezien bij kinderen uit andere oorlogsgebieden. Hij glimlachte de jongen vriendelijk toe. Zohib knipperde met zijn ogen en richtte zich weer op zijn telefoonscherm.

Khaibar gebaarde geestdriftig dat Carter moest gaan zitten. Die nam in kleermakerszit plaats op de grond terwijl de oude man via de tolk het woord nam. 'Khaibar verontschuldigt zich dat hij niet meer met je kan delen,' zei Sharza. 'Maar voedsel is tegenwoordig schaars, helemaal sinds de markten gesloten zijn.'

'Zeg maar dat hij zich geen zorgen hoeft te maken,' zei Carter. 'Dit is prima. Vertel hem dat ik het erg waardeer.'

Hij herinnerde zich hoe gastvrij de Afghanen waren geweest in de tijd dat hij hier instructeur was. Hoe de meeste gezinnen waar hij had verbleven nog geen pot hadden om in te pissen maar er toch op stonden alles wat ze hadden met hem te delen.

Hij zat te eten terwijl de twee mannen met elkaar praatten. Carter weigerde het eten niet, ook al had hij zijn rantsoenen bij zich, omdat hij de bejaarde man niet voor het hoofd wilde stoten. Hij stopte alles met zijn rechterhand in zijn mond en veinsde belangstelling toen de oude man de laatste ontwikkelingen in de omliggende dorpen beschreef. Basale dingen, maar het soort details dat de Amerikanen met wie hij in Afghanistan had gediend was ontgaan of die ze niet hadden begrepen.

Na de maaltijd zette de jongen het fornuis aan en vulde hij de ketel met water. Ze werkten het vertrouwde ritueel van het drinken van groene thee af. Terwijl Carter dronk, zag hij dat het joch verwachtingsvol naar hem keek. Iets aan zijn gezichtsuitdrukking ontroerde Carter. Hij dronk zijn glas leeg, reikte in zijn rugzak, haalde er een chocoladereep uit en gaf die aan de jongen.

Sharza keek hem bezorgd aan. 'Wat doe je?'

'Ik geef dat joch wat chocola. Dat kan toch geen kwaad?'

'Niet doen,' siste Sharza.

'Hij heeft honger.'

Sharza schudde verwoed zijn hoofd. ‘Het kan niet,’ zei hij zacht. ‘Als deze mensen worden betrapt met westers eten, betekent dat de doodstraf voor ze. Ze zullen worden beschuldigd van collaboratie met de vijand.’

‘Zouden de taliban hem doden om een reep chocola?’

‘Iedereen die samenwerkt met het Westen is een verrader.’ Sharza kalmeerde weer. ‘Ik weet dat je wilt helpen, broeder, maar alsjeblieft. Dit is de manier om dat te doen.’

Carter keek naar het kind. Dat staarde met grote ogen naar de reep in Carters hand. Bekijk het maar, dacht hij. Hij scheurde de wikkel los en gaf de chocola aan de jongen.

‘Zeg dat hij hem nu moet opeten,’ zei hij tegen Sharza. Toen die begon te protesteren, kapte Carter hem af. ‘Luister, ik zal de wikkel houden, dus dan loopt hij geen enkel gevaar.’

Sharza zuchtte en zei iets tegen de jongen. Zohib brak een stuk van de reep en begon gretig te kauwen. Zijn gezicht straalde van onschuldig genoegen. Het was misschien een klein gebaar, maar het was beter dan niets.

Na een tijdje stond de oude man op en gebaarde naar Carter en Sharza dat ze hem moesten volgen. Hij liep voor hen uit de gang door, een andere kamer met kale muren in waar rijkelijk gedecoreerde tapijten lagen. Khaibar deed een paar stappen achteruit en bleef met zijn armen langs zijn lichaam staan terwijl Sharza op zijn knieën ging zitten en een van de tapijten omrolde. Er werd een kuil in de grond zichtbaar, die werd afgedekt met een houten plank. Waarschijnlijk gebruikten gezinnen zulke kuilen om geld en waardevolle spullen te verstoppen. Sharza duwde zijn vingertoppen in de smalle ruimte tussen de rand van de kuil en de plank en wrikte die los.

Carter ontwaarde de glanzende loop van een geweer.

‘Meer heb ik zo snel niet kunnen vinden,’ zei Sharza. ‘Als je iets anders nodig hebt, kunnen we dat misschien in een ander dorp krijgen. Maar dat zal geld kosten.’

Carter stak een hand in de kuil. Hij haalde er een M4-aanvalsgeweer uit dat grotendeels gehuld was in een deken. Een draagband was vastgemaakt aan een haak aan de onderzijde van het wapen. Hij pakte vijf magazijnen met dertig 5.56x34mm NAVO-patronen, legde alles op de vloer en stak opnieuw zijn arm in de kuil. Deze keer haalde hij een semiautomatisch pistool tevoorschijn, een MP-443 Grach. Een Russisch 9mm wapen, met een loop van roestvrij staal en een korte, stevige kolf. Een favoriet wapen voor leden van de Spetsnaz.

Carter pakte nog vier magazijnen uit de kuil, die allemaal achttien patronen van 9x19mm Russische 7N21-munitie bevatten. Plus een zwartleren riemholster. Helemaal onderin lag een Russische NRS-2, die er op het eerste gezicht uitzag als een survivalmes maar ook een enkelschotswapen bleek te zijn, waarmee je een 7.62mm patroon kon afvuren en een bereik tot wel vijfentwintig meter had. Als extraatje bleek het mes ook nog te zijn uitgerust met een betonschaar.

'Hoe kom je hieraan?' vroeg Carter.

'Van een vriend,' zei Sharza. 'Uit Fayzabad. Hij zat bij het leger voor de taliban weer aan de macht kwamen. Hij heeft een heleboel wapens die de Amerikanen hadden achtergelaten. Die verkoopt hij aan iedereen die ervoor wil betalen. Smokkelaars. Krijgsheren. Al-Qaida.'

'Dat zal wel een lucratieve bijverdienste zijn.'

'Heel lucratief ja. Maar ook gevaarlijk. Als de taliban erachter komen, maken ze hem en zijn hele gezin af.'

Carter inspecteerde de wapens en demonteerde de M4 en het pistool. Die leken allebei in goede staat te verkeren en hij zag nergens roest of slijtageplekken. Hij zette ze weer in elkaar en deed toen de extra magazijnen in zijn rugzak. De NRS-2 stopte hij in een van de zakken van zijn cargobroek en hij stak een magazijn in de onderkant van de M4. Toen vergrendelde hij het wapen. Hij legde het binnen zijn bereik naast zich neer, zoals iedereen bij het Regiment had geleerd. Toen laadde hij de MP-443 Grach en deed die in de holster die hij aan zijn riem had bevestigd.

Terwijl de oude man stukjes stof en afval in het vuur gooide, spreidde Carter de kaarten voor zich uit op de grond. Sharza boog zich naar hem toe en bij het flakkerende licht van een olielamp praatte hij hem bij over het gebied rondom Khordokan.

De laatste locatie waar Vann was gesignaleerd.

Carter wist hoe de omgeving was ingedeeld en kende de namen van de dorpen en de grootste steden. Maar hij wist dat een kaart slechts de helft van het verhaal vertelde. Om het zoekgebied te verkleinen moest hij weten aan wie de mensen in elk district loyaal waren. Met wie zij en hun stammen etnisch en cultureel verbonden waren. Hij luisterde aandachtig terwijl Sharza het gebied ten oosten van Khordokan beschreef.

'De oudsten in deze plaats hebben een verbond gesloten met ISIS-K,' legde hij uit, wijzend op een groepje dorpen die dicht bij elkaar lagen. 'ISIS-K rekruteert veel soldaten in dat gebied.'

'Denk je dat Dave dat weet?'

Sharza krabde aan zijn wang en dacht even na. 'Ik denk het wel. Iedereen snapt dat dit ISIS-K-gebied is. Als je vriend met Hakimi en de Noordelijke Alliantie samenwerkt, hebben die hem zulke dingen ongetwijfeld verteld. Hij zal wel weten dat hij de dorpen daar moet mijden.'

'En wie woont er in dit gebied?' vroeg Carter terwijl hij met een vinger op het gebied ten zuiden van Khordokan tikte. 'Wie wonen hier?'

'Heel weinig mensen,' zei Sharza. 'Nog minder dan hier. De meeste dorpen in die vallei zijn verlaten. In veel ervan wonen nog maar een of twee gezinnen.' Hij beet op zijn lip. 'Maar ik geloof niet dat we je vriend daar zullen vinden.'

'Waarom niet?'

'Dat district is nu in handen van de taliban. Zij bewaken alle belangrijke toegangspunten op de bergpassen. Ze patrouilleren op de belangrijke plaatsen. Je vriend zou gepakt worden zodra hij er probeerde weg te komen.'

Carter besloot het gebied buiten beschouwing te laten en concentreerde zich op de directe omgeving van Khordokan. Er waren zes dagen verstreken sinds Vann was gesignaleerd aan de rand van het dorp, ervan uitgaande dat de informatie van Sharza's contactpersoon correct was. Carter liet zijn blik over de wegen, riviertjes en voetpaden in de buurt gaan. Hij visualiseerde de route waarvan de kans het grootst was dat Vann die had genomen vanuit de schuilplaats van de opstandelingen naar het zuiden, en vervolgens naar Khordokan. Hij probeerde zich in zijn maat te verplaatsen.

Vann zou de dorpen willen vermijden. Iemand die sympathiseerde met de vijand zou hem in het oog kunnen krijgen en zijn verblijfplaats kunnen doorgeven. Daarom zocht Carter een afgelegen plek. Ergens in hooggelegen gebied, met uitstekend zicht op de belangrijkste toegangswegen, een goede mogelijkheid om de achterkant af te schermen en een ontsnappingsroute als de positie werd ontdekt en alles verkeerd liep. Hij zou ook levensmiddelen nodig hebben, of een manier om die te bemachtigen, wat betekende dat hij enigszins in de buurt van de dorpen moest blijven. Bovendien moest hij de beschikking hebben over vers water, en dat in een gebied waar een ongekende droogte heerste.

'Is er een put in Khordokan?' vroeg hij.

'Niet meer. Die is vorig jaar opgedroogd. Maar volgens mij is er een in het dorp erna,' antwoordde Sharza onzeker.

'Zou hij het weten?' Carter gaf een knikje naar Khaibar. De oude man porde met een knoestige stok in de zwakke vlammen. Het was nu donker buiten, en beduidend kouder. Carter voelde een kille tocht door de barsten in het raam naar binnen komen.

Sharza vroeg het aan zijn vriend. Khaibar porde nog wat in het vuur terwijl hij antwoord gaf. Toen vertaalde Sharza.

'Hij zegt dat er een put is in Zarangir, maar dat die bijna is opgedroogd. Nu is er nog maar een beetje water.'

'Wat gebruikt iedereen dan? Ze moeten hun water érgens vandaan halen.'

‘Drie kilometer naar het noorden is een beek.’

De tolk gaf de plek aan op de kaart. Carter keek er fronsend naar. Zarangir. Nog een gehucht. Niet meer dan een stipje op de kaart. Het eerstvolgende dorp ten oosten van Khordokan, op acht kilometer afstand. Een kilometer of vijftig van de Tadzjiekse grens.

‘In de winter bevriest de beek,’ vervolgde Sharza. ‘Maar nu is het de enige waterbron in de omgeving. Veel mensen zijn er afhankelijk van.’

‘Wat is daar nog meer?’ vroeg Carter.

‘Weinig,’ antwoordde Sharza. ‘Vroeger graasde er vee. Dat was jaren geleden, voor de Russen kwamen. Nu groeit er bijna niets meer en zijn er alleen nog stenen en stof,’ voegde hij daar verdrietig aan toe.

‘En wat is er in Zarangir?’

Sharza dacht na en streek over zijn baard. ‘Er zijn nog maar een paar gezinnen, als ik het me goed herinner. Dertig of zo. Maar het is een arm dorp, en heel geïsoleerd. In de winter valt er veel sneeuw en zijn ze maanden afgesneden van de rest van het land. Verderop is het land bijna niet toegankelijk.’

‘Zijn de mensen er pro-taliban?’

Sharza schudde glimlachend zijn hoofd. ‘De meeste inwoners verbouwen het rode goud. Hetzelfde geldt voor de andere dorpen in het gebied. Het is de enige manier waarop ze iets kunnen verdienen.’

Rood goud, dacht Carter.

*De papaverhandel.*

‘Aan wie verkopen ze het?’

‘Lokale baronnen uit de omgeving. Verschillende mensen. Ze zijn niet loyaal aan de taliban of aan iemand anders. Maar ze houden niet van buitenstaanders. Ze zijn bang voor vergelding door de taliban als die ontdekken dat ze papaver telen.’

Carter keek nog een keer op de kaart en er vormde zich langzaam een idee in zijn hoofd. Hij zag dat er een weg van Zarangir omhoogging en volgde hem met zijn wijsvinger. De weg liep een kilometer of vijftien in noordelijke richting, langs de beek en de voormalige jachtgebieden, en stopte abrupt aan de voet van een berg.

'Waar gaat deze weg heen?' vroeg hij.

'Nergens,' antwoordde Sharza. 'Hij loopt dood.'

Dat verbaasde Carter. 'Wie legt er nou een weg aan die nergens heen gaat?'

'Jaren geleden was hier een dorp.' Sharza wees op de weg die tot aan de bergen liep. 'Maar iedereen is er weggegaan tijdens de oorlog tegen de taliban. Er is nu niets meer over.' De Afghaan hield zijn hoofd een beetje schuin. 'Denk je dat je vriend daar zou kunnen zijn?'

'Het zou een uitstekende plek voor een basis zijn. Hij zou goed zicht hebben op iedereen die naderde en er is meer dan genoeg drinkwater aanwezig.' Carter keek op, terwijl hij steeds overtuigder raakte. 'Is daar nog een andere ontsnappingsroute? Nog een andere weg om die bergen uit te komen?'

Sharza schudde resoluut zijn hoofd. 'Nee. Waarom?'

'Waar Vann ook zit, hij zal een uitweg nodig hebben,' zei Carter, 'hij kiest nooit een plek waar geen tweede ontsnappingsroute is. Dat wordt er bij ons ingestampt bij de SAS. Laat je nooit insluiten.'

Sharza haalde zijn schouders op. 'Dan kan je vriend daar niet zijn.'

'Weet je zeker dat die weg nergens naartoe gaat?'

'Ik ken dat gebied heel goed. Geloof me, broeder. De weg eindigt daar. Erachter zijn alleen maar bergen.'

Carter balde gefrustreerd zijn vuisten en keek naar de kaart. Hij richtte zijn aandacht op de doodlopende weg achter het verlaten dorp vijftien kilometer ten noorden van Zarangir.

De perfecte locatie. Bijna, want Carter was ervan overtuigd dat Vann geen plek zonder ontsnappingsmogelijkheid zou kiezen. 'Laten we toch maar eens een kijkje gaan nemen in Zarangir,' zei hij. 'Als die beek de enige watervoorziening in dat gebied is, maakt Vann er misschien gebruik van. Misschien heeft een van de bewoners iets gezien.'

Sharza klakte met zijn tong. 'Het zal een nutteloze reis zijn. Ik zeg je, er is in dat gebied niets anders te vinden. Geen dorpen, niets. In elk geval geen plek waar je kunt overleven.'

'Misschien niet, maar het is het proberen waard.' Carter slaakte een diepe zucht. 'Luister, we moeten ergens beginnen, maat. We moeten het proberen.'

Sharza schudde zijn hoofd weer. 'De mensen in Zarangir zullen niet willen praten. Zelfs niet met mij. Ze houden niet van buitenstaanders,' herhaalde hij alsof het een religieuze mantra was.

'Je moet daar iemand kennen, Omar. Kom op,' zei Carter.

Sharza perste zijn lippen op elkaar en keek ongemakkelijk. Toen slaakte hij een vermoeide zucht en zei: 'Misschien is er iemand, maar ik kan niets beloven. Het zal gevaarlijk voor die man zijn om met me te praten. Ik kom van buiten het dorp.'

'Probeer het gewoon, maat. Meer vraag ik niet.'

'Oké. We kunnen het proberen. We doen het op jouw manier,' antwoordde Sharza behoedzaam. Hij zweeg even en zei toen: 'Jij zult buiten beeld moeten blijven. Als ze je zien, wil niemand iets zeggen.'

'Prima,' antwoordde Carter. 'Wanneer vertrekken we?'

'Morgenochtend,' zei Sharza. 'Ik zal je eerst naar Zarangir brengen. Dan zullen we erachter komen of iemand je vriend heeft gezien.'

# 11

Carter werd kort na zonsopgang wakker in het koude, halfdonkere huisje. Hij kroop uit zijn slaapzak, legde zijn spullen in de Hilux en at wat koud voedsel uit zijn rantsoen terwijl hij wachtte tot de anderen klaar waren met hun ochtendgebed. De oude man stond erop dat ze nog wat groene thee dronken, en toen kondigde Sharza aan dat het tijd was om te gaan. Carter gaf de jongen nog een onverpakte chocoladereep als afscheidscadeau en kreeg er een stralende glimlach voor terug. Hij bedankte de oude man voor zijn hulp, maar die weigerde een goudstaafje als dank voor de moeite. Het zijn goede mensen, dacht Carter, die op een ruige plek proberen te overleven. Hij hoopte dat dat in de vreselijke jaren die ze voor de boeg hadden ook zou lukken.

Drie minuten later reden ze weer in oostelijke richting. De weg liep kronkelend om de voet van de bergen heen. Carter had de route naar Zarangir eerder die ochtend op het onderduikadres bestudeerd. Het dorp lag acht kilometer ten oosten van Khordokan, op vijfentwintig kilometer van hun huidige locatie, en was alleen toegankelijk via een paar smalle onverharde weggetjes. Sharza dacht dat ze er ongeveer een half uur over zouden doen om er te komen. Khaibar had gezegd dat ze in de omgeving zouden moeten uitkijken voor taliban. Volgens de oude man werden die in de oostelijke districten steeds actiever en patrouilleerden ze regelmatig in de dorpen als onderdeel van hun offensief om de papaverteelt in te dammen.

Carter had gevraagd hoe de man dat allemaal wist. Sharza had alleen maar gelachen en gezegd dat het nieuws zich snel verspreidde in Afghanistan. 'Denk je echt dat je vriend zich schuilhoudt in Zarangir?' vroeg hij nu.

'De plek voldoet aan een hoop voorwaarden,' antwoordde Carter nadat hij even over het antwoord had nagedacht. 'Het is er afgelegen en je hebt er de beschikking over voedsel en water. Als hij daar niet is, kan hij niet ver weg zijn.'

'Misschien niet.' De tolk leek absoluut niet overtuigd te zijn. 'Maar ik weet het niet, broeder.'

'Waarom niet?'

'De mensen uit Zarangir zijn niet loyaal aan de verzetsgroepen. Ze houden niet van...'

'Buitenstaanders,' onderbrak Carter hem. 'Ja, ik weet het. Wat is je punt?'

'Niemand zal een Britse soldaat onderdak durven bieden. Het is het risico niet waard.'

'Misschien niet,' zei Carter. 'Maar ook als Dave niet in Zarangir is, heeft misschien iemand iets gezien. Hij zou in de buurt kunnen zitten. In een ander dorp, of in een boerderij.'

Sharza leek bedenkelijk. 'Sorry, vriend, maar na Zarangir is er helemaal niets.'

Twintig minuten later splitste de weg zich kronkelend af van de rivier en ging verder in noordelijke richting, door een kleine vallei waar niets groeide. Na een kilometer kwamen ze in een dorp dat op een zandvlakte lag die werd omringd door steile bergen. Sharza hield een snelheid van twintig kilometer per uur aan tot ze op zo'n tweehonderd meter van het plaatsje waren. Toen bracht hij de Hilux tot stilstand aan de kant van de weg en zette de motor uit.

'Wacht hier,' zei hij. 'Ik zal met mijn contactpersoon gaan praten. Ik blijf niet lang weg.' Hij opende het portier en wilde al uitstappen toen hij zich bedacht en zich naar Carter omdraaide. 'Ik vergeet dat ik wat goud nodig heb.'

‘Waarvoor?’

‘Mijn contactpersoon. Soms moet de tong wat losser worden gemaakt. En we hebben benzine nodig.’

Carter maakte een snelle berekening en kwam tot de slotsom dat ze al meer dan driehonderd kilometer in de Hilux hadden afgelegd. Het equivalent van een derde van de tank van tachtig liter. Ze moesten nog een onbekend aantal kilometers afleggen, plus eventueel de afstand die ze nodig hadden om Vann het land uit te krijgen. Met tegenzin deed Carter afstand van nog eens twee gouden goudstaafjes uit het tasje aan zijn riem.

Weer vijfhonderd pond uit de voorraad waarmee hij moest zien te overleven. Hij had nog maar vier staafjes over. Daarmee zou hij hun brandstof en eten moeten betalen en andere kosten moeten dekken in de tijd die ze nodig zouden hebben om Vann te vinden.

*Als dat sowieso lukt.*

Hij keek toe hoe Sharza naar het dorp begon te lopen en zag op zijn horloge dat het 08.00 uur was. Nog geen drie uur nadat de zon was opgekomen. Er wachtte hun mogelijk een lange dag. Afhankelijk van de informatie die Sharza los zou krijgen.

Carter wachtte in de Hilux. Hij zette de M4 tussen zijn benen, met de loop naar beneden. Klaar om te schieten als het hachelijk werd. Voortdurend keek hij opzij en in de zijspiegels om te zien of er geen talibanpatrouilles of burgervoertuigen naderden. Hij voelde zich kwetsbaar in de openlucht. Als een heen en weer zwaaiende lul in een ruimte vol eunuchen. Het lichte gezicht van de gast die in de pick-up zat zou elke voorbijganger opvallen. Als de taliban in de buurt waren, zouden ze het nieuws al snel te horen krijgen.

*Er bevindt zich een westerling in het dorp in het noorden.*

*En hij stelt vragen.*

De tijd kroop voorbij.

Carter dacht na over vervolgstappen. Wat hij moest doen als het spoor in Zarangir doodliep. Hij had geen andere aanwijzingen, geen andere informatie die hem aanwijzingen verschafte over Vanns verblijfplaats. Hij zou contact met Langley moeten opnemen nadat hij niemand meer vragen kon stellen. Moeten laten weten dat de missie was mislukt.

Dan zou iemand een telefoontje moeten plegen. Hoogstwaarschijnlijk iemand die een stuk beter betaald kreeg dan Mullins. *Zetten we de zoektocht voort of halen we onze man daar weg?*

De voor- en nadelen zouden worden afgewogen. Verschillende scenario's zouden worden besproken. Er zouden politieke aspecten worden meegewogen. Risico's worden ingeschat.

Uiteindelijk zou het neerkomen op één basale vraag: hoeveel tijd en inspanningen waren ze bereid te spenderen aan de zoektocht naar een vermiste voormalige Blade?

Je hoefde er geen genie voor te zijn om het antwoord te weten.

Als Vann niet snel boven water kwam, zou Vauxhall Bridge tot de conclusie komen dat hij was omgekomen bij een vuurgevecht en mogelijk was achtergelaten door de verzetsstrijders toen die halsoverkop op de vlucht waren geslagen. Misschien zou zijn onthoofde stoffelijk overschot over een paar weken worden gevonden in een rivierbedding. Ze zouden Carter niet langer dan nodig in Afghanistan willen houden. Hij nam aan dat hij nog een dag of vier, vijf had voordat ze hem weghaalden.

Een uur later kwam Sharza tevoorschijn tussen de gebouwtjes die tweehonderd meter verderop stonden. De tolk was alleen. Hij liep een beetje gebogen omdat hij in beide handen een jerrycan droeg.

Hij kwam naar de Hilux toe lopen maar bleef toen plotseling staan, zette de jerrycans neer en draaide zich als door een adder gebeten om. Carter keek toe hoe een tweede figuur uit de richting van het dorp aan kwam rennen. Het was een oudere man, met een lange baard zo wit als sneeuw en een donkere sjaal om zijn schouders. De man praatte een paar minuten met Sharza. Hij was het grootste deel van de tijd aan het woord en keek zo nu en dan om naar het dorp en zwaaide met een hand in de richting van de bergen.

Even later namen ze afscheid. Ze sloegen elkaar op de rug alsof ze oude vrienden waren. De man liep terug naar het dorp. Sharza tilde de jerrycans weer op en zeulde ze naar de pick-up. Hij zette ze op de achterbank en kroop achter het stuur.

'Wie was dat?' vroeg Carter.

'Mijn contactpersoon. Hij zegt dat hij bang was om iets tegen me te zeggen waar de anderen bij waren. Hij wilde niet dat iemand zag dat hij een vriend van de Britten hielp. Dat begrijp ik.'

'Wat zei hij?'

'Hij denkt dat hij de man die jij zoekt heeft gezien.'

De adem stokte Carter in de keel. 'Weet hij het zeker?'

'Ja. Heel zeker.'

'Waar dan?'

'Bij de beek. Drie kilometer hiervandaan.' Sharza wees in dezelfde richting als de man. De bergen die ten noorden van Zarangir opdoemden.

'De man zegt dat hij daar water ging halen met zijn zoon,' vervolgde Sharza. 'Toen ze daar aankwamen, zagen ze een man met een… ik weet het Engelse woord niet. De Amerikaanse soldaten hebben er altijd een bij zich en drinken eruit. Zo'n groen ding.'

'Een veldfles?'

Sharza knikte. 'Ja, dat is het.'

'Hoe zag hij eruit?'

'De man was gekleed als een Afghaan en had een lange baard, maar hij reageerde niet toen de vader een begroeting naar hem riep. In plaats daarvan draaide hij zich om en verdween met zijn muilezel.'

'Wanneer was dit?'

'Eergisteren.'

'Dan moet hij nog in de buurt zijn,' zei Carter terwijl hij razendsnel nadacht.

'Ja,' zei Sharza. 'Dat denk ik ook.'

'Welke kant ging hij op?'

'Naar het noorden. Mijn contactpersoon wist dat heel zeker. Je vriend nam de weg ten noorden van Zarangir.'

Het noorden, dacht Carter.

De enige andere route om het dorp uit te komen. De weg die nergens heen ging. De eenbaansweg die vijftien kilometer vanaf Zarangir doodliep.

Sharza had tegen hem gezegd dat je daar nergens heen kon. Niet het soort plek dat Vann als schuilplaats zou kiezen, omdat je er niet kon ontkomen.

Sharza staarde hem aan. 'Denk je echt dat je vriend daar is? In het verlaten dorp?'

'Er is maar één manier om daar achter te komen,' zei Carter.

Ze vervolgden hun weg in noordelijke richting. Na drie kilometer kwamen ze bij een brug over een kabbelend beekje met aan weerszijden stroken gras en onvolgroeide boompjes. Langs het beekje was een menigte Afghanen, bejaarden en kinderen die waren gekleed in kleurige gewaden, enorme flessen aan het vullen met water. De mannen zagen er allemaal uitgeput uit, verzwakt door een leven van oorlog en schrijnende armoede.

Ze reden door steeds onherbergzamer landschap, waar slechts hier en daar langs de uitlopers van de bergen in de verte een paar gebouwen met een plat dak en dierenhokken stonden. Geitenhoeders sjokten langs de weg en spoorden hun broodmagere dieren aan. Terwijl ze doorreden vertelde Sharza Carter hoeveel mensen er in een bepaald dorp hadden gewoond, hoeveel er waren gevlucht nadat de taliban opnieuw aan de macht waren gekomen. Hoeveel er waren gebleven. Hij verzorgde een doorlopend commentaar van verwoesting en wanhoop.

Carter richtte zijn onrustige gedachten weer op het vinden van

Vanns schuilplaats. Hij stelde zich voor dat Vann deze zelfde route ten noorden van de beek had genomen. Hij vroeg zich af waar zijn vriend een slaapplek kon hebben gevonden. Een veilige plek. Dat was ongetwijfeld zijn prioriteit geweest. Ergens waar hij niet het gevaar liep ontdekt te worden.

De weg voerde langs een drooggevallen rivier en veranderde toen in een grindweg. Tien minuten later kwamen ze in een smalle vallei met hier en daar groepjes coniferen met hangende takken en dwergstruiken. Het onbewoonde dorp lag aan de andere kant van het dal. Het zag er nog bouwvalliger uit dan Carter zich had voorgesteld: een paar halfvergane gebouwen aan de voet van een dichtbeboste berg. Van een afstand zag hij geen aanwijzingen dat er iemand woonde.

Sharza schakelde in een lagere versnelling en reed naar een strook zand aan de zijkant van de grindweg. De twee mannen stapten uit. Carter pakte zijn M4 en deed de draagband over zijn hoofd, zodat hij het wapen op zijn borst kon dragen, met de loop naar beneden en zijn rechterhand om de trekkerbeugel. Klaar om het wapen te richten op elke dreiging die zich maar in de omgeving ophield.

Een uur lang zochten ze het dorp systematisch af. Ze begonnen met de grootste huizen en zochten kamer voor kamer naar sporen van recente bewoning: een achteloos weggegooide verpakking van een rantsoenpakket, een kledingstuk, beschimmelde etensresten.

Carter zag een hoop afval. Gerafelde tapijten met een dikke stoflaag erop, plastic tassen vol oude troep, een ouderwetse tv die eruitzag alsof hij al voor de uitvinding van de boekdrukkunst had bestaan. Er schoten insecten door de kamers. Maar hij vond niets waaruit bleek dat Vann of iemand anders hier kortgeleden nog was geweest.

Ze keken onder tapijten en achter gordijnen. Zochten in de huizen naar elke denkbare verstopplek en kamden de kleinere bijgebouwen uit.

Het dorp was volkomen uitgestorven.

*Je vriend is net een spook.*

Toen Carter ervan overtuigd was dat ze het hele dorp grondig hadden doorzocht, liepen ze in een boog terug naar de Hilux.

'Hij is hier niet,' zei Sharza op verslagen toon. 'Het spijt, me broeder. Ik probeerde het je te zeggen.'

'Ik snap het niet,' zei Carter terwijl hij zijn blik over de vallei liet gaan. 'Dave moet vanaf de beek deze kant op zijn gereisd. Hij kan nergens anders heen zijn gegaan.'

'Misschien houdt hij zich schuil in een van de andere dorpen waar we langs zijn gekomen,' opperde Sharza.

Daar dacht Carter even over na, maar toen schudde hij zijn hoofd. 'Nee. Daar zijn mensen, al zijn het maar drie of vier gezinnen. Dat zou Dave niet doen. Het risico zou te groot zijn.'

'Dan is hij misschien vertrokken uit het gebied. Nadat mijn vriend hem bij de beek heeft gezien.'

'Dat is twee dagen geleden,' zei Carter, die hardop nadacht. 'Zelfs als hij verder is getrokken, zouden hier sporen van activiteit zijn. Voetafdrukken bijvoorbeeld.'

'Dan kan hij hier niet zijn.'

'Waar dan wel? Hij kan niet zijn weggevlogen.'

Sharza haalde zijn schouders op. 'Ik weet het niet.'

Met samengeknepen ogen bestudeerde Carter de omgeving achter het dorp. Hij keek naar de berg in het noorden. De grindweg liep honderd meter langs het dorp voordat hij stopte aan de voet van de beboste helling. Daarboven stonden de bomen minder dicht op elkaar terwijl de helling steil in de richting van een dreigende rotswand ging op enige afstand van de top.

Je kon er geen kant op.

Het liep dood.

Carter liet zijn blik weer naar de grindweg gaan. Zijn blik viel op iets wat zich vijftig meter verderop bevond. Een hoopje harde ronde klonten.

Dierenpoep.

Carter staarde naar de stronthoop.

Er kwam een gedachte bij hem op.

Hij liep over de weg en begon steeds sneller te lopen naarmate hij dichter bij de poep kwam. Sharza haastte zich achter hem aan en volgde hem op een paar meter afstand.

'Waar ga je heen?' vroeg hij. 'Er is hier niets, broeder, ik zeg het je.'

Carter gaf geen antwoord. Hij knielde naast de poep en pakte een van de stinkende klonten op. Rook eraan en brak er een stukje af. De half vochtige poep viel meteen in zijn handen uiteen. Sharza stond niet-begrijpend over hem heen gebogen.

'Geitenpoep?' vroeg hij.

Carter schudde zijn hoofd. 'Dit is van een muilezel, maat.'

'Nou en?' Sharza krabde aan zijn elleboog en verplaatste zijn gewicht. 'Dat ligt er al maanden, misschien wel langer. Het betekent niets.'

Carter schudde zijn hoofd. 'Het is van veel korter geleden.'

Sharza keek hem verward aan. Carter knikte naar de zachte keutel in zijn hand en zei: 'Dit is eergisteren uit het achterste van een ezel gekomen, misschien drie dagen geleden.'

'Hoe weet je dat?'

'De binnenkant is nog vochtig. Er zitten grassprietjes in die nog groen zijn. Als die poep ouder was, zou hij intussen hard zijn geworden en zou het gras verkleurd zijn.'

De frons op het voorhoofd van de Afghaan verdiepte zich. 'Maar er zijn hier geen muilezels. En geen mensen. Niets. Kijk zelf maar.' Hij zwaaide met een arm langs de verlaten vallei om zijn punt kracht bij te zetten.

Carter knikte naar de rest van de keutels. 'Een deel van deze poep is een paar dagen oud, het andere ongeveer een week. Er zit ook poep van maanden oud bij. Ik wil wedden dat als we vanaf hier tot aan de beek langs de weg kijken, we nog veel meer tegenkomen.'

'Dus?'

‘Iemand rijdt hier regelmatig met een ezel over deze weg. Een paar dagen geleden nog.’

‘Denk je dat het je vriend is?’

‘Je contactpersoon in Zarangir zei dat Vann een ezel had,’ zei Carter. ‘Toen hij hem bij de beek had gezien. Hij moet deze route van en naar het dorp hebben genomen.’

‘Hierheen?’ Sharza keek sceptisch. ‘Maar we hebben al gezocht in het dorp. Er is hier geen andere plek waar je vriend zich schuil kan houden.’

Carter gooide de zachte keutel opzij en veegde zijn handen af aan wat gras. Toen richtte hij zijn aandacht op de grond naast de grindweg. Ten noorden van het einde van de weg lag het dichtbeboste gebied aan de voet van de berg. Hij keek naar het punt hoger op de berg waar de begroeiing minder dicht werd. Naar de bijna verticale rotswand die oprees naar de top.

Weer kwam de gedachte bij hem op.

Carter liep verder langs de grindweg. In de richting van de beboste helling, vijftig meter ver weg. Onderweg zag hij nog twee hoopjes ezelpoep. Bij de eerste bomen bleef hij staan om aandachtig de bodem te bestuderen.

Sharza stond een paar passen achter hem en keek naar Carter met een nieuwsgierige uitdrukking op zijn gezicht. ‘Wat zoek je?’

‘Aanwijzingen,’ zei Carter.

‘Waarvoor?’

Carter gaf geen antwoord. Hij keek naar meerdere gekapte takken die tussen een paar bomen op de grond lagen. Daarachter zag hij over een lengte van een meter of vijf in de richting van een dichtbebost stuk helling allemaal naalden en los gras liggen.

Hij liep naar de takken toe en bekeek ze aandachtig. Keek naar de dode takken verderop op de helling. Zijn hersenen maakten overuren.

Hij dacht aan Vann. Aan wat hij in zijn plaats zou doen. Alleen, op de vlucht voor de taliban, in een uithoek van Afghanistan.

Een ogenschijnlijk doodlopende weg.

Maar misschien toch niet.

'Wat is er?' vroeg Sharza.

Carter begon snel de bodem leeg te maken. Hij ging in hoog tempo te werk en gooide de takken opzij. Toen liep hij verder omhoog en veegde hij de naalden en het gras weg tot het hele stuk leeg was. Eronder vond hij wat hij zocht: een stuk stevig aangestampte aarde die door een smalle opening tussen de bomen door liep.

Hij draaide zich naar Sharza toe en zei: 'Het loopt hier niet dood. Dit is het begin van een pad. Ik denk dat het tussen die bomen aan deze kant van de berg verder omhoogloopt.' Hij wees langs de helling naar boven.

Sharza keek hem verbaasd aan. 'Maar... hoe wist je dat?'

'Dit is bodemcamouflage,' zei Carter met een knikje naar de takken. 'Iemand heeft die hier neergelegd om de toegang te verhullen. Dat hebben ze ons geleerd bij het Regiment. Het is standaardprocedure als je je sporen probeert te wissen.'

Sharza keek omhoog naar de berg. 'Denk je dat je vriend daarboven is?'

'Dat moet wel. Het is de enige route die Vann kan hebben genomen.' Carter rekte zich uit. 'Ik ga de spullen halen. Laten we gaan.'

Hij haalde zijn rugzak uit de Hilux. Hij schatte in dat ze er vanaf de vallei tussen een uur en anderhalf uur over zouden doen om naar het plateau te klimmen. Hij wilde zijn uitrusting bij zich hebben voor het geval het pad de top over en aan de andere kant van de berg weer naar beneden ging. Afhankelijk van waar Vann zijn kamp had opgeslagen konden ze wel uren onderweg zijn. In dat geval hadden ze eten, kleding, dekens, water, kaarten, zaklampen nodig. Alle basisbenodigdheden.

Hij zette zijn satelliettelefoon aan om de batterij te controleren. Nog vier streepjes. Hij vergewiste zich ervan dat de resterende goudstaafjes in het tasje aan zijn riem zaten. Toen droeg hij Sharza op de pick-up uit het zicht te zetten, achter de verlaten gebouwen in het dorp. Hij was ervan overtuigd dat ze niet waren gevolgd sinds ze Zarangir hadden verlaten, maar er bestond altijd een kleine kans dat een patrouille van de taliban of ISIS-K de wagen bij toeval ontdekte. Ze konden maar beter het zekere voor het onzekere nemen.

Een paar minuten later, terwijl de zon in de onbewolkte lucht het hoogste punt bereikte, gingen ze op weg. Carter ging voorop en liep met grote passen over het pad, dat kronkelend, tussen groepjes coniferen en dicht struikgewas, omhoogliep. Na tweehonderd meter werd de helling een stuk steiler en ging Carter langzamer lopen. Sharza volgde Carter op een paar meter. Hij liep soepel ondanks zijn zware lijf. Dat was het voordeel als je in het onherbergzame Afghanistan woonde. Hij liep zijn hele leven al bergpaden op en af.

Terwijl ze zich een weg door het bos baanden, bestudeerde Carter de bodem drie stappen voor zich, zoekend naar aanwijzingen dat er kortgeleden iemand over het pad was gelopen. Op één plek zag hij een afgebroken tak, op een andere vochtige aarde waar heel vaag de afdruk van een menselijke laars in te zien was. Verderop zag hij meer ezelontlasting, en in een paar keutels vond Carter recent verteerd gras en hooi. Door een toevallige voorbijganger makkelijk over het hoofd te zien, maar voor een man die was opgeleid in Hereford net zo opvallend als bloedspetters op een plaats delict.

Op een gegeven moment leken ze het pad uit het oog te verliezen. Het duurde even voor Carter doorhad dat een deel was bedekt. Iemand had een armzalige poging gedaan zijn sporen te wissen. Carter wees Sharza op het afgedekte deel voordat ze het pad zes meter verder weer terugvonden.

'Hoe weet je dit allemaal?' vroeg Sharza.

'Dat leer je bij het Regiment,' antwoordde Carter. 'Bij de Selectie doe je een week lang niets anders dan spoorzoeken en sporen bedekken.'

De Afghaan hield zijn hoofd schuin. 'Weet je vriend dit ook?'

Carter schoot in de lach. 'Dave heeft het curriculum helpen schrijven, maat.'

'Waarom heeft hij al die sporen dan achtergelaten? Waarom heeft hij niet alles bedekt?'

'Misschien is hij niet alleen,' speculeerde Carter. 'Er zijn mogelijk jongens van de Nationale Alliantie bij hem, die niet zo goed getraind zijn. Het kan zijn dat zij slordig zijn geweest toen ze hier liepen.'

Na een half uur kwamen ze bij een smalle doorgang tussen de bomen. Carter schermde zijn ogen af tegen de zon en keek naar de rotswand hoger op de helling. Hij zag geen mogelijkheid om verder te klimmen. Er leken ook geen treden in de rotswand te zijn uitgehouwen. Hij betwijfelde of Vann hier omhoog had kunnen gaan. Tenzij hij een berguitrusting bij zich had gehad.

Ze zwoegden verder in de hitte. Honderd meter verderop werd het pad vlakker toen ze bij een plateau kwamen dat ongeveer zo groot was als een tennisveld. Het pad liep twintig meter door en draaide toen om verweerde rotsen en doornige struiken heen. Carter ontdekte meer aanwijzingen in de vegetatie waardoor ze werden omringd en zijn nek begon te tintelen van opwinding.

*We komen dichterbij.*

*Het is nu niet ver meer.*

Hij keek weer over zijn schouder. Sharza bevond zich drie meter achter hem en volgde Carter moeiteloos over het pad. Hij zweette nog nauwelijks.

Carter keek weer voor zich.

Bleef staan.

Iets links van het pad, op ooghoogte, trok zijn aandacht. Een stuk rode stof dat was blijven hangen aan een struik.

Afgescheurde kleding.

Carter voelde zijn hartslag versnellen. Hij wist dat die stof maar één ding kon betekenen. Iemand had kortgeleden over dit zelfde pad gelopen. Hij deed een stap in de richting van de struik, met de bedoeling om de stof beter te bekijken.

Toen hoorde hij een metaalachtige klik.

Recht onder zijn rechtervoet.

Een geluid dat Carter al eens eerder had gehoord. Hij herkende het meteen en de schrik sloeg hem om het hart.

Hij had een landmijn geactiveerd.

# 12

Carter wachtte tot hij zou sterven.

Er ging een seconde voorbij.

Toen nog een.

Er gebeurde niets.

Hij stond doodstil en vroeg zich af wat er in godsnaam aan de hand was.

Antipersoonsmijnen werden normaal gesproken geactiveerd door een drukplaat die was bevestigd aan de buitenkant van de mijn. Als je op de plaat stapte, duwde het neerwaartse gewicht de vuurpen in de ontsteker, waardoor de explosie tot stand kwam. Zodra Carter met zijn rechterschoen op de mijn was gestapt, had het ding moeten afgaan. Ik zou nu op de grond moet liggen, grijpend naar een bloedende stomp, dacht hij.

Dat kon betekenen dat hij op een blindganger was gestapt of dat het een oude mijn was.

Of er was iets anders aan de hand.

Hij hoorde voetstappen achter zich toen Sharza naar hem toe kwam lopen. 'Alles goed, broeder?' vroeg de tolk. 'Waarom zijn we gestopt?'

'Hou afstand,' zei Carter dringend. 'Niet dichterbij komen.'

Hij slikte, keek naar de grond en bestudeerde aandachtig de vertrapte aarde rond zijn rechterschoen, om te zien of die pasgeleden nog omgewoeld was. Hij zag niets. Datgene waar hij op was gaan staan, zat misschien al geruime tijd in de grond. Jaren, misschien wel langer. Misschien geplaatst door de Noordelijke Alliantie tijdens hun langdurige oorlog tegen de taliban. Misschien. Hij speculeerde, het viel niet met zekerheid te zeggen. Dat kon pas als hij zijn voet van die plaat haalde.

'Wat is er aan de hand?' vroeg Sharza, terwijl hij een stap dichterbij deed.

Carter slikte weer en zei: 'Blijf uit mijn buurt, maat. Loop langzaam weg. Doe precies wat ik zeg.'

'Waarom?'

'Ik ben ergens op gaan staan.'

Hij keek om en zag dat Sharza vier meter achter hem stond, met ogen zo groot als schoteltjes.

'Weet… weet je het zeker?' vroeg Sharza.

'Ik hoorde absoluut een klik. Er stond iets op scherp, maar om de een of andere reden is het niet afgegaan. Ik vermoed dat het een blindganger is of een oud model.'

Sharza stapte weg van Carter en knipperde snel met zijn ogen.

'Luister goed,' ging Carter verder terwijl hij probeerde de spanning uit zijn stem te houden. 'Als dit ding ontploft, ben ik mijn been kwijt. Ik zal je hulp nodig hebben. Snap je dat?'

Sharza knikte en likte aan zijn lippen. 'Wat wil je dat ik doe?'

'Ik ga mijn riem af doen en naar je toe gooien. Je moet hem als tourniquet gebruiken. Als de mijn afgaat, bind die riem dan om de stomp van mijn been en trek hem strak aan om het bloeden te stoppen. Je kunt me vanaf deze plek nooit bij de auto krijgen, dus zul je het been omhoog moeten houden tot er hulp komt.'

'Maar we zijn heel ver van een ziekenhuis.'

'Ik heb een satelliettelefoon,' zei Carter. 'Die zal ik naar je toe gooien. Er staat een nummer in opgeslagen. Bel dat als je de riem hebt vastgemaakt en vertel de persoon die je te spreken krijgt wat er is gebeurd. Zij zullen me hier weghalen. Begrepen?'

‘Ja,’ antwoordde Sharza meteen. ‘Oké.’

Carter deed even zijn ogen dicht en dwong zichzelf om rustiger te ademen.

Hij moest een beslissing nemen.

Hij kon ervan uitgaan dat de mijn niet werkte en op hoop van zegen zijn voet weghalen. Of hij kon de omliggende aarde wegschuiven om te zien wat zich onder hem bevond. De mijn aandachtiger bekijken.

Hij koos voor de tweede optie.

Carter trok de draagbandband van zijn M4 over zijn hoofd en legde het geweer aan de zijkant van het pad op de grond. Toen deed hij kronkelend zijn rugzak af en liet die naast het wapen vallen, waarbij hij ervoor zorgde dat zijn rechtervoet de hele tijd stevig op de plaat bleef drukken. Sharza bood aan om te helpen, maar Carter beval hem om uit de buurt te blijven. Hij vermoedde dat de kans redelijk groot was dat het hele pad vergeven was van de mijnen. Een soldaat stapt op een plaat en verliest een voet. Zijn maat snelt toe om te helpen en veroorzaakt een nieuwe explosie. Een meedogenloos efficiënte manier om een vijandelijke patrouille uit te dunnen.

Carter maakte zijn riem los, trok hem door de lussen en gooide hem naar Sharza. Hij gooide ook de telefoon, reikte in een zak aan de zijkant van zijn cargobroek en haalde het pistoolmes eruit. Toen liet hij zich heel langzaam op de grond zakken door zijn rechterbeen bij de knie te buigen en met zijn linkerknie op de aarde te knielen, zodat hij een stabiele houding had. Hij haalde nog een keer diep adem en begon lagen aarde rond zijn schoen weg te schrapen.

Carter ging heel voorzichtig te werk en probeerde de angst waardoor hij zijn billen tegen elkaar kneep te negeren. Hij wist dat de mijn door de kleinste fout kon ontploffen, en dan zou er een been van zijn lichaam worden gescheurd of zou hij misschien zijn ogen verliezen.

Hij veegde meer aarde weg met de rand van het lemmet en ging met chirurgische precisie te werk. Hij leek wel een archeoloog die een graf uit de oudheid blootlegde. Na een paar angstige ogenblikken legde hij iets bloot dat vlak onder het oppervlak was begraven.

Toen kreeg hij een knoop in zijn maag.

Hij stond op een stuk triplex, ongeveer zo groot als een A4'tje.

Geen mijn dus.

Een boobytrap.

Carter dwong zichzelf om te bedenken wat hij bij het Regiment had geleerd over het onschadelijk maken van explosieven. Hij stond op een vrij primitief exemplaar. Draden die tussen twee stukken triplex geklemd zaten. Het soort explosief dat Blades de strijders van de Noordelijke Alliantie in de jaren negentig hadden leren maken, toen ze in oorlog waren met de taliban. Wanneer de bovenste plaat werd ingedrukt, werden de draden in een boog tegen elkaar gedrukt, waardoor de boobytrap op scherp werd gesteld en de explosie volgde. Om de een of andere reden was het explosief niet afgegaan. Carter wist niet waarom. Misschien waren de draden versleten of was het ontwerp niet goed. Misschien allebei.

Hij draaide zijn middel langzaam negentig graden naar links tot hij recht naar de zijkant van het pad keek. Het zweet gutste langs zijn rug en zijn overhemd plakte tegen zijn huid terwijl hij de groepjes bomen en struiken afzocht die langs het pad stonden. Hij inspecteerde snel de omgeving om te zien of hij ergens beweging zag. Iets dat schuilging tussen de struiken of aan de boomstammen was bevestigd. Iets dat er onnatuurlijk uitzag.

Niets.

Hij draaide zich naar rechts en keek naar de andere kant van het pad. Tot zijn verbazing zag hij ook nu niets. Carter wist dat er ergens in de onmiddellijke nabijheid van zijn positie een explosief moest zijn bevestigd. Een eenvoudige boobytrap werkte door een elektrische lading door een draad te laten gaan die was verbonden met het ontstekingsmechanisme. De persoon die de mijn had geplaatst, had een goede plek uitgezocht. De kinetische energie van de explosie zou weerkaatst worden tegen de tegenovergelegen kant van het smalle pad, zodat Carter bedolven zou worden onder een ziedende massa brokstukken, versplinterd hout en stenen.

Vanuit medisch oogpunt gezien erger dan een landmijn.

Veel erger. Een vrijwel zekere dood.

Carter droeg geen bepantsering. Hij had geen helm. Niets dat hem enige bescherming zou bieden tegen brokstukken en scherven. Al lang voordat er medische hulp arriveerde zou hij doodgebloed zijn.

*Ik ben de lul.*

Hij keek naar links. Toen weer naar rechts. Hij zag geen draden, geen plekken waar een explosief geplaatst zou kunnen zijn. Hij vroeg zich af of de bedrading misschien was losgemaakt.

Waarom zou er anders geen ontploffing zijn veroorzaakt?

Hij probeerde kalm te blijven en na te denken. Er druppelde zweet van zijn gezicht en zijn handen beefden.

Met trillende stem zei hij: 'Ga een eind achteruit en hou die riem klaar. Als ik het teken geef, haal ik mijn voet van deze boobytrap.'

'Oké,' zei Sharza nerveus.

De Afghaan liep achteruit tot hij achter meter bij Carter vandaan stond. Ver genoeg om niet dodelijk gewond te raken. Carter stak het pistoolmes in een zijzak van zijn broek, reikte naar zijn rugzak en trok die aan de riemen omhoog. Hij drukte hem tegen zijn borst om zijn gezicht tegen de eventuele ontploffing te beschermen. De rugzak zou niet voorkomen dat hij uit elkaar werd gereten, maar hij zou er misschien wel zijn ogen mee redden of voorkomen dat zijn kaak werd weggeblazen.

Als Carter zijn voet van het triplex haalde, konden er twee dingen gebeuren: of de boobytrap werkte niet goed en dan zou hij er zonder kleerscheuren vanaf komen. Of het explosief zou afgaan en hij zou vergaan van de pijn.

Hij haalde nog een keer diep adem terwijl hij zich schrap zette voor de komende seconden.

Misschien wel de laatste van zijn leven.

'Ik doe mijn voet omhoog,' riep hij naar Sharza. 'Zorg dat je klaar bent.'

Carter kneep zijn ogen dicht en hield de rugzak tegen zijn gezicht. Met op elkaar geklemde kaken begon hij zijn rechtervoet op te tillen.

Zijn schoen was een stukje van de grond toen een bekende stem ergens vóór hem zei: 'Jezus, Geordie, godver. Jij bent het.'

Carter verstijfde.

De stem was niet van Sharza en had een zwaar Noord-Iers accent.

Carter liet de rugzak zakken en keek op. Een bebaarde man die een M4 vasthield stond vijftien meter van Carter af, op een punt waar het pad een bocht naar rechts maakte en achter een van de bomen verdween.

Hij had het postuur van een hazewind, slank en pezig. Hij droeg een effen mantel over een tuniek met kraag die tot net onder zijn knieën kwam, en een felgekleurde broek waarvan de pijpen zich om zijn enkels plooiden.

David Vann.

Carter staarde zwijgend en met open mond naar zijn vroegere mentor. Naast de voormalige SAS'er stond een tweede gestalte, een forsgebouwde Afghaan met een dikke hangsnor en borstelige wenkbrauwen. Hij was gewapend met een AK-47. De man zei snel iets tegen Sharza. Sharza liep langzaam naar voren terwijl hij beurtelings van Carter naar Vann keek, met een gezicht dat was vertrokken van angst.

Vann kwam vanaf de bocht in het pad aanlopen en zei: 'Als je klaar bent met in je broek schijten, kun je je voet weghalen, Geordie.' Hij grijnsde. 'Ik weet wat je denkt, maar er is geen explosief. Die boobytrap is nep.'

Carter staarde hem verbijsterd aan.

'Ik meen het,' vervolgde Vann. 'Je kunt je voet weghalen. Er zal je niets gebeuren. Ik zweer het.'

Carter haalde langzaam zijn voet van de plaat. Er ontplofte niets.

Hij slaakte een zucht van opluchting terwijl Vann grijzend naar hem toe kwam lopen.

'Doctor Livingstone, naar ik aanneem?'

De twee soldaten lachten ontspannen naar elkaar. Carter voelde de spanning die zich in afgelopen minuten had opgebouwd snel uit zijn lichaam wegvloeien. Toen verstrakte Vanns gezicht terwijl hij de jongere soldaat strak aankeek.

'Nee, serieus,' zei hij. 'Wat doe je hier in godsnaam?'

'De CIA heeft me gestuurd, maat,' antwoordde Carter. 'Om je hier weg te halen.'

Vann glimlachte verbitterd. 'Ik had het moeten weten,' zei hij. 'Echt hun stijl.' Hij sloeg Carter speels op zijn rug. 'Jezus man, ik kan niet geloven dat jij het bent.'

Carter veegde het zweet van zijn voorhoofd en wees naar het plexiglas. 'Wat heeft dat allemaal te betekenen?'

'Het is een waarschuwingssysteem,' legde Vann uit. 'De plaat is verbonden met een gloeilamp. Daar.' Hij wees met zijn kin in de richting van de helling. 'Als er iemand op gaat staan, gaat de lamp branden. Zo weten we het wanneer iemand het pad op komt sluipen.'

'Jezus christus.'

'Het is een noodzakelijke voorzorgsmaatregel,' zei Vann. 'Het krioelt hier momenteel van de taliban. Ze patrouilleren echt overal.'

Opeens begreep Carter het. Dáárom zag ik zoveel sporen langs het pad, dacht hij. En daarom had Vann dat stuk felgekleurde stof aan die struik gehangen. Hij had opzettelijk een aanwijzing aangebracht om vijandige strijdkrachten of patrouilles naar de hinderlaag bij de bocht te lokken.

Carter keek naar Vann en dacht: hij mag dan weg zijn bij de SAS, hij denkt nog steeds als een elitesoldaat.

'Natuurlijk stapten de meeste idioten op die plaat zonder zich te realiseren dat ze iets hadden geactiveerd. Zodra ik de lamp een paar minuten onafgebroken zag branden, wist ik dat het geen taliban konden zijn. Ik dacht dat de klootzak misschien flauw was gevallen. Ik had nooit gedacht dat jij hier zou zijn, Geordie.' Met een brede grijns vervolgde hij: 'Het lijkt erop dat ik je te goed heb getraind.'

Carter glimlachte warm naar zijn mentor. Hij herkende de legendarische Blade die hij ooit bij het Regiment had gekend bijna niet meer. David Vann leek de afgelopen drie jaar wel tien jaar ouder te zijn geworden. Vanuit zijn ooghoeken liepen opvallende kraaienpootjes. Zijn voorhoofd was zo gerimpeld dat het wel van perkament leek en bij de kin werd zijn onverzorgde baard grijs.

Carter wist niet wat er met hem was gebeurd sinds hij was weggestuurd uit Hereford, maar het had een zware tol geëist.

'Wat is hier godverdomme aan de hand, maat?' vroeg hij. 'Waarom heb je geen contact meer gehad met de CIA?'

Vanns ogen schoten van links naar recht. 'Dat vertel ik straks wel. Wanneer we van het pad af zijn. Het is hier niet veilig, met die vervloekte taliban die de omgeving uitkammen.'

Hij gaf een knikje naar de man met de hangsnor en zei iets in de plaatselijke taal. Toen wendde hij zich weer tot Carter. 'We gaan terug over het pad. Mansur sluit de rij. Jij en je maat volgen mij.'

Carter keek hem fronsend aan. 'Waar gaan we heen?'

'Het kamp.' Vann wees naar bovengelegen terrein. 'De anderen wachten daar. Als we terug zijn zal ik alles uitleggen.'

# 13

Carter trok zijn riem door de lussen van zijn broek, pakte de satelliettelefoon aan van Sharza, deed zijn rugzak om en ging achter Vann aan omhoog over het pad, dat met een scherpe bocht om de rotspartij twintig meter verderop liep. De hinderlaag. Vervolgens maakten ze een scherpe bocht naar rechts. De helling werd al snel beestachtig steil. Lopen ging nu heel moeizaam. Vann ging de anderen voor. Sharza sjokte een eindje achter hem en keek zo nu en dan even nerveus om naar Carter, alsof hij gerustgesteld wilde worden. Mansur sloot de rij, om de anderen te beschermen tegen talibanpatrouilles die hun spoor mogelijk een eind terug op de helling hadden ontdekt.

Terwijl ze omhoog sjokten probeerde Carter de situatie te begrijpen. Hij nam aan dat ze naar de schuilplaats van de rebellen gingen. Een toevluchtsoord in de bergen. Vann en zijn Afghaanse collega's hadden zich door het offensief van de taliban waarschijnlijk gedwongen gezien zich verder naar het noorden terug te trekken. Vandaar de verhuizing naar een nieuw kamp en de voorzorgsmaatregelen die ze langs het pad hadden genomen.

*Het krioelt hier momenteel van de taliban.*

Maar er klopte iets niet aan dat scenario. Als Vann en de rebellen in ernstige moeilijkheden verkeerden, waarom had hij dan geen contact opgenomen met Langley om ondersteuning te vragen of om onmiddellijk te worden weggehaald? In plaats daarvan had Vann de telefoon geloosd. De enige manier waarop hij verbinding kon krijgen met de buitenwereld.

Er zat Carter nog iets anders dwars. Het waarschuwingssysteem onder aan de helling. Vann had gezegd dat hij de gloeilamp zo had ingesteld dat hij gewaarschuwd werd voor naderende vijanden. Maar een reguliere landmijn of boobytrap zou ook prima hebben gewerkt. De klap van de explosie zou op kilometers afstand in de vallei worden gehoord, met als bijkomend voordeel dat de vijandelijke patrouille zou worden uitgedund.

Dus waarom zou je dan een gloeilamp gebruiken?

Carter wist het niet. Hij kreeg koppijn van dit hele gedoe.

Het pad ging nog steiler omhoog en liep om een groepje ceders heen. Na vijftig meter lieten ze de bomen achter zich en kwamen ze op een plateau, dat zo vlak was als een biljartlaken en ongeveer zo groot als een voetbalveld. Op honderd meter afstand, aan de overkant van het plateau, stonden drie leemstenen gebouwen in een natuurlijk ontstane cul-du-sac aan de voet van de volgende berghelling.

De gebouwen hadden een plat dak en werden bedekt door camouflagenetten, vermoedelijk om ervoor te zorgen dat ze met drones of vliegtuigen niet te zien zouden zijn. Aan een van de zijkanten van het kamp stonden allemaal tenten. Onder de camouflagenetten waren zes muilezels vastgemaakt aan een houten paal. Ze torsten allerlei manden, zadeltassen en leren geweerholsters.

'Deze kant op, Geordie,' zei Vann. 'Kom op, maat.'

Hij ging Carter en Sharza voor naar het kamp op het midden van het plateau, vijftig meter verderop. Voor het hoogste van de drie gebouwen bleven ze staan. Toen wendde Vann zich tot Carter en zei: 'Wacht hier. Ik ben zo terug.'

'Waar ga je heen?'

'Ik moet de situatie uitleggen aan Hakimi.'

'Hakimi?' herhaalde Carter, die zich de naam van de nieuwe leider van de Nationale Alliantie herinnerde. 'Is hij hier?'

Vann knikte en zei: 'Ik kan me zo voorstellen dat hij je wil spreken. Maar hij kan het beter eerst van mij horen.' Vann ging zachter praten. 'Even onder ons, die gast is een beetje paranoïde. Hij houdt niet van verrassingen. Als hij jouw kop ziet, schrikt hij zich de tering.' Hij grijnsde breed. 'Al zouden de meeste vrouwen ook zo reageren, laten we wel wezen.'

'Rot op.' Carter glimlachte, en zijn gezicht ontspande. 'Prima, we wachten wel.'

'Goed zo.'

Vann ging naar binnen en deed de houten deur achter zich dicht. Carter keek om zich heen en observeerde het kamp. In de andere gebouwen was het een komen en gaan van soldaten met een AK-47 over hun schouder die zware zakken op de muilezels laadden.

'Zo te zien zijn we net op tijd,' merkte Sharza op. 'Je vrienden maken zich klaar om te vertrekken.'

Carter knikte maar gaf geen antwoord. Hij keek omhoog naar de klif boven hen. Waarom zou Vann hier een kamp opzetten, vroeg hij zich af. Je kunt hier geen kant op.

Een vijandelijk leger dat met volle kracht aanviel zou Vann en zijn bevriende opstandelingen vastpinnen zonder dat ze konden vluchten.

Een eind verderop zag hij een lage grot onder aan van de klif, dicht bij een groepje naaldbomen. Bij de ingang van de grot zag hij een kring geblakerde aarde. Alsof iemand er onlangs een vuur had gemaakt. Aan beide kanten van de verschroeide aarde stonden grote vaten langs de wanden. In het duister kon Carter nog net een paar scheppen, verscheidene grote houten peddels en bundels brandhout ontwaren.

Een reusachtige kookketel voor industrieel gebruik.

'Herken je iemand van die lui?' vroeg hij aan Sharza, met een knikje naar de mannen die heen en weer liepen naar de ezels.

'Sorry broeder,' fluisterde Sharza. 'Ik heb deze mannen nog nooit gezien. Ik weet niet waar ze vandaan komen.' Hij aarzelde. 'Maar er is hier iets niet in de haak. Dat kan ik voelen.'

Acht minuten later ging de deur krakend open. Vann kwam weer naar buiten en schraapte zijn keel. 'Goed, ik heb met de chef gepraat. Hij wil je spreken. Jullie allebei,' en hij draaide zijn hoofd naar Sharza. 'Volg me. Je kunt je spullen hier laten, Geordie.'

Carter deed zijn rugzak af en zette die naast de muur. Toen liep hij achter Vann en Sharza aan naar binnen. Ze kwamen in een smerige ruimte van ongeveer acht bij acht meter. Carters neus vulde zich met de sterke geur van zweet en sigarettenrook. En hij rook nog iets anders. Iets bitters en chemisch.

Ammoniak.

Het gonsde er van de bedrijvigheid. Twee opstandelingen zaten op een versleten tapijt naast een weegschaal geknield en waren teerkleurige blokken in cellofaan aan het wikkelen. Eén man woog de blokken terwijl de andere ze in waterdichte zakken deed. Twee andere kerels droegen ze naar buiten, naar de ezels die buiten stonden te wachten. De vloer lag bezaaid met plastic mallen die waren gevuld met een donkerbruine harsachtige substantie. Carter zag stukken rubberen slangen, witte zakken met industrieel uitziende chemicaliën en stapels vieze dekens. Een hele fabriek.

Hij kreeg een misselijk gevoel in zijn maag. Hij bleef staan en keek Vann vol afgrijzen aan.

'Jezus, Dave,' zei hij zacht. 'Je wilt me toch niet vertellen dat je in de drugshandel zit, hè?'

Vann keek hem rustig aan. 'Dit is niet wat het lijkt.'

'Gelul,' grauwde Carter woedend. 'Ik heb genoeg invallen op dit soort plekken gedaan. Dat is zwarte teer.' Hij maakte een handgebaar naar de in plastic verpakte blokken. 'Jullie maken heroïne, godverdomme.'

Vanns gezicht verstrakte. 'Kalm aan, Geordie. Ik kan het allemaal uitleggen, dat beloof ik.'

Carter keek hem met holle blik aan. Hij had het gevoel alsof iemand hem zojuist vol in het gezicht had geslagen. Er schoten talloze vragen door zijn hoofd.

'Ben je gek geworden of zo? Thuis arresteren je ze hier voor. Je gaat twintig jaar de bak in.'

'Niet nu,' snauwde Vann hem toe. 'Kom op, Hakimi wacht.'

Hij liep met grote passen het vertrek door, in de richting van een deuropening aan de andere kant. Carter kwam achter hem aan terwijl het hem duizelde. Bij de achterste muur lagen zes Russische machinegeweren op een steun. Het waren PKM's, het Russische equivalent van de GPMG. Geschikt voor kogels met het kaliber 7.62x54mm. Een patroon uit de tijd dat Rusland nog een tsaar had. Onder elk wapen hing een groen metalen munitiekistje. Naast de muur stonden nog twaalf andere kistjes.

Ze nemen geen enkel risico, dacht Carter. En dat snapte hij ook wel. Vann en zijn handlangers hadden hier een heroïnelab, onder de neus van de taliban. Ze zouden niet overrompeld willen worden als het uit de hand liep.

Vann bracht hen naar een kleiner vertrek aan de zijkant van het gebouw. Een man van middelbare leeftijd met de bouw van een gepensioneerde gewichtheffer zat achter een groot bureau. De man had een emotieloze blik in zijn ogen, pluizig grijs haar, pokdalige wangen en een bult van littekenweefsel op zijn kin. Hij was gekleed als een guerrillastrijder, met een camouflagejas en daaronder een olijfgroen T-shirt.

Voor hem op het bureau stonden twee plastic bekertjes, een halflege fles goedkope wodka en een paar walkietalkies. Er lag ook een pakje sigaretten. Tegen de muur stond een AK-47.

Carter had het gezicht van de man al eens eerder gezien. In Chili. Op de Britse ambassade.

De briefing. Negen miljoen jaar geleden.

Jabar Hakimi, de leider van de Nationale Alliantie, keek op toen de drie mannen de kamer binnenkwamen. Hij staarde berekenend naar Carter en Sharza. De man deed Carter in de verte aan een havik denken.

'Je bent een vriend van David, begrijp ik,' zei hij met een zwaar accent.

Geen vraag maar een mededeling.

'Dat klopt,' zei Carter afgemeten.

'En jij, mijn vriend?' Hakimi verplaatste zijn blik naar Sharza. 'Waar kom jij vandaan?'

'Shahr-e-Bozorg,' zei de tolk.

Hakimi bestookte hem met een reeks vragen. Dat deed hij in het Engels, naar Carter aannam voor zijn Britse handlanger. Hij voelde Sharza aan de tand over zijn stam. Zijn leider. Zijn familie. De mensen voor wie hij in het verleden had gewerkt. Hij scheen met name geïnteresseerd te zijn in de jaren dat Sharza als tolk voor het Britse leger had gewerkt. Carter hoorde de spanning in Sharza's stem terwijl hij de vragen beantwoordde. Hij was doodsbang.

Hakimi verplaatste zijn blik weer naar Carter. 'Wie weet nog meer dat je hier bent? Vertel me de waarheid,' voegde hij daaraan toe. 'Ik herken leugens altijd.'

Carter besloot niet te liegen. Hij wist dat Vann het meteen door zou hebben als hij bullshit verkocht. 'Er zijn twee mensen van de CIA die van de operatie afweten,' zei hij. 'Nog iemand van MI6. Drie mensen in totaal. Dat zijn de mensen van wie ik het weet. Waarschijnlijk zijn er meer.'

'Je weet het niet zeker?'

'Ik ben een soldaat,' zei Carter. 'De hoge piefen vertellen me geen woord meer dan nodig is. Als er andere mensen bij betrokken zijn, weet ik daar niets van. Zo is het nou eenmaal.'

'Hij spreekt de waarheid,' bracht Vann naar voren. 'Ik heb dat al ook al heel vaak meegemaakt.'

'Wat zijn je orders?' vroeg Hakimi.

'Ik ben gestuurd om Dave op te sporen en weg te halen. Meer hebben ze me niet verteld.'

‘Ze hebben niets over heroïne gezegd? Niets over onze smokkeloperatie?’

‘Nee.’

‘Ben je gevolgd op weg hiernaartoe?’

‘Nee.’

‘Weet je het zeker? Geen taliban?’

‘Geordie is van het Regiment,’ bracht Vann naar voren. ‘Hij is een goede soldaat. Een van de beste. Als iemand hem was gevolgd, zou hij dat meteen gemerkt hebben.’

Hakimi keek de Noord-Ier fronsend aan. ‘Je lijkt een hoge pet op te hebben van je vriend.’

‘Ik heb hem opgeleid,’ zei Vann. ‘Ik heb hem bijna alles geleerd wat hij weet. Je vindt geen betere soldaat. En ook geen loyalere,’ voegde hij daaraan toe.

De uitdrukking op Hakimi’s gezicht veranderde. Hij kneep zijn ogen weer tot spleetjes en hield bedachtzaam zijn hoofd schuin. Hij spreidde zijn vingers op de tafel.

Carter stond stil en zweeg. Hij had als instructeur van de Afghaanse Special Forces eerder met zulke kerels te maken gehad. Het waren gangsters. Mannen die profiteerden van de chaos in Afghanistan om zichzelf te verrijken. Het enige waar ze loyaal aan waren was geld, en ze schrokken er niet voor terug om iedereen die hen voor de voeten liep te doden. In veel opzichten waren ze net zo meedogenloos als de Mexicaanse kartels of de Russische maffia.

Six en de CIA hebben een enorme fout begaan door hun hoop op deze vent te vestigen, dacht Carter. Dat staat als een paal boven water.

‘Je weet wat dit voor plek is, hè?’ vroeg Hakimi.

‘Ik heb ogen in mijn kop,’ zei Carter.

Hakimi glimlachte hem afgemeten toe. ‘Je zou er verstandig aan doen me met meer respect te behandelen. Dat zou in je eigen belang zijn.’

Er viel een geladen stilte in de kamer. Toen stapte Vann naar voren en zei haastig: 'Let maar niet op hem. Geordie is gewoon opgefokt, meer niet. Het gaat wel weer voorbij.'

'Denk je dat we hem kunnen vertrouwen?'

Hakimi stelde de vraag aan Vann maar staarde met strakke blik naar Carter. Die werd heel ongerust. Het verloop van het gesprek beviel hem helemaal niet.

Ja,' antwoordde Vann. 'Geordie praat zijn mond niet voorbij, dat beloof ik. We hebben allebei bij Para Reg gezeten. Waar wij vandaan komen is dat iets waard.'

De rebellenleider staarde hem even aan. Carter bleef zwijgen terwijl hij een knoop in zijn maag kreeg. Toen haalde Hakimi zijn schouders op en schonk wodka voor zichzelf in.

'Het is jouw beslissing om het risico met hem te nemen,' zei hij tegen Vann. 'Als je bereid bent om voor hem in te staan is dat voor mij goed genoeg. Maar hij blijft hier tot we klaar zijn.' Hij glimlachte. 'Als voorzorgsmaatregel.'

Carter kalmeerde weer enigszins. 'En hij?' vroeg hij, met een knikje naar Sharza.

'Je vriend kan gaan,' zei Hakimi. 'Ik kan hem niet gebruiken.'

De krijgsheer goot de drank door zijn keel, stond op en keek even naar Vann. De twee mannen wisselden een vluchtige blik.

Ze liepen achter elkaar de kleine kamer uit en de hoofdruimte door. De kamer waar de drugs werden klaargemaakt. Hakimi begeleidde de tolk naar buiten, de verzengend hete zon in. Carter volgde hen door de deuropening en klemde een hand om Sharza's arm voordat de andere man zich omdraaide om te vertrekken.

'Ga je neef halen,' zei hij. 'Die in Bazarak. Ik zie je in het huis van je vriend waar we vannacht hebben geslapen. We treffen elkaar daar over vierentwintig uur. Zodra ik klaar ben gaan we met je neef naar de grens.'

Sharza knikte. 'Dat zal ik doen. Dank je wel, broeder.'

'Ga maar snel.'

De tolk glimlachte en draaide zich om. Toen hij over het plateau begon te lopen, ving Carter naast zich een beweging op. Hij keek naar links en zag Hakimi zijn hand uitsteken naar iets wat achter zijn broeksband zat. Iets donkers en logs.

Er schoot een siddering door Carters borst.

Hij opende zijn mond om een waarschuwing naar Sharza te schreeuwen. Toen richtte Hakimi het wapen op de tolk en schoot hem in zijn achterhoofd.

# 14

Sharza had geen tijd om te reageren. Hij was twee meter van Hakimi verwijderd toen die de trekker overhaalde. Van die afstand viel onmogelijk te missen. Er galmde een oorverdovende knal over het plateau en door de vallei toen met een vonk een kogel uit de loop schoot, die in de achterkant van Sharza's schedel sloeg. De tolk schokte, en bloed, bot en hersenen spatten uit de uitgangswond als water uit een sprinkler. Sharza was al dood voor hij op de grond viel.

Carter staarde vol walging naar de rebellenleider. Hij voelde het bloed in zijn oren suizen. 'Jezus christus.'

Hakimi lachte vals. 'Ben je boos? Om de dood van dat waardeloze varken? Dat geloof ik niet.'

Carter schudde ontzet zijn hoofd. 'Het was niet nodig. Hij was een prima kerel. Hij heeft me hiernaartoe gebracht, meer niet. Hij wist niets van de operatie. Er was geen enkele reden om hem neer te schieten.'

'Hij vormde een bedreiging,' legde Hakimi achteloos uit. 'Hij was van een andere stam. Andere loyaliteit. Ik kon hem niet vertrouwen. Hij zou het aan de taliban hebben verteld en de beloning hebben opgestreken.'

'Niet waar,' zei Carter woedend. 'Deze man werkte tégen de taliban, godverdomme. Hij zou je niet hebben verraden.'

Hakimi haalde onverschillig zijn schouders op. 'Dit is Afghanistan. Bondgenootschappen kunnen zomaar veranderen. Het is veiliger zo.'

Vann staarde naar de dode tolk, en hij dacht zo diep na dat zijn voorhoofd gefronst was. Hij keek op naar de krijgsheer. Zijn nekspieren stonden strak en hij had zijn handen tot vuisten met witte knokkels gebald. 'Geordie heeft gelijk. Dat was een grote fout.'

'Is er een probleem?' vroeg Hakimi uitdagend.

'Zeker weten,' zei Vann ziedend. 'Je hebt zojuist laten weten waar je zit, idioot.'

Er flitste woede in Hakimi's ogen. 'Het kon niet anders. Als we hem hadden laten lopen, zou hij rechtstreeks naar de vijand zijn gelopen om een beloning op te strijken.'

'Ze kunnen zich door jou de moeite besparen.' Vann wees naar het dal. 'Dat schot is kilometers ver te horen geweest. Elke talibanpatrouille hier in de buurt weet nu waar we zijn. We zijn vier weken stil geweest en nu heb je het verneukt.'

Hakimi haalde zijn schouders op. 'We gaan hier toch snel weg.'

'Kan me geen moer schelen. Je maakt geen lawaai als je niet wilt dat iemand je hoort. Dat is basiskennis.'

Hakimi keek hem dreigend aan. 'Vergeet niet tegen wie je het hebt, vriend.'

Vann wist zich te beheersen. 'Fuck it,' zei hij. 'We hebben hier geen tijd voor. Je kunt maar beter een paar van je mannetjes naar dat uitkijkpunt sturen. Zeg tegen hen dat ze het einde van het pad in de gaten moeten houden. Als ze iemand deze kant op zien komen, kunnen ze het ons laten weten.'

'Zoals je wilt.'

Hakimi stopte zijn pistool weer achter zijn broeksband en schreeuwde een order naar de mannen in het hoofdgebouw. Even later haastten twee soldaten zich naar buiten, een man met een grijze baard, een zwart vest en een tulband, en een dunne kerel met een potloodsnor en donker golvend haar. Ze droegen allebei een AK-47 op hun rug.

Hakimi blafte bevelen naar ze. De mannen draaiden zich meteen om en haastten zich het plateau over, in de richting van het pad.

Toen ze uit het zicht waren verdwenen, zei Vann: 'We zullen sneller moeten inpakken. Laad de ezels en maak ze klaar voor vertrek. We moeten hier zo snel mogelijk weg.'

'Ik zal het mijn mannen laten weten,' antwoordde Hakimi.

'We zullen onze man in Tadzjikistan ook moeten waarschuwen dat we voorlopen op het schema. Zijn jongens zullen ons een paar uur eerder dan gepland moeten ontmoeten.'

'Laat de Tadzjiek maar aan mij over. Ik zal hem een seintje geven.' De krijgsheer gebaarde naar Carter. 'Houd je vriend in de gaten tot we klaar zijn om te vertrekken. Je kunt wachten in het kantoor. Daarna is het aan jou om te besluiten wat je met hem wilt doen.'

De krijgsheer marcheerde meteen weg in de richting van de muilezels. Hij schreeuwde naar twee soldaten en klapte in zijn handen, om aan te geven dat ze moesten opschieten.

Terwijl de soldaten naar de ezels renden om de blokken op de ezels te laden, bracht Vann Carter weer naar de kamer in de provisorische kantoorruimte aan de achterkant van het gebouw. Hij draaide de dop van de wodkafles en schonk een flinke hoeveelheid in twee bekertjes. Hij pakte er een voor zichzelf en bood Carter het andere aan. 'Iets te drinken?'

Carter keek naar het bekertje en voelde zich misselijk worden. 'Nee, dank je.'

'Wat je wilt.' Vann haalde zijn schouders op, tilde het bekertje naar zijn mond en dronk het in één teug leeg. Vervolgens schonk hij het bijna tot de rand vol.

'Hij is gek,' zei Vann zacht. 'Hakimi. Mocht het je nog niet zijn opgevallen. Totaal gestoord. Verslaafd aan moorden. Zijn broer was heel charismatisch en had een enorm tactisch inzicht. Eerlijk gezegd verbaast het me dat hij het nog niet eerder heeft verkloot.'

'Wat doe jij hier?' wilde Carter weten. 'Drugshandel? Ben je wel goed bij je hoofd?'

'Ik heb mijn redenen,' mompelde Vann somber.

'Nee, maat.' Carter beet zo hard op zijn tanden dat hij dacht dat zijn kaak zou breken. 'Je kunt deze shit onmogelijk rechtvaardigen.'

Vann keek de jongere man boos aan. 'Je weet niets van mijn leven, Geordie. Je hebt geen idee wat ik de afgelopen jaren heb meegemaakt. Dus hou je kop, oké?'

Carter schudde zijn hoofd. 'Ik heb mijn leven gewaagd door je hier te komen zoeken. De CIA dacht dat je zwaar in de problemen zat. Jezus, er is net een goeie gast gedood terwijl hij had geholpen jou te vinden.'

'Kijk niet zo walgend, arrogante lul. Je moet hebben geweten dat ik bezig was met iets illegaals. Waarom dacht je anders dat ik die oude telefoon had geloosd?'

Carter had het gevoel alsof hij in zijn gezicht werd geslagen. Dus dáárom had Vann zich van de telefoon ontdaan.

Hij kreeg een hol gevoel in zijn borst terwijl hij naar Vann staarde. Een SAS-legende.

*De man die me door de selectie heeft geholpen en me heeft geholpen om me thuis te voelen bij het Regiment*, bracht Carter zichzelf in herinnering. *Dezelfde man die me soldaat leerde worden, speelt nu onder één hoedje met een gestoorde krijgsheer.*

*Produceert heroïne.*

Hij kon gewoon niet geloven dat iemand van Vanns kaliber zo diep was gezonken.

'Hoe lang doe je dit al?' vroeg hij.

'Een paar maanden.' Vann pakte de fles en schonk voor de derde keer wodka in zijn bekertje.

Carter schudde zijn hoofd. 'Je moet de rebellen trainen. Ze voorbereiden op de revolutie. Niet deze shit.'

'Ja, nou ja. Er zijn dingen veranderd.'

'Wat bedoel je dáár nou weer mee?'

Vann snoof en zei: 'Open je ogen, Geordie. Er is geen opstand. Ik wist al dat dit tijdverspilling was zodra ik in contact kwam met de rebellen. De taliban hebben de Chinezen, de Russen en de Pakistanen aan hun kant. Serieuze vuurkracht en middelen op de grond. Elke idioot met een halve hersencel kon zien dat Hakimi en zijn mensen zouden worden ingemaakt. Als lammeren naar de slachtbank.'

'Dus je hebt hem overgehaald om in plaats daarvan de drugshandel in te gaan?'

'Precies andersom.' Vann glimlachte berouwvol. 'Het was aanvankelijk Hakimi's idee. Hij nam me een keer apart nadat zijn broer uit de weg was geruimd door de taliban. Hij wilde niet op dezelfde manier eindigen en was slim genoeg om te weten dat we geen serieuze steun van de Yanks zouden krijgen. Net genoeg om ons een tijdje aan de beademing te houden, zodat een stelletje eikels in Washington zichzelf een schouderklopje kon geven en kon doen of ze hun bondgenoten niet volledig hadden laten vallen. Hakimi had contacten in de opiumhandel. Mensen die hij kende die goed zouden betalen voor heroïne van hoge kwaliteit. Het was geen moeilijke keuze. Hier blijven voor een operatie die tot mislukken was gedoemd of miljoenen verdienen en leven als een vorst. Iedereen zou hetzelfde hebben gedaan.'

Carter staarde hem beschuldigend aan. 'Je maakt levens kapot. Ik kan niet geloven dat je je in deze shit hebt laten zuigen.'

'Fuck off.' Vann staarde net zo hard terug. 'Ik ben niet geïnteresseerd in je gemoraliseer. Je weet niet wat ik heb doorgemaakt toen ze me Hereford uit trapten. Allemaal vanwege een fout met die vervloekte luchtaanval. Die klootzakken hebben mijn leven verwoest, Geordie.'

Carter perste zijn lippen op elkaar. Hij dacht aan de ongesanctioneerde luchtaanval die Vann had laten uitvoeren toen hij de instructeur diende. De vier Afghaanse burgerslachtoffers. Zijn onbeholpen poging om de aanval te verdoezelen door een legitiem doelwit te bedenken, een handeling die ertoe had geleid dat hij werd weggestuurd bij het Regiment.

‘Ik heb het verkloot, dat weet ik wel,’ bekende Vann. ‘Maar het Regiment had me sowieso niet in die positie terecht moeten laten komen. Ze hadden me niet met zoveel stress moeten opzadelen.’

Carter schudde woedend zijn hoofd. ‘Wat er met ons instructeurs is gebeurd heeft hier niets mee te maken.’

‘Wel. Die stationering heeft me hier gek gemaakt.’ Vann tikte met een vinger tegen zijn slaap. ‘Helemaal gek. Ik raakte mijn morele kompas kwijt. Raakte verslaafd aan vechten. Ik balanceerde op het randje. Die operaties hebben een oorlogsjunkie van me gemaakt.’

‘Waarom heb je geen contact opgenomen? Je had het iemand moeten vertellen.’

‘Dat heb ik geprobeerd. Ik heb contact gezocht met de leiding en gezegd dat ik een verzetje nodig had. Een maand of twee het land uit om mijn kop weer helder te krijgen.’

‘Wat zeiden ze?’

‘Wat denk je?’ Vann lachte verbitterd. ‘Ze wilden er niets van weten. Dat willen ze nooit. Ze zeiden gewoon dat ik door moest gaan. Dat ik het geweldig deed en dat ik misschien wel in aanmerking kwam voor een medaille. Het gebruikelijke gelul. Toen ben ik door het lint gegaan.’

‘Door het lint?’ herhaalde Carter. Hij kreeg een wee gevoel in zijn maag.

Vann knikte. ‘Je weet dat de Special Forces en ik gesanctioneerde aanvallen uitvoerden, toch? We volgden de bevelen op. Maar toen werden enkele jongens gedood door strijders van een van de naburige stammen. Dat vatte ik persoonlijk op, snap je. Het waren míjn jongens. Goede soldaten. Het beviel me niet om ze te zien sneuvelen. De jongens wilden wraak. Dus nam ik ze mee naar het volgende dorp en namen we die andere gasten te grazen. Taak volbracht.’

Vann keek even naar zijn wodka. Toen dronk hij het bekertje leeg en ging hij verder. ‘Daarna gingen we er vaker op uit. Ik en een paar Afghanen. De beste soldaten. We deden nog steeds de gesanctioneerde shit, maar tussen die klussen door gingen we eropuit en voerden we onze eigen aanvallen uit. We doodden iedereen die ons niet aanstond. Rivaliserende krijgsheren, stammenmilities, mensen die op ons terrein probeerden binnen te dringen.'

'Jezus.'

'Ik zag het niet helder meer,' zei Vann. 'Ik was al die tijd helemaal op mezelf aangewezen, zonder ondersteuning... het deed iets met me, snap je? Ik raakte erin verstrikt, ik kon het niet helpen.'

Er liep een rilling over Carters rug terwijl hij luisterde. Hij had altijd geweten dat Vann er niet van hield om zich aan de regels te houden, maar dat gold voor de meeste jongens uit Hereford. De SAS trok door de aard van het werk altijd al ruige soldaten aan. Jongens die geen boodschap hadden aan de ja-meneer-nee-meneer-bullshit op het exercitieplein. En het gerucht had de ronde gedaan dat Vanns SF-team in Afghanistan wat overijverig was geweest. Niets concreets; er werd alleen wat gefluisterd in de kantine.

Maar Carter had zich nooit kunnen voorstellen dat Vann clandestiene moordpartijen had georganiseerd.

Hoe had zo'n goede soldaat zo kunnen ontsporen? Waar was het misgegaan?

'Toen gebeurde dat gedoe met die luchtaanval,' vervolgde Vann. 'Ik ben er verantwoordelijk voor dat die werd aangevraagd, en ik zal moeten leven met de consequenties van die beslissing. Ik heb bloed aan mijn handen, hè? Maar het Regiment is ook schuldig. Zij hebben me daarnaartoe gestuurd, zonder enige ondersteuning.' Hij gebaarde naar Carter. 'Jij bent hier ook instructeur geweest. Je weet waar ik het over heb.'

Carter knikte terwijl hij terugdacht aan de tijd dat hij zelf had samengewerkt met Afghaanse Special Forces. Hij had anderhalf jaar in vrijwel volledige afzondering van de buitenwereld doorgebracht. Zonder vrije tijd, zonder de mogelijkheid om even stoom af te blazen. De voortdurende spanning van het leiden van geheime operaties, in de wetenschap dat niemand je zou komen redden als je in de shit kwam.

Cynisch genoeg hadden de bevelhebbers het gebruik van instructeurs in het buitenland aangemoedigd, omdat ze op die manier de vijand konden aanvallen zonder dat ze politieke verantwoording hoefden af te leggen. Sommige jongens hadden het geweldig gevonden, voor andere was het lastig geweest.

Voor jongens als David Vann.

'Het Regiment heeft me laten stikken,' vervolgde Vann. 'Zij hebben ervoor gezorgd dat ik helemaal verbitterd raakte en doorsloeg. Toen ik aan deze klus begon, zag ik een uitweg. Een kans om alle shit achter me te laten en verder te gaan met mijn leven. Misschien ben jij het daar niet mee eens, en dat is prima. Maar ik ben die idioten in Engeland geen ene moer verschuldigd.'

Carter keek hem kwaad aan. 'Kom op, maat. Ga me niet wijsmaken dat je zo krap zit dat je wat moest bijverdienen met heroïnehandel. Je hebt vast een goede baan gevonden in het Circuit.'

'Aanvankelijk wel ja,' zei Vann. 'Een van de jongens bezorgde me werk in Kazachstan. Een beveiligingsklus bij een van de grote oliemaatschappijen. Hij regelde een mooi penthouse voor me in Almaty en vijftienhonderd pond netto per dag.'

'Wat is er dan gebeurd?'

Vann trok zijn neus op. 'De lange arm van het Regiment. Zij zorgden ervoor dat ik ontslagen werd. Opeens stond ik op straat zonder een cent op zak. Wat had ik moeten doen? Influencer worden op social media?'

'Je had niet in de drugshandel hoeven gaan. De CIA zal je voor deze klus goed betaald hebben. Misschien geen miljoenen, maar genoeg om van rond te komen.'

'Ja, en wat moet ik doen als dit achter de rug is? Vertel me dat eens. De meeste grote bedrijven willen me met geen tang meer aanraken. Jezus, ik heb deze klus alleen maar gekregen omdat ik ervaring had als instructeur en dankzij een paar contactpersonen in Langley. Verder heeft iedereen me afgeschreven. Hierna kan ik tien jaar schijtbaantjes in de beveiliging gaan doen, als ik mazzel heb.'

Vann perste woedend zijn lippen op elkaar en wendde zijn blik af. Carter deed niets om de stilte die tussen hen viel te verbreken. Hij wist niet wat hij moest zeggen.

'Ik doe gewoon wat goed voor me is,' zei Vann. 'Ik denk voor de verandering in de eerste plaats aan mezelf. Ik wil niet eindigen als sommige andere jongens, die in een huurhuis in Hereford wonen en zich moeten redden met een armzalig pensioentje terwijl ze niet weten hoe ze hun gasrekening moeten betalen.'

Carter bleef zwijgen. Hij voelde allerlei verschillende emoties. Aan de ene kant kon hij Vann een heel klein beetje begrijpen. Het stond wel vast dat de man slecht was behandeld door het Regiment. Maar niemand had een pistool tegen zijn hoofd gezet om hem te dwingen in de heroïnehandel te gaan.

'Je komt hier nooit mee weg,' zei hij zacht. 'Vroeg of laat zullen ze je te pakken krijgen.'

'Nee maat, dat zullen ze niet.' Vann klonk zelfverzekerd. Hij gebaarde naar de hoofdruimte en zei: 'Dit is de laatste lading. We krijgen ons geld. Na vandaag zit het werk erop.'

Carter bestudeerde Vanns gezicht om te zien of hij ergens aan kon zien dat hij loog. Dat kon hij niet.

'We gaan deze laatste zending de grens over smokkelen,' vervolgde Vann. 'Er loopt een smokkelroute naar Tadzjikistan. Die hebben we eerder gebruikt, hij is veilig genoeg. Daar gaan we met de ezels overheen en dan verkopen we dit spul aan onze contactpersoon daar.'

'Hoeveel zit er in die zakken?'

'Vijfhonderd kilo heroïne van hoge kwaliteit,' zei Vann. 'Heroïne levert meer op dan ruwe opium. Dan kun je de tussenpersoon overslaan. Zo vergroot je je winstmarge.'

Carter maakte een snelle berekening. Hij wist dat een kilo heroïne iets van zesduizend dollar waard was. Vijfhonderd kilo zwarte teer van topkwaliteit zou zo'n drie miljoen dollar opleveren. Minus de kosten van de operatie, het loon van de bewakers en de grondstoffen. Maar toch een leuk zakcentje. En dit deden ze al maanden.

Carter besefte dat ze een vermogen moesten hebben binnengehaald.

'Als dit achter de rug is, ga ik met pensioen op de Malediven,' zei Vann. 'Dan slijt ik mijn dagen met het drinken van ijskoude biertjes en rugby kijken. Niemand zal meer iets van me horen, dat kun je van me aannemen.'

Carter vroeg zich af waarom Vann hem dit allemaal vertelde. Het plan voor een droompensionering. Maar toen zag hij de smekende blik in de ogen van de Noord-Ier en begreep hij het: Vann bracht het zo overtuigend en deed een beroep op hun goede band in de hoop dat Carter hem ermee zou laten wegkomen.

Een laatste gunst voor een oude vriend.

Er viel een lange stilte. Toen hoorde Carter voetstappen achter zich, en even later kwam Hakimi met grote passen de kamer in terwijl hij het gesprek dat hij op zijn wegwerptelefoon voerde beëindigde. Hij stopte het toestel weg en zei tegen Vann: 'Dat was de Tadzjiek.'

'En?'

'Hij ontmoet ons bij de weg aan de andere kant van de grens. Hij en zijn jongens.' Hij keek even naar Carter. 'Op dezelfde plek als de vorige keer.'

'Wanneer?'

'Morgen bij zonsopgang. Ze wachten daar op ons.'

'En als we in de problemen komen?'

'Gebeurt niet.'

'Dat zei je vorige keer ook. Ik wil niet weer gezeik met die grenspatrouilles. Het laatste waar we op zitten te wachten is dat we gedoe krijgen.'

'De Tadzjiek zegt dat we hem een bericht moeten sturen wanneer we dicht bij de grens zijn. Hij zal de omgeving controleren en ons laten weten wanneer we zonder problemen de grens over kunnen.'

'Mooi.'

Carter keek op zijn G-Shock. Het was half twee. Anderhalf uur nadat ze aan de beklimming van de berghelling waren begonnen. Toen Sharza nog geen gat in zijn achterhoofd had.

'Dit is niet goed,' zei hij geëmotioneerd. 'Bedenk wat je doet, Dave. Er zijn thuis jongens die verslaafd raken aan dat spul. Je draagt eraan bij dat mensen vroeg doodgaan.'

'Bespaar je de moeite,' zei Vann. 'De moraal kan me geen reet schelen. Als ik dit spul niet verkoop, doet iemand anders het wel. Komt op hetzelfde neer.'

Carter deed een nieuwe poging. 'Ga met me mee terug, maat. We kunnen naar huis gaan en het rechtzetten met de CIA. Zeggen dat je onder spanning hebt gestaan, ze vertellen over je financiële problemen.'

Carter wist dat hij Vann niet kon aanhouden. Hakimi en zijn mannen zouden hem lang voordat hij zich uit de voeten kon maken neerschieten. Zijn enige hoop was dat Vann vrijwillig vertrok. Later kon hij zich zorgen maken over wat hij tegen Six en de CIA moest zeggen.

'Kan niet,' zei Vann. 'Het spijt me, maat, maar daar is het te laat voor. Véél te laat. Als ik nu terugga, sluiten ze me op. Dan beland ik een heel lange tijd achter de tralies.'

'Dat is vast beter dan te moeten leven als een voortvluchtige en je hele leven over je schouder te moeten kijken. Dit is crimineel.'

Hakimi keek hem dreigend en kil aan, met diepe rimpels in zijn voorhoofd. 'De mening van je vriend staat me niet aan,' zei hij tegen Vann. Zijn stem klonk dreigend.

'Geordie draait wel bij,' hield Vann vol. 'Ik heb je toch mijn woord gegeven? Hij is gewoon wat emotioneel.'

Hakimi lachte spottend en zei: 'Ik wist wel dat het een vergissing was om die mijn weg te halen. Als je die had laten liggen, zou deze man in stukjes zijn geblazen en zouden we geen probleem hebben gehad.'

'Ik handel het wel af,' antwoordde Vann stellig. 'Ik heb alles onder controle.'

'Daar lijkt het niet op. Helemaal niet zelfs.' Hakimi draaide zijn hoofd naar Carter toe. Zijn groene ogen waren als twee laserpennen op Carter gericht.

'Nee,' zei hij na een lange stilte. 'Ik denk niet dat we je vriend kunnen vertrouwen. Het risico is te groot.'

Carter schrok. Hij voelde zijn hart bonzen in zijn slapen. Alle spieren in zijn lichaam spanden zich.

Godverdomme, dacht hij. Die klootzak wil me afmaken.

Vann begon te praten maar Hakimi kapte hem met een bruusk handgebaar af. 'Deze man is als een broer voor je, ik weet het. Je staat voor hem in, en dat is begrijpelijk in jouw positie. Maar we moeten allemaal offers brengen.'

Vann trok wit weg. 'Dat kun je niet maken. Echt niet, maat. Ik wil het niet hebben.'

'Niemand vertelt mij wat ik moet doen.'

Carter voelde de adrenaline door zijn lichaam spuiten. Het zweet brak hem uit terwijl hij om zich heen keek, wanhopig zoekend naar een ontsnappingsroute. Een zijuitgang om het gebouw uit te komen, of een raam waar hij doorheen kon springen. Hij zag niets. Hij zou zich schietend een weg naar buiten moeten banen. Hij droeg de M4 over zijn schouder en had de Grach in zijn holster. Hij kon Hakimi neerschieten en hopen dat Vann geen wraak zou nemen, maar dan zou hij nog steeds moeten afrekenen met de loyale voetsoldaten van de krijgsheer in het naastgelegen vertrek.

*Het is uitgesloten dat ik daar langs kom.*

*Ik ben de lul.*

'Geordie is in dienst van het Britse leger,' zei Vann gespannen. 'Als je hem doodt, zullen we het zwaar te verduren krijgen. We hebben al genoeg problemen.'

'Zoals ik al zei, ik hou niet van losse eindjes.' Hakimi keek de voormalige Blade kil en dreigend aan. Vann gaf geen krimp. Even bewogen ze geen van beiden. Het voelde ijskoud aan in het vertrek. Carter kon niet ademen.

*Mijn leven staat op het spel, en ik kan niets doen.*

*Helemaal niets.*

Toen hoorde hij het gedreun van naderende voetstappen. Even later kwamen er twee soldaten het vertrek binnenstormen. De man met de grijze baard en de tulband en de magere kerel met het snorretje. De twee mannen die Hakimi naar het pad had gestuurd om te zien of ze tekenen van de vijand zagen.

Grijsbaard probeerde op adem te komen terwijl Potloodsnor snel verslag uitbracht aan de rebellenleider. Hakimi luisterde aandachtig en streek langs zijn misvormde kin. Toen verstijfde zijn lichaam en zag Carter iets van angst in zijn ogen terwijl hij naar Vann keek.

'Wat zegt hij?' vroeg Vann.

'Er nadert een krijgsmacht,' zei Hakimi. Aan de toon van zijn stem te horen was hij erg geschrokken. 'Ze komen recht op ons af.'

# 15

‘Hoe ver zijn ze?’ vroeg Vann op dringende toon.

‘Mijn mannen zagen ze uit zuidelijke richting aankomen over de weg. Eén kilometer, denken ze,’ reageerde Hakimi.

Vann ademde scherp in en zei: ‘Het zal niet lang duren voor ze het pad hebben gevonden. Ze kunnen nu elk moment naar boven komen.’

‘Hoeveel voertuigen zijn er?’ vroeg Carter.

‘Mijn mannen zagen twee stofwolken,’ antwoordde Hakimi. ‘Twee voertuigen. Kan alles zijn tot negen of tien man.’

‘Taliban?’

‘Moet wel,’ zei Vann. ‘Ik wil mijn rechterbal erom verwedden. Er is hier niemand anders actief.’

Carter rekende uit hoe lang ze erover hadden gedaan om de helling te beklimmen. De uitputtende tocht over het kronkelende pad. Hij schatte dat ze een minuut of veertig de tijd hadden tot de taliban er waren.

Vann wendde zich tot Hakimi en zei: ‘Zeg tegen je mannen dat ze hun positie moeten innemen. We zullen een hinderlaag opstellen, op dezelfde plek die we in het verleden hebben gebruikt tijdens de trainingsoefeningen. Geordie,’ voegde hij daaraan toe, met een knikje naar Carter. ‘Kom met mij mee.’

Hij griste twee walkietalkies van het bureau en rende voor Carter de kamer uit. Hakimi en de twee andere Afghanen snelden achter hem aan terwijl de krijgsheer bevelen schreeuwde naar de overige soldaten in het hoofdvertrek. Meteen kwam iedereen in actie. Zoals personeel dat reageert op een onverwacht brandalarm. Potloodsnor, Grijsbaard, Mansur, Hakimi en de twee soldaten die de blokken heroïne hadden gewogen en ingepakt renden naar de zes Russische PKM-machinegeweren die bij de achterste muur op de vloer stonden. Ze pakten allemaal een wapen bij de houten handgreep en renden het gebouw uit.

Toen ze op het plateau kwamen, schreeuwde Vann bevelen naar de Afghaanse soldaten terwijl hij naar twee grote rotsachtige uitsteeksels tweehonderd meter lager op de helling wees.

'Breng daar de geweren in stelling,' brulde hij. 'Opschieten.'

Hakimi vertaalde de bevelen voor zijn mannen. Grijsbaard, Potloodsnor en een derde man met een bruine pet renden met hun PKM het plateau over. Hakimi, Mansur en een langharige soldaat met een gele sjaal sprintten achter hen aan. Alle zes de mannen begonnen af te dalen over het pad terwijl Vann Carter wenkte en aangaf dat hij met hem mee moest gaan naar de rand van het plateau.

'Zie je die uitsteeksels?' vroeg Vann. Hij wees naar de twee rotsachtige stenen die zich tweehonderd meter van het plateau bevonden. Carter zag dat ze zo'n honderd meter uit elkaar stonden. Een links van hem en Vann, de andere rechts. Vanaf beide uitsteeksels kon je de bocht in het pad in zuidelijke richting zien. Het stuk platte grond met de omvang van een tennisbaan waar Carter op het waarschuwingssysteem was gestapt.

Hij knikte.

'We gaan het zo doen,' zei Vann. 'Jij gaat met jouw team naar links, ik voer de jongens rechts aan. We wachten tot de vijand op het vlakke gedeelte is. Je kunt alleen zo de berg op of af, dus ze zullen zeker van die kant komen. Zodra we alle doelwitten in het vizier hebben, open jij het vuur op onze kant en nemen onze jongens jullie kant onder vuur. Zo zorgen we voor een kruisvuur, en dan kunnen die fuckers geen kant op. Samen maken we er een dodelijke hinderlaag van. Begrijp je?'

'Hoeveel patronen hebben we voor de PKM's?'

'Twee extra patroongordels per wapen plus één kist aan elk geweer.'

Carter wist dat in de standaardkist van een PKM honderd 7.62x54mm patronen zaten. Dat betekende dat ze driehonderd kogels per wapen hadden. Tweeduizend in totaal inclusief de AK-47's en de twee M4's die Carter en Vann bij zich hadden. Genoeg vuurkracht. Meer dan genoeg om een groep van een stuk of zes talibanstrijders uit te schakelen.

'Hier.' Vann gaf hem een van de walkietalkies. Gemaakt door een bedrijf waar Carter nog nooit van had gehoord. Een goedkoop merk, vermoedde hij. 'Ze staan allebei ingesteld op dezelfde frequentie. Zodra je klaar bent om het vuur te openen, laat het ons dan weten, dan kunnen we de aanval coördineren. We willen ze tegelijkertijd aanvallen.'

'Begrepen,' zei Carter.

Vann wees naar het platte stuk grond onder hen. 'Zorg ervoor dat je wacht tot je ze allemaal in het zicht hebt. Er is daarbeneden geen dekking, dus ze kunnen zich nergens verschuilen als de kogels ze eenmaal om de oren vliegen. Als we dit goed doen hebben we ze binnen de kortste keren uitgeschakeld.' Hij grijnsde. 'Net als in de goede oude tijd, jongen.'

Bijna, dacht Carter. Het verschil is dat Vann toen nog geen blokken zwarte teer transporteerde.

'Begin de kisten naar beneden te brengen,' zei Vann. 'Ik kom zo ook helpen.'

Carter snelde terug naar het kamp. Hij knielde op een knie naast zijn rugzak en haalde daar snel de vier magazijnen met 5.56mm patronen voor de M4 uit. Hij stopte ze in de zij- en achterzakken van zijn broek, haakte de walkietalkie aan zijn riem en rende het gebouw weer in. Daar pakte hij twee groene kisten met munitie voor de PKM's van de stapel bij de achterste muur en rende er weer mee naar buiten.

Twintig meter verderop zag hij Vann en Hakimi naast een van de kleinere gebouwen. Ze waren in een intens gesprek verwikkeld. Vann leek het meest aan het woord te zijn. Carter vroeg zich af waar ze het over hadden. Het plan voor de smokkelroute misschien. Logistiek. Ze hadden zich gedwongen gezien hun vertrek uit het kamp te versnellen. Opeens waren hun zorgvuldig uitgestippelde plannen niets meer waard.

Carter begon op een drafje over het onverharde weggetje te rennen. Hij had overwogen contact op te nemen met Langley om om hulp te vragen, maar had dat idee meteen van de hand gewezen. De CIA zou niets kunnen doen om hen te redden. Het zou uren kosten om vanaf de basis in Qatar een drone te sturen. Tegen die tijd zou het vuurgevecht lang en breed achter de rug zijn. Bovendien zou de operatie vrijwel zeker tot mislukken gedoemd zijn als er een paar Hellfires op de vijand werden afgestuurd. De Chinezen waren momenteel uitermate actief in Afghanistan. Hetzelfde gold voor het Pakistaanse leger. Het leed geen twijfel dat beide landen overal in het land activiteit in de gaten hielden. Een aanval met een Amerikaanse drone in de bergen in het afgelegen noordoosten zou zeker hun aandacht trekken.

We zullen dit op de ouderwetse manier moeten aanpakken, dacht hij.

Met kogels en agressie.

Nadat hij tweehonderd meter naar beneden was gegaan, bereikte hij de twee grote rotsachtige uitsteeksels aan weerszijden van de helling. Vanaf beide had je uitzicht over het pad, dat er tweehonderd meter onder lag. Verder naar beneden, dichter bij de bodem van de vallei, kon hij het dichte bos zien. In de verte, op een kilometer afstand, zag Carter de grindweg, en daarachter het verlaten dorp.

Carter zwenkte naar links, in de richting van het team dat zich rond het oostelijke uitsteeksel had verzameld. Twee van de mannen van zijn team, Potloodsnor en Grijsbaard, renden langs hem heen het pad op om meer munitiekisten voor de PKM's te halen. Het derde lid van zijn team, de man met de platte hoed, had al achter een van de machinegeweren zijn positie ingenomen.

Carter zette de kisten met 7.62mm patronen naast Pet neer. Hij maakte de walkietalkie los en zette hem aan om te controleren of de batterijen waren opgeladen. Een paar minuten later kwamen Potloodsnor en Grijsbaard weer aanrennen, met nog twee kisten munitie voor de PKM's. Ze gingen achter hun machinegeweer liggen en namen hun positie op het uitsteeksel in. Door hun vizier keken ze naar de bocht in het pad, tweehonderd meter onder hen.

Carter nam staand een positie in achter een afgeplat rotsplateau. Hij zette de walkietalkie erop en keek even naar het uitsteeksel aan de rechterkant van het pad, honderd meter ver weg. Hij zag Mansur en de man met de gele sjaal weer over het pad omhoog rennen. Om de laatste kisten met munitie te halen, nam hij aan. Vanaf zijn positie kon hij Vann en Hakimi niet zien, maar dat verontrustte hem niet. Ze hielden zich ongetwijfeld schuil achter de rots.

Carter hief zijn M4, met zijn rechterhand om het trekkermechanisme en zijn linkerhand om de voorgreep geklemd. Toen richtte hij zijn verrekijker op het pad onder zich.

Hij had vrij zicht op de dodelijke zone. Het stuk platte grond. Hij herkende de situatie van zijn beklimming eerder op de dag. Hij zag het punt waar hij op de boobytrap was gestapt, op twintig meter afstand van de scherpe bocht. Hij probeerde het pad met zijn ogen naar boven te volgen terwijl het om de rotswand heen liep en vervolgens dertig meter voorbij de bocht in een ander bebost gedeelte verdween. Verder naar het zuiden, tien meter van de boobytrap, liep het pad naar beneden, in de richting van de bomen lager op de helling.

Terwijl hij de bocht scande, realiseerde Carter zich meteen waarom Vann ervoor had gekozen de verdedigers in twee teams te verdelen. Door een combinatie van naaldbomen en stapels stenen aan de rand van het pad konden ze niet recht onder zich op het pad kijken. Vijanden die dekking zochten aan de rechterkant van het pad zouden niet meer te zien zijn door de schutters vlak boven hen. Daarom moesten beide groepen voor een kruisvuur zorgen, zodat elk team het deel van het pad dat de verdedigers daarboven niet konden zien van vijanden kon ontdoen.

Er verstreken een paar minuten. Carter bleef het platte stuk grond voor de bocht observeren, alert op de geringste beweging. Toen ving hij tussen de bomen stroomafwaarts van de dodelijke zone door een glimp op van gestalten die de berg op kwamen lopen. Het waren er minstens vier, maar ze waren te ver om details te kunnen onderscheiden. Ze verdwenen uit het zicht toen het pad door een ander deel van het bos kronkelde.

Hij keek op zijn G-Shock. 13.50 uur. Bijna twee uur sinds Carter de berg op was gekomen. Een uur sinds de krijgsheer Sharza in zijn hoofd had geschoten. Een half uur sinds Potloodsnor en Grijsbaard naar de compound waren gerend om alarm te slaan.

Carter schatte dat het nog een minuut of tien zou duren tot de eerste vijanden de bocht door kwamen en zichtbaar werden.

Hij reikte naar de walkietalkie en duwde met zijn duim de knop in.

'Alles in orde bij jullie?' vroeg hij aan Vann. 'Hoor je me?'

Het bleef een tijdje stil. Toen antwoordde Vann met veel gekraak en met vlakke stem: 'Alles goed hier. Zie je ze al?'

Carter vond Vann een beetje buiten adem klinken. Spanning misschien. Zenuwen en adrenaline. Zelfs de meest ervaren soldaten konden daar last van hebben in de momenten voor een vuurgevecht.

Carter zei: 'Ze zijn op weg naar boven. Ik denk dat ze over een paar minuten de dodelijke zone binnenkomen.'

'Begrepen. Houd ze in de gaten, maat,' zei Vann. 'Blijf goed opletten. We wachten op jouw aanwijzing voor we de bal aan het rollen brengen.'

Carter zette de walkietalkie weer neer.

Observeerde het pad.

Rechts voor hem verschenen de doelwitten weer even in het zicht. Hij keek naar de drie Afghanen die achter hun PKM lagen en zei zacht: 'Ze kunnen er elk moment aan komen. Houd je klaar maar wacht met schieten tot ik het teken geef. Begrepen?'

Potloodsnor, Pet en Grijsbaard mompelden instemmend. Hij hoorde een paar metaalachtige klikken toen ze de laadhendel aan de rechterkant van hun machinegeweer naar achteren trokken.

Klaar om het vuur te openen.

Carter ging ervan uit dat het capabele soldaten waren, in elk geval volgens Afghaanse normen. Deze mannen waren enkele van Hakimi's beste strijders. Ze hadden ongetwijfeld basale schietoefeningen gedaan, wapens leren hanteren en aanvallen geoefend. Met Vann, of iemand anders van het Regiment.

Carter trok de hendel aan de zijkant van zijn M4 naar achteren, schoof hem weer naar voren en laadde de eerste kogel in de kamer. Hij zette het geweer op de semiautomatische stand en zette de veiligheidspal om. Klemde zijn linkerhand om de verticale voorgreep.

Toen wachtte hij.

Er verstreken nog eens drie minuten.

Carter bleef kijken naar het punt waar het pad steil naar beneden liep in de richting van de bomen. Het eerste doelwit kon nu elk moment verschijnen. Carter liep in zijn hoofd de eerste minuten nog een keer door. Zodra hij de man in zicht kreeg, zou hij Vann waarschuwen om hem te laten weten dat hij elk moment het vuur kon openen. Zodra alle vijandelijke soldaten in de dodelijke zone waren, zou Carter de achterste op de korrel nemen.

Het schot zou het signaal voor de andere leden van beide teams zijn om los te gaan. Vann zou met zijn mannen vanaf hun positie rond het westelijke uitsteeksel de vijand met een spervuur bestoken terwijl Carters groep vanuit oostelijke richting hetzelfde deed. Hun twee M4's en zes PKM's zouden een ware slachting aanrichten. De vijand zou van beide kanten beschoten worden en nergens onbeschut zijn.

De talibansoldaten zouden in de val zitten in het smalle gebied bij de bocht en al aan gort zijn geschoten voor ze een poging konden doen om te ontkomen. De verdedigers zouden niet meer dan één kist munitie per PKM hoeven gebruiken, zodat er genoeg kogels overbleven om mogelijke versterkingen het hoofd te bieden.

Carter was echter niet bezig met een tweede aanvalsgolf, of met wat er zou kunnen gebeuren als ze de taliban hadden verslagen. Hij focuste zich volledig op het overleven van de komende minuten. Concentreer je op het probleem waar je nu mee te maken hebt. Handel eerst het grootste obstakel af en maak je daarna pas druk om andere zaken.

De grondbeginselen van het Regiment.

Een halve minuut later verscheen er een soldaat op het pad.

Intuïtief maakte Carter zich klaar.

Hij richtte zijn vizier op de man. Eerst zag hij alleen zijn hoofd terwijl hij over de steile helling naar de dodelijke zone liep. Toen de soldaat het vlakke gedeelte bij de bocht bereikte verscheen ook zijn lichaam in beeld.

Het was een talibanstrijder, zoveel was meteen duidelijk. Hij droeg een camouflagejas, legerlaarzen, een kaki broek en een ballistische helm en was gewapend met een M4, vrijwel identiek aan het geweer dat Carter vasthield. Onderdeel van de gigantische hoeveelheid materieel die de taliban hadden buitgemaakt na de chaotische evacuatie uit Kaboel. Van een afstand zou je de man bijna kunnen aanzien voor een Amerikaanse infanterist.

Carter pakte de walkietalkie en zei zacht: 'Ik heb zicht op het eerste doelwit. Zodra de hele groep de dodelijke zone heeft bereikt openen we het vuur. Ik schiet als eerste en schakel de achterste fucker uit. Begrepen?'

Carter luisterde, maar het bleef stil.

Hij keek fronsend naar de walkietalkie.

Probeerde het nog eens.

'Vijand in zicht, ik herhaal, vijand in het zicht. Hoort iemand me?'

Hij wachtte op een reactie, maar die kwam niet.

Hij probeerde Vann nog één keer vergeefs te bereiken en gooide de waardeloze walkietalkie toen naast zich neer. Er was geen tijd om met het ding te gaan zitten pielen om te proberen het te repareren. Hij moest maar gewoon hopen dat het andere team pas zou schieten nadat Carter het eerste schot had gelost. Als er te vroeg werd geschoten, zouden de achterste soldaten de kans krijgen om zich terug te trekken voordat ze de dodelijke zone betraden.

Nu waren de volgende twee tegenstanders zichtbaar op het pad: een zwaar bebaarde vent met een zwarte tulband en een derde man met een rood petje. Beiden waren bewapend met een AK-47. Allemaal liepen ze op gelijke afstand achter elkaar; er zat een afstand van twee tot drie meter tussen Camouflagejas en Tulband en tussen Tulband en Petje. De soldaten liepen vastberaden omhoog. Ze liepen niet heel snel, om zichzelf niet uit te putten, maar ze maakten er ook geen ontspannen wandeling van. Ze namen niet de moeite om naar de grond voor zich te kijken en toonden niets van de behoedzaamheid of het vakmanschap van elitesoldaten.

Camouflagejas, de leider van het groepje, had nu tien meter over het platte stuk afgelegd. Hij bevond zich op een meter of vijf van de bocht.

Carter richtte zijn blik weer op het punt waar de vlakke grond naar de bomenrij liep. Er verscheen een vierde man, helemaal in het zwart gekleed en met sandalen aan zijn voeten. Een paar seconden later zag Carter een vijfde soldaat, een gedrongen kerel met een kaki honkbalpet op zijn donkere haarbos. Ook soldaat vier en vijf liepen op drie meter afstand van elkaar.

Verderop was Camouflagejas bij de bocht. Twintig meter verder liep het pad steil naar rechts en daar zou hij dan weer uit het zicht verdwenen zijn.

Even later verscheen er een zesde gestalte op het pad. Hij droeg een karmozijnrood vest over zijn ruimzittende kleding. Carter concentreerde zich op het zuidelijke deel van het pad, om te zien of er nog meer soldaten zouden verschijnen. De ruimte tussen Vest en het einde van het pad werd steeds groter.

Drie meter.

Vier.

Twintig meter verderop was Camouflagejas bijna bij de bocht. Carter bleef nog even naar de achterste man kijken. Het gat werd groter. Vijf meter, toen zes. Nog steeds naderde er niemand anders. Toen de afstand zeven meter bedroeg, wist Carter zeker dat Vest de laatste soldaat van de eenheid was.

Carter had een dichtgeknepen keel van de spanning. Zijn mond was droog, zoals altijd in de momenten voorafgaand aan een vuurgevecht.

Zes strijders in de dodelijke zone.

Hij keek door het vizier van zijn M4. Richtte het dradenkruis op de achterste soldaat.

De man met het vest.

'Ik ga zo schieten,' zei Carter zacht tegen de Afghanen uit zijn groep. 'Nemen jullie de vijf voorste doelwitten onder vuur zodra ik de achterste fucker heb omgelegd.'

Hij had zijn wijsvinger om de trekker. Hij was ervan overtuigd dat de talibanstrijders hem niet zouden ontdekken tussen de rotsen boven hen. Hij droeg niets glanzends, niets wat het zonlicht kon weerkaatsen en zijn positie zou kunnen verraden.

Carter ademde uit.

Toen haalde hij de trekker over.

# 16

Carters M4 knalde.

Er schoot een oranje mondingsvlam uit de loop. Het schot klonk luid in de warme lucht en verbrak de stilte in de vallei. Een fractie van een seconde later sloeg de kogel in het hoofd van Vest.

De andere vijf talibansoldaten verstijfden en keken elkaar aan. Vroegen zich af wat hun maat zojuist was overkomen. Ze waren geschokt, verward en in paniek. Een paar seconden eerder waren ze nog de helling op gelopen. Nu lag een van hun kameraden op de grond met een gat in zijn hoofd.

Toen barstte er een luid kabaal los.

De drie Afghanen links en rechts van Carter openden tegelijkertijd het vuur met hun PKM. Carter hoorde het karakteristieke duh-duh-duh toen de machinegeweren een moordende stroom 7.62 kogels op de bocht afvuurden, met op de achtergrond het windgongachtige getinkel van kogelhulzen die op de grond vielen. Tweehonderd meter verderop vlogen lichtgroene tracers het gebied rondom de doelwitten in, ketsten af tegen de grond en schoten als flesraketten de lucht in.

Toen kwam het zware werk. Robuuste kogels uit de tsarentijd, afgevuurd door beestachtig efficiënte Russische wapensystemen, sloegen dreunend in de compacte aarde en wierpen fonteinen van verschroeid zand en stof op. De eerste kogels doorzeefden de voorste soldaat. De man in de Amerikaanse uitrusting. Carter zag hem als een bloedend hoopje in elkaar zakken langs de zijkant van het pad.

Tulband werd door vijf andere kogels getroffen. Hij schudde hevig, alsof iemand hem had aangevallen met een veedrijver. Toen verslapte zijn doorzeefde lichaam en viel hij een paar stappen achter de voorste soldaat neer terwijl zijn geweer naast hem op de grond kletterde.

Een halve seconde later stoven de drie andere soldaten uit elkaar. Ze moesten een keuze maken. Dezelfde keuze waar elke soldaat die in een hinderlaag loopt voor wordt gesteld: doorgaan en aanvallen of terugtrekken. Vechten of vluchten.

Een beslissing waar hun leven van afhing.

Petje en Sandaal besloten te vechten.

Carter zag ze tegelijkertijd hun AK-47 omhoogdoen. Hij zag de mondingsvlammen toen ze het vuur openden op de rotsachtige uitsteeksels boven hen. Vanuit tactisch oogpunt was dat een vreselijke zet. Ze waren volkomen onbeschut en schoten op een vijand die ze niet konden zien en die werd beschermd door grote rotsen. Ze schoten in het wilde weg, zonder de moeite te nemen op een specifiek doel te richten. Schoten op goed geluk in de richting van waar de verdedigers zich zo ongeveer bevonden. Carter hoorde een paar meter rechts van hem een kogel met een klap tegen de rots ketsen. Een andere sloeg ergens onder hen in de helling.

De PKM's brulden weer.

De drie Afghanen achter de machinegeweren naast Carter vuurden salvo's van tussen de vijf en tien kogels af. Petje en Sandaal werden doorzeefd met kogels. Hun verminkte lichamen vielen op de grond, als marionetten waarvan de touwen waren doorgesneden.

Terwijl de jongens van zijn team erop los schoten, realiseerde Carter zich dat er geen tracers waren afgeschoten vanaf het westelijke uitsteeksel. De positie waar Vann zich bevond. Hij hoorde ook geen schoten van die kant komen. Hij wist niet waarom dat zo was. Misschien was een van de mannen uit Vanns team gewond geraakt of gedood door een verdwaalde kogel van een van de talibanstrijders.

Carter had geen tijd om zich daar nu druk om te maken.

Hij richtte zijn blik weer op het pad.

Tien meter achter de twee dode soldaten stoof Honkbalpet naar rechts, in een poging naast het pad dekking te zoeken. Vluchten won het van vechten.

Een verstandige reactie. Honkbalpet had de andere vijf jongens van zijn patrouille aan stukken gereten zien worden en wilde niet hetzelfde lot ondergaan.

Vlak achter hem werd de aarde omgeploegd doordat Carters team nog drie salvo's op de vluchtende talibanstrijder afvuurden. Er sloeg een spervuur van kogels in het pad die Honkbalpet op een haar na misten. Even later wierp de soldaat zich naar voren en verdween uit het zicht toen hij het deel van het pad onder het uitsteeksel bereikte waar Carter en zijn mannen hem niet konden zien.

Carter knarste gefrustreerd met zijn tanden. Honkbalpet ging schuil achter de bomen en stenen recht onder hen. Carter keek naar rechts om te zien of iemand van Vanns team de man al in het oog had, maar het bleef helemaal stil rond hun positie. Carter begon het ergste te vrezen.

Hij keek weer naar de bocht en toen naar de grond direct ten oosten van zijn positie. Honderd meter van het uitsteeksel vond hij wat hij zocht: grote losse stenen die als puin op de berghelling lagen, naast de stam van een gevallen boom.

'Stop met schieten,' riep hij naar de drie mannen met een PKM. Ze waren geheel overbodig de dode lichamen op het pad onder vuur aan het nemen. 'Ik zei stop met schieten, godverdomme!'

Even later hield het gebrul van de machinegeweren op. De Afghanen keken hem niet-begrijpend aan.

'Wacht hier,' zei Carter. 'Ik loop om om die fucker neer te schieten. Als jullie hem zien, maak hem dan af.'

Toen zette hij zich af tegen de rots.

Carter ging naar links en baande zich over de helling een weg naar de grote stenen. Vanaf daar zou hij vrij zicht hebben op het deel van het pad dat ze vanaf het uitsteeksel niet konden zien.

Hij zweette nu als een otter. Zijn oren suisden en zijn mond was zo droog dat het leek of hij zaagsel had gegeten. Carter ging bijna onderuit op een paar losse stenen, hervond zijn evenwicht en sprong over de gevallen boom. Hij ging op een knie in schiethouding zitten en wachtte tot zijn ademhaling rustig werd.

Honderd meter naar het westen hield Honkbalpet zich schuil tussen stenen, varens en struiken. Hij zat met zijn rug naar het pad en maakte zich zo klein mogelijk om niet zichtbaar te zijn voor het team tweehonderd meter boven hem.

Carter richtte en schoot.

Hij raakte Honkbalpet in zijn been. De man viel achterover en kronkelde gillend over de grond terwijl hij naar zijn aan gort geschoten dij greep. Carter schoot nog een keer. De tweede kogel was genoeg. Hij boorde zich in het voorhoofd van het doelwit, knalde door de achterkant van zijn hoofd als een kurk uit een champagnefles en bedekte de omringende stenen met rood bloed en hersenmaterie. Het gegil hield op.

Zes vijanden uitgeschakeld.

Klus geklaard.

Carter liep tussen de bomen door de helling op in de richting van het oostelijke uitsteeksel. De adrenaline spoot nog altijd door zijn aderen. De hinderlaag had nog geen twintig seconden geduurd, maar het leek veel langer. De opluchting die hij had gevoeld doordat de vijand in de pan was gehakt werd tenietgedaan door een gevoel van onheil. Vanns team had zich niet in het gevecht gemengd.

Het was helemaal mis, daar was hij van overtuigd.

Toen hij bij zijn team kwam, zette Carter zijn M4 op veilig. Hij deed zijn handen om zijn mond en riep: ‘Dave, of wie dan ook, is alles goed?’

Zijn stem weergalmde over de berghelling. Er kwam geen antwoord.

Carter liep met grote passen naar Vanns positie. Zijn hart was sneller gaan kloppen en het onrustige gevoel in zijn maag verergerde terwijl hij om de uitstulping heen liep.

Toen bleef hij stokstijf staan.

Hij had verwacht een zwaargewonde aan te zullen treffen. Overal bloed, noodverband, achtergelaten spullen.

Maar hij zag helemaal niets.

Geen machinegeweren, geen Afghanen.

Geen gebruikte patroonhulzen of bloedvlekken.

Geen Vann.

Alleen steen en zand.

Carter keek snel om zich heen. Hij liet zijn blik over het pad gaan dat kronkelend naar het plateau liep terwijl hij zijn ogen afschermde tegen de felle zon.

Hij vroeg zich af of ze over het pad naar het kamp waren gelopen maar zag niemand. Carter riep en spitste zijn oren, wachtend op een antwoord.

Dat kwam niet.

Misschien waren ze alweer terug op het plateau. Droegen ze de gewonde naar het kamp om daar behandeld te worden. Alleen zag Carter nergens bloed, geen sporen van een gewonde soldaat. Het feit dat er nergens hulzen lagen was nog vreemder. Niemand van Vanns team had ook maar één kogel afgevuurd. Waarom niet?

Carter rende naar het pad. Aan de linkerkant kwamen Potloodsnor en Grijsbaard overeind en keken Carter aan alsof ze op een aanwijzing wachtten.

'Daar blijven,' beval Carter. Hij wees omlaag naar de grindweg. 'Hou het begin van die weg in de gaten. Als jullie iemand zien aankomen, waarschuw me dan.'

Hij klom de helling weer op, terwijl zijn hart als een razende tekeerging. Hij was al snel bij het plateau en sprintte in de richting van het kamp. Toen hij dichterbij kwam werd zijn blik naar de tenten naast de gebouwen getrokken. Hij bleef staan.

Hij had het gevoel alsof er een mes in zijn buik werd gestoken.

De muilezels waren verdwenen.

Alle zes.

Toen wist hij wat er was gebeurd, wat Vann hem had geflikt, maar hij moest zekerheid hebben. Hij snelde naar de gebouwen, rende langs Sharza's lijk en stormde langs de houten deur naar binnen. Het grote vertrek was leeg, en hetzelfde gold voor het zijkantoor. De stapels heroïneblokken waren verdwenen. Verder was alles bij de chaotische vlucht blijven liggen.

Vann en de krijgsheer hadden hem achtergelaten.

Carter stormde weer naar buiten terwijl zijn hart in zijn borst bonkte. Hij keek in de twee kleinere gebouwen en vervolgens in de grot. Hij rende rond als een kip zonder kop, wanhopig zoekend naar een aanwijzing die Vann misschien had achtergelaten.

Toen hij de grot uit kwam, liet hij zijn blik over het plateau gaan. Hij herinnerde zich dat hij Mansur en Gele Sjaal een half uur eerder weer het pad op had zien rennen. En dat Vann over de walkietalkie een beetje buiten adem had geklonken. Het mes werd dieper in zijn buik gestoken. Carter realiseerde zich gefrustreerd en woedend dat de klootzakken het afgelopen half uur onderweg waren geweest. Ze waren hem een paar minuten nadat hij zijn positie aan de oostkant van het pad had ingenomen gesmeerd.

Carter verdrong de woede en concentreerde zich op het vinden van hun ontsnappingsroute. Hij moest denken aan iets wat Vann had gezegd en dat was blijven hangen.

*Je kunt alleen zo de berg op of af.*

Vann had duidelijk tegen hem gelogen.

Maar waar was hij dan in godsnaam?

Het was uitgesloten dat ze de berg weer waren afgegaan. De grens met Tadzjikistan was precies de andere kant op, en bovendien zouden ze recht in de armen lopen van naderende talibanpatrouilles. Ze moesten dus in noordelijke richting het kamp uit zijn gevlucht, op weg naar de plek waar ze de Tadzjiek zouden ontmoeten. Hun tussenpersoon in de heroïnehandel. Er was geen andere reden te bedenken waarom ze de muilezels hadden meegenomen.

Carter keek naar de duizelingwekkende klif die zich vanaf de andere kant van het plateau uitstrekte naar de top van de berg. Hij tuurde, zoekend naar een manier om omhoog of omlaag te komen. Hij zag niets. De klif zag er ondoordringbaar uit.

Hij haastte zich terug naar het oostelijke uitsteeksel en rende naar Grijsbaard en de twee andere Afghanen toe. Ze lagen nog steeds naast elkaar naar de grindweg te kijken. Toen Carter aan kwam snellen keek Grijsbaard verbaasd naar hem op, en er verscheen een blik van grote verbazing op zijn gezicht. Carter greep de man bij zijn vest.

'Waar zijn ze?' vroeg hij.

Grijsbaard deinsde achteruit en stak zijn handen op. Zijn ogen waren groot van angst en hij mompelde iets in een taal die Carter niet verstond.

Carter wees naar de uitstulping aan de andere kant van het pad. 'Jullie leider is hem gesmeerd. Mijn vriend ook. Ze zijn niet in het kamp. Dus waar zijn ze heen?'

Pet en Potloodsnor wierpen elkaar een blik van verstandhouding toe en sprongen overeind van achter hun machinegeweer. Ze renden weg over de helling, in de richting van de bocht in het pad, langs de lijken die daar verspreid lagen. Het was duidelijk dat ze Carter hadden begrepen en hadden besloten de berg te verlaten voordat er meer talibanstrijders op kwamen dagen.

Carter negeerde ze en schudde de man met de grijze baard weer door elkaar.

'Vertel op,' grauwde hij.

De Afghaan moest de kille woede in de ogen van de SAS'er hebben gezien, want hij wees met een trillende vinger in de richting van de berg. Naar de steile klif.

‘Maar waar?’ vroeg Carter boos. ‘Waar zijn ze? Hoe zouden ze daar omhoog kunnen?’

Grijsbaard haalde zijn schouders op en mompelde iets in zijn eigen taal. Carter duwde hem opzij en rende terug naar het plateau. Toen hij achteromkeek zag hij de Afghaan achter zijn maten aan rennen, de helling af.

Carter draaide zich snel om en rende het platte stuk grond over, in de richting van de rotswand. Daar begon hij de bodem weer te bestuderen, deze keer grondiger. Toen viel zijn blik op iets bij de struiken, een meter of acht naast de ingang van de grot.

Verse ezelpoep.

Hij rende het plateau over en volgde over een afstand van dertig meter het poepspoor, dat dieper het groepje naaldbomen in liep. Toen vond Carter wat hij zocht. In het halfduister zag hij een smal pad dat aan het zicht werd onttrokken door de omringende vegetatie.

Vanns ontsnappingsroute.

Carter sprintte terug naar het kamp om zijn rugzak te halen. Hij stopte de vier M4-magazijnen die hij in zijn broekzakken had zitten erin en deed hetzelfde met de satelliettelefoon. Toen stak hij zijn armen door de riemen, pakte zijn geweer en haastte zich naar het pad dat door het boomgroepje liep. Hij had ontzettend veel haast, deels omdat hij Vann had laten ontkomen. Maar ook vanwege de hinderlaag. Carter wist dat het lawaai van het vuurgevecht alle talibanpatrouilles in de omgeving moest hebben gealarmeerd. Er waren ongetwijfeld versterkingen onderweg. Binnen de kortste keren zou het op de berg wemelen van de vijandelijke soldaten. Als vliegen op een stronthoop.

Carter wist wat hem te doen stond. Hij moest in beweging komen, en snel ook. *Zo veel mogelijk afstand creëren tussen mezelf en de taliban. Voordat ik voorpaginanieuws word.*

Hij rende langs de ezelontlasting en vond al snel het pad weer. Het liep honderd meter kronkelend tussen de bomen door, en maakte toen een scherpe bocht naar rechts, een smalle spleet in die deels schuilging tussen twee keien die zo groot waren als sloopkogels.

Een geheime doorgang.

Carter bleef even voor de doorgang staan en keek naar de rotswand boven zich. Van een afstandje kon hij absoluut niet zien waar het pad heen liep. Het verdween eenvoudigweg in de rotswand. Door puur gezichtsbedrog viel het pad onmogelijk van een afstand waar te nemen. Het was ongelooflijk steil en smal en niet meer dan een meter breed. Misschien een oud geitenpad. Of een voormalige koopmansroute. Breed genoeg voor één persoon.

Of een muilezel.

Carter stapte door de opening en liep het pad op. Naast hem bevond zich een diepe afgrond en terwijl hij klom moest hij goed opletten waar hij zijn voeten neerzette. De bodem was hier droog en kaal, zonder bomen en struiken. Alleen maar stenen.

Na een tijdje ging het pad naar rechts en liep kronkelend omhoog. Al snel was Carter het plateau uit het zicht verloren. Hij wist nu zeker dat Vann en Hakimi deze kant op waren gegaan. Ongetwijfeld liep het pad naar de top en ging het aan de andere kant weer naar beneden, naar het noorden.

In de richting van Tadzjikistan.

Carter klom moeizaam verder, zo snel als zijn benen hem konden dragen, in een poging de afstand tot zijn prooi te verkleinen. Hij nam aan dat de top op ongeveer drieduizend meter hoogte lag. Geen heel erg grote uitdaging. Niet wanneer je tijdens de SAS-selectie de Brecon Beacons had beklommen met een zware rugzak om. Later, nadat hij het recht had verworven om de beige baret te dragen, had Carter alles geleerd over oorlogsvoering en navigatie in de bergen.

Vann had dezelfde opleiding jaren eerder al gevolgd. Beide mannen hadden in hetzelfde bergpeloton gediend. Ze waren allebei berggids geweest.

Hun carrières hadden heel erg op elkaar geleken.

*En nu zit ik achter die klootzak aan.*

De helling ging weer steiler omhoog, en Carter kon voelen dat hij de top naderde. Een kwartier later verbreedde het pad zich, en plotseling begon het harder te waaien doordat hij bij de top was. Vanaf hier kon Carter de valleien onder zich zien, die gehuld waren in een lichtgrijze nevel. Er was nergens een dorp te zien, welke kant hij ook op keek.

Dit is godverdomme het einde van de wereld, dacht hij. Als ik hier in de problemen kom, ben ik echt de lul.

Hij liep nog twintig meter verder voordat hij bij de rand van de top kwam. Toen keek hij omlaag langs de andere kant van de berg. Het pad liep vreselijk steil naar beneden, in de richting van een brede vallei die zo'n twee kilometer onder hem lag. In de verte, ongeveer een kilometer van de voet van de berg, verdween het pad in een dichtbebost gebied.

Even later kreeg Carter de ezelkaravaan in het oog, die in noordelijke richting over het pad naar het bos liep. Een kilometer of drie van zijn positie verwijderd. Hij telde zes muilezels, die werden vergezeld door vier figuurtjes die niet groter waren dan mieren. Vann en Hakimi, plus de tweede andere strijders uit de groep. Mansur en Gele Sjaal.

Carter zag de ezelkaravaan tussen de bomen uit het zicht verdwijnen. Toen keek hij omhoog.

Een heel stuk verder naar het noorden, aan de andere kant van de vallei, zag hij een reeks bergtoppen zo ver het oog reikte. Carter realiseerde zich dat dat terrein de karavaan helemaal tot aan Tadzjikistan een veilige doorgang zou bieden.

Hij wierp een snelle blik op zijn horloge en begon de berg aan de andere kant af te dalen. Het was drie uur in de middag. Het vuurgevecht had een uur geleden plaatsgevonden. Hij berekende dat Vann een voorsprong van vijftig minuten op hem had.

Vann had in het kamp tegen hem gezegd dat er een smokkelroute naar de grens liep.

De weg aan de Tadzjiekse kant van de grens, dacht Carter. Veertig kilometer naar het noorden.

Daar waren ze ongetwijfeld naar op weg.

Hij wilde net weer verdergaan toen hij in zuidelijke richting iets zag. Stofwolken in het dal. Vier stuks. In de richting van het plateau en het verborgen pad.

Versterkingen.

De tweede golf.

En ze kwamen recht op de berg af.

*Shit.*

Carter wist dat teruggaan nu geen optie meer was. Het zou niet lang duren voor de taliban de berg op kwamen, en deze keer ongetwijfeld met een grotere strijdmacht. Misschien wel met twintig soldaten. Ze zouden ongetwijfeld hun zes gesneuvelde kameraden willen wreken. Carter had zijn M4-geweer, vijf magazijnen en het Russisch pistool in zijn holster. Tegen een veel grotere vijandelijke legermacht zou hij geen schijn van kans maken.

Er zit maar één ding op, besloot hij.

*Doorgaan.*

*Jacht blijven maken op Vann.*

*En hopen dat de taliban me niet inhalen.*

# 17

Carter liep voorzichtig omlaag over het pad, dat weer smaller begon te worden. Hij was vastbesloten de ezelkaravaan in te halen, maar hij moest ook een flinke afstand creëren met de talibanversterkingen die zich aan de andere kant van de top verzamelden. Een eindje verderop kwam hij langs verse ezelpoep, en daar putte hij moed uit. De beesten zouden voor een gestaag spoor zorgen van hier tot de ontmoetingsplek in Tadzjikistan. Er was niets wat Vann daaraan kon doen. De natuur in actie. De poep zou het voor Vann veel moeilijker maken zijn achtervolger van zich af te schudden. Zelfs als Carter verdwaalde, kon hij naar nieuwe ontlasting zoeken. En dan kan hij de achtervolging voortzetten.

Terwijl hij afdaalde in de richting van de vallei maakten zijn hersenen overuren. Hij rekende tijden en afstanden uit. Het werd hier om half acht donker. Ongeveer over vier uur. Vanaf dat moment zou het een heel stuk kouder worden. Hoog in de bergen, waar hij was blootgesteld aan de elementen, zou het erger zijn. Carter zou het ijskoud hebben, vermoeid zijn en nauwelijks zijn weg kunnen vinden in het donker. Het zou moeilijk zijn de achtervolging voort te zetten.

Dat was het eerste probleem. Maar er was nog een tweede. Carter zat achter een veteraan van het Regiment aan, iemand die tientallen jaren kennis in Hereford had opgedaan. De kans was heel groot dat Vann ergens een hinderlaag zou opzetten of weer een boobytrap zou plaatsen. Niets grootschaligs, niets waar hij veel tijd voor nodig zou hebben. Misschien wel zoiets eenvoudigs als struikeldraad. Hij hoefde maar een paar takken in een Y-vorm in de grond te duwen en er een fragmentatiegranaat op de leggen. Als hij de pin er bijna uit trok, er een draad doorheen haalde en die op enkelhoogte over het pad spande, was hij al klaar. Bij het geringste contact zou de pin uit de granaat getrokken worden en zou het slachtoffer om het leven komen.

Hij dacht: ik zal voorzichtig moeten zijn. Als ik te snel ben, zie ik makkelijk sporen van een valstrik over het hoofd.

Carter wist dat er zelfs een nog groter probleem was, maar daar wilde hij nu niet aan denken. Je zou hem kunnen vergelijken met een bokser diep in de negende ronde, gehavend en gedesoriënteerd, die zichzelf dwong alleen aan de volgende stoot te denken.

*Houd je bezig met het hier en nu. Over de rest kun je je later zorgen maken.*

Hij ging ervan uit dat Vann op het pad zou blijven. De ezels liepen met vijfhonderd kilo heroïne op hun rug. Een enorm gewicht. Vann zou het tempo niet kunnen opvoeren, en hij kon het niet riskeren het pad te verlaten. Hij moest het pad in de richting van de bergen in het noorden blijven volgen. De meest directe route naar de weg bij de grensovergang met Tadzjikistan.

De helling werd minder steil toen Carter de vallei naderde. Hij zwoegde verder in de richting van het bos dat een kilometer ten noorden van de berg lag en pikte onderweg meer sporen van de ezelkaravaan op. Een steen die was omgedraaid door een ezelhoef, met de ietwat vochtige onderkant naar boven. Een blad dat met de lichtere kant naar boven aan een boom hing, veroorzaakt door iemand die er onoplettend langs was gestreken. Dat alles bevestigde zijn vermoeden dat Vann op het pad zou blijven.

Hij keek weer op zijn G-Shock.

Vier uur. Het vuurgevecht was twee uur geleden.

De versterkingen zouden nu het kamp wel hebben bereikt. Ongetwijfeld kamden ze het plateau nu systematisch uit en probeerden ze te ontdekken hoe de verdedigers hadden weten weg te komen. Vroeg of laat zou een van hen het pad tussen de bomen ontdekken. Dat was een kwestie van tijd.

De meeste talibanstrijders kwamen van het platteland. Ze waren in een vergelijkbare omgeving opgegroeid en kenden de ligging van het land. Intuïtief zouden ze begrijpen dat er een route naar de top moest zijn.

Al snel zouden ze achter hem aan zitten.

Als dat niet al het geval was.

Een uur later was hij bij de bomen, en hij liep langzaam verder door het kreupelhout.

Carter schatte dat de ezelkaravaan er nog zes uur over zou doen om bij de grens te komen. Misschien langer, aangezien het terrein behoorlijk steil was. Dat betekende dat Vann vannacht zou moeten stoppen, al was het maar om de dieren te laten rusten. Hij zou ongetwijfeld ergens ten zuiden van de grens een eindje naast het pad een slaapplek creëren. De standaardtactiek van het Regiment wanneer je in vijandelijk gebied moest rusten was om aan de linker- of rechterkant de weg of het pad te verlaten, tweehonderd meter door te lopen in een hoek van negentig graden ten opzichte van het pad en vervolgens tweehonderd meter terug te lopen tot je een fatsoenlijke slaapplek had gevonden. Vann zou de muilezels vastmaken en een wachtpost neerzetten. Als iemand hem volgde zou hij die over het pad zien lopen en onder schot kunnen nemen. Dan kon hij de vijand zelf overvallen.

*Dat zou ik doen als ik hem was,* dacht Carter.

*We mogen dan verschillende wegen zijn ingeslagen in ons leven, we hebben het soldatenwerk op dezelfde manier geleerd.*

Een uur later kwam Carter het dichte bos weer uit. Hij volgde het pad in de richting van de bergtop en voelde de vermoeidheid in zijn benen en longen. De lucht begon ijler te worden naarmate hij hoger kwam, en al snel ging het ademen moeizaam. Hij had knallende koppijn en kon voelen dat zijn lichaam begon te verslappen.

De spanning van het vuurgevecht, de hectische ontsnapping uit het kamp, de achtervolging door de vallei. Het verraad van Vann.

Een helse dag.

Toen hij bij de volgende top kwam, nam Carter even de tijd om uit een van de waterflessen in zijn rugzak te drinken. Hij nam een paar slokken en stopte de fles weer terug. Gedisciplineerd omgaan met water was een van de belangrijkste dingen die je bij de SAS leerde. Je moest je watervoorraad zo lang mogelijk in stand houden. Niet meer drinken dan je nodig had, omdat je nooit wist wanneer je weer een voorraad zou vinden. In Carters optiek klopten de waarschuwingen dat je 's zomers liters water naar binnen moest werken om niet te veel vocht te verliezen niet. Zijn ervaring was dat het menselijk lichaam met heel weinig vloeistof kon overleven.

Hij negeerde de vermoeidheid in zijn ledematen en ging verder. Daalde aan de andere kant van de top weer af over het pad, in de richting van de volgende top op de kaart. Hij schatte dat hij een kilometer of twintig had afgelegd. Dat betekende dat hij op zo'n tien kilometer van de grens was.

De zon begon nu achter de horizon te verdwijnen en zette de donkere bergpieken in de verte in vuur en vlam.

*Over een half uur is het helemaal donker.*

*Dan wordt mijn klus nog een stuk lastiger.*

Terwijl hij doorging kwam er een vraag bij hem op. Een vraag die hem al een paar uur dwarszat. Over iets wat Hakimi in het kamp tegen Vann had gezegd.

*Ik wist wel dat het een vergissing was om die mijn weg te halen.*

Dat impliceerde dat Vann de mijn op een gegeven moment doelbewust had vervangen door het waarschuwingssysteem. Een besluit dat absoluut niet logisch was. Vooral niet wanneer je de vijand in je nek had hijgen. *Het krioelt hier momenteel van de taliban.*

Het ging tegen alle standaardprocedures van het Regiment in om de landmijn te verwijderen. Toch had Vann dat gedaan. Waarom?

Carter schudde zijn hoofd.

Het maakt niet uit, dacht hij. Niet meer.

*Vann heeft me in het kamp bedrogen. Me laten vechten tegen de taliban terwijl hij ervandoor ging met de drugs. Dat vergeef ik die klootzak nooit.*

In de eerste chaotische minuten nadat Carter van het plateau was gevlucht, had hij de mogelijkheid overwogen dat Hakimi Vann had gegijzeld. Misschien had de krijgsheer een pistool tegen zijn hoofd gezet. Hem gedwongen zijn positie te verlaten en de heuvels in te trekken. Misschien had Vann zijn voormalige maat niet uit eigen beweging achtergelaten. Maar toen had Carter zich herinnerd dat hij via de walkietalkie contact met Vann had gezocht. De stem waarmee de Noord-Ier een beetje buiten adem antwoord had gegeven.

*Alles goed.*

Vann had niet geklonken als iemand die ergens toe gedwongen werd. Hij had zich op dat moment met de pakezels het verborgen pad op gehaast. Carter achtergelaten om de confrontatie met de vijand aan te gaan. Een daad waarmee hij verraad pleegde aan de grondbeginselen van het Regiment.

Van de band die er ooit tussen hen had bestaan, was niets meer over. Vann heeft me voor dood achtergelaten, dacht Carter verbitterd. Hij is een drugsdealer en liegt en bedriegt.

*Ik zal het hem godverdomme betaald zetten.*

Het werd steeds donkerder om hem heen. Na een tijdje kostte het Carter moeite om de grond voor zich te kunnen zien. Er was een beetje maanlicht, maar niet veel. Niet genoeg om sporen op het pad te ontwaren, of struikeldraad, of aanwijzingen dat Vann het pad had verlaten om een hinderlaag op te zetten. Carter overwoog de zaklamp uit zijn rugzak te pakken maar besloot toen om dat niet te doen. Het was het risico niet waard. Het licht zou zijn positie verraden aan iedereen die in de buurt was.

Carter raakte steeds meer vermoeid. Zijn oogleden voelden aan alsof er gewichten aan hingen. Zijn spieren waren loodzwaar. Hij moest een knoop doorhakken. Doorgaan in het donker en het risico lopen onderweg het leven te verliezen. Of ergens de nacht doorbrengen. En dan maar hopen dat het spoor morgen nog zichtbaar was.

En bidden dat de taliban hem niet zouden vinden.

Voor- en nadelen.

Het was een gok, hoe je er ook naar keek, waarvan niet duidelijk was hoe die af zou lopen. Het was als gokken op rood of zwart.

Hij besloot door te gaan.

*Ik kan het me niet veroorloven om verder achterop te raken.*

Een paar minuten later voelde Carter een lichte bries op zijn wang die al snel aanwakkerde. Carter liep nu zonder iets te zien struikelend door het donker. De wind nam in kracht toe, striemde zijn gezicht en woei door zijn haar. Hij deed nog drie stappen…

Toen bleef hij staan.

Voor hem hield de grond gewoon op. Erachter zag hij één grote zwarte schaduw. Carter bleef er even verward naar staren. Hij vroeg zich af of Vann misschien een of ander obstakel op het pad had gezet. Of misschien was het de ingang van een grottencomplex. Carter spitste zijn oren maar kon niets horen boven het geluid van de wind uit die de berg geselde.

Hij deed zijn rugzak af en tastte erin rond, zoekend naar zijn legerzaklamp. Hij moest het risico nemen, er zat niets anders op. Het was de enige manier om langs die schaduw te komen.

Carter duwde met zijn duim de beschermkap van het uiteinde en drukte de schakelaar in, zodat de lamp op de laagste stand aanging. Hij scheen met de lichtstraal over de schaduw, kneep zijn ogen samen en boog zich naar voren om beter te kunnen zien waar het pad door geblokkeerd werd.

Zijn hart sloeg een slag over.

Er bevond zich niets voor hem.

Alleen volkomen duisternis.

Een gat.

Hij scheen omlaag, op de grond bij zijn voeten, en besefte tot zijn afgrijzen dat hij aan de rand van een klif was beland. Een diepte van twee kilometer tot de bodem van de vallei. Hij was ergens onderweg van het pad geraakt. Als hij nog een paar stappen had gedaan, zou hij van de klif zijn gelopen. Een zekere dood tegemoet.

Hij deed de zaklamp weer uit en plaatste de kap erop zodat niemand het zou zien als hij het ding per ongeluk weer aanzette. Stopte hem in een van zijn broekzakken. Hij wachtte tot zijn ogen zich weer hadden aangepast aan het gitzwarte donker, liep langzaam weg van de klifrand en begon een plek te zoeken waar hij de nacht kon doorbrengen.

Carter kon geen kant op. Het was zijn eigen schuld. Hij had te veel hooi op zijn vork genomen. Het was vrijwel onmogelijk om midden in de nacht achter iemand aan te zitten. Het was uitgesloten dat hij het pad weer zou vinden in het donker. Hij zou met de straal van een zaklamp in het rond moeten schijnen.

Ik moet gaan rusten, realiseerde hij zich. Een veilige plek zoeken en wachten tot het weer licht wordt en ik het pad kan terugvinden.

Tenzij ik eruit wil zien als een pannenkoek.

Na twintig stappen bleef hij staan bij een knoestige naaldboom met een holte die de vorm had van een lancetvenster. Carter nam nog een slok water en een paar happen van een chocoladereep uit een van zijn rantsoenpakketten. Hij stopte de wikkel in zijn rugzak en deed zijn North Face-jas en winterhandschoenen aan en zette zijn wollen muts op. Toen ging hij naast de boom liggen en duwde zich zo dicht mogelijk tegen de holte aan om zich tegen de snijdende wind te beschermen. Zijn geweer legde hij naast zich.

Zijn grootste angst was dat hij ontdekt zou worden door de taliban. Carter probeerde zichzelf gerust te stellen. De kans was klein dat ze hem toevallig zouden vinden. Als ze hem vanaf het kamp in noordelijke richting waren gevolgd, zouden ze met behulp van het licht van zaklampen reizen en nog maar heel langzaam vooruitkomen. Hij dacht niet dat ze het risico zouden nemen af te dwalen van het pad. Niet 's nachts. Zolang hij geen geluid maakte en zijn zaklamp niet gebruikte, zou hij redelijk veilig zijn.

Misschien was het een gok, maar het was minder riskant dan rondstrompelen in het donker.

Carter durfde de verlichting op zijn horloge niet te gebruiken, maar hij schatte in dat het een uur geleden donker was geworden en dat het ongeveer half negen was. Dat betekende dat de ezelkaravaan al langer dan acht uur onderweg was. De beesten moesten kapot zijn. Vann zou er verstandig aan doen om te stoppen en te rusten. Waarschijnlijk had hij een kilometer of tien voor de grens een slaapplek geregeld en zouden ze een uur voor zonsopgang de reis naar het begin van de weg vervolgen.

Hij hoopte het maar.

Er bestond altijd het risico dat Vann de hele nacht zou doorreizen, maar dan nog zouden de ezels een spoor van ontlasting achterlaten. Daar kon Vann niets aan doen. Carter vertrouwde erop dat hij dat spoor vroeg of laat weer zou oppikken.

*Ik raak hem niet kwijt*, zwoer Carter. *Never. Hij komt hier niet mee weg.*

Zijn oogleden begonnen zwaar te worden. Er hing een sluier van vermoeidheid over zijn hersenen. Zijn hele lichaam smachtte naar rust. Een paar minuten later deed Carter zijn ogen dicht en viel hij in slaap.

Carter schrok wakker.

Zijn ogen schoten open en hij schudde de vermoeidheid van zich af. Het was nog pikdonker. Hij had geen idee hoe lang hij had geslapen, maar heel lang kon het niet zijn. De wind was bijna gaan liggen. De zwarte lucht was bezaaid met sterren.

Hij hoorde iets vlakbij.

Stemmen.

Meerdere.

Hij was nu klaarwakker en alert. De adrenaline spoot door zijn aderen.

Carter reikte naar zijn M4 en kroop uit de boomholte, waarbij hij ervoor zorgde dat hij geen geluid maakte. Hij sloop naar de zijkant van de boom, hurkte neer en luisterde.

De stemmen werden luider.

Ergens rechts van hem zag hij meerdere lichtstralen in de openingen tussen de bomen flitsen.

Zaklampen.

*Shit.*

De stemmen waren nu goed te onderscheiden en droegen ver in de koude avondlucht. Hij hoorde mensen opgewonden tegen elkaar fluisteren. Carter kon hun gesprek niet verstaan, maar zo te horen spraken ze geen Engels.

Het waren taliban, dat kon niet anders. De versterkingen. Vann zou nooit het risico hebben genomen om zaklampen te gebruiken. Dat was een amateuristische vergissing. Iemand met kunstlicht verraadde zijn positie aan iedereen in de verre omtrek. Je kon net zo goed een grote schietschijf op je rug schilderen.

De lichtstralen doorkliefden als zoeklichten het donker terwijl de talibanstrijders dichterbij kwamen. Carter telde acht zaklampen in totaal. Aan het geluid van de stemmen te horen konden ze niet ver weg zijn. Een meter of twintig. In zekere zin was dat goed nieuws, want het betekende dat Carter niet te ver van het pad was afgedwaald. Maar het was ook heel slecht nieuws, want het zou niet lang duren voor de taliban gevaarlijk dicht bij hem in de buurt waren.

Carter klemde zijn hand om de kolf. Hij hield zijn adem in en verroerde zich niet terwijl de lichten naderden. Ze werden feller, en even klonken de stemmen zo duidelijk dat Carter het idee had dat ze zich bijna boven hem bevonden. Twee personen leken in een verhitte discussie verwikkeld te zijn. Ze waren het duidelijk ergens over oneens. Misschien over hoe lang ze de zoektocht moesten voorzetten.

Niemand wilde in een donkere koude voorjaarsnacht op een berg zitten. Hoe langer ze doorgingen zonder hun prooi in het oog te krijgen, des te ontmoedigder ze zouden raken. Al snel zou het verlangen om wraak te nemen plaatsmaken voor meer prozaïsche behoeften: een warm bed, iets te drinken, een lekkere maaltijd.

Er viel een lange stilte. Toen ging de patrouille langzaam verder over het pad en verdwenen de lampen. Carter ontspande. De dreiging was voorbij. De taliban vervolgden hun zoektocht.

*Het gevaar is geweken.*

Toen kwamen de lichten weer op hem af.

# 18

De lichtstralen werden feller. Carter zat bewegingloos en bang naast de holle boom. De adem stokte in zijn keel en zijn spieren waren verstijfd van angst. Carter wist het niet zeker, maar hij schatte in dat de mannen zich nu niet meer dan vijftien meter van zijn schuilplaats bevonden. En ze kwamen dichterbij.

*Shit.*

*Ze zijn me op het spoor gekomen.*

De adrenaline spoot door Carters lichaam. Zijn hart ging zo snel dat hij dacht dat het misschien zou exploderen in zijn borst. Hij kromde zijn wijsvinger om de trekker van zijn M4 en maakte zich op voor een mogelijk vuurgevecht. Carter was niet van plan zich gevangen te laten nemen door de taliban. Hij kon beter strijdend ten onder gaan. Zo veel mogelijk van die klootzakken uitschakelen voordat iemand hem doodde.

De lichten leken nu echt heel dichtbij te zijn. Minder dan tien meter waarschijnlijk. Hij kon bijna niet geloven dat ze hem nog niet hadden gezien. Nog een stap of twee, dan zouden ze hem zeker in de gaten krijgen in het licht van hun zaklampen.

Carter spande zijn vinger om de trekker.

De stemmen klonken ongelooflijk luid en dichtbij in de koude nacht.

Carter maakte zich klaar om te sterven.

Toen werden de lichtstralen opeens weer kleiner. De opgewonden stemmen werden zachter terwijl de patrouille terugliep naar de berghelling. Carter keek toe hoe het licht van de zaklampen zo klein werd als stipjes. Even later verdween het achter de bomen helemaal uit het zicht en stierven de stemmen weg in het duister.

Carter slaakte een zucht van verlichting.

Ze hebben de zoektocht opgegeven, dacht hij.

Ze gaan terug naar huis.

Goddank.

Hij ontspande de vinger om de trekker.

Hij bleef nog een paar minuten gehurkt en met gespitste oren zitten, tot hij ervan overtuigd was dat de patrouille helemaal weg was. Toen sloop hij terug naar de holle boom en krulde zich op als een dier. Carter was nog helemaal gespannen en alert van de adrenaline. Hij deed zijn ogen dicht, maar het was uitgesloten dat hij zou kunnen slapen.

De nacht sleepte zich voort.

Carter bleef op zijn hoede en luisterde of hij meer patrouilles hoorde, maar het bleef stil in de omgeving; het enige wat te horen was, was het zachte geruis van de wind die tegen de zijkant van de berg woei. Hij at een kant-en-klare maaltijd van koude pasta en gehaktballetjes uit zijn rantsoenpak, werkte een reep chocola naar binnen en dronk een slok water. Carter had al geen fatsoenlijke maaltijd meer gegeten sinds hij Chili had verlaten, maar dat kon hem niet schelen. Zijn lichaam was bijna immuun voor ontberingen dankzij zijn jarenlange intensieve opleiding bij het Regiment. Thuis at hij vaak hele dagen niets. Hij vermoedde dat hij wekenlang zou kunnen overleven met alleen koffie, water en wat fruit.

Even later zag hij de lucht een heel klein beetje licht worden. Toen hoorde hij tussen de bomen het koor van dieren en insecten dat de zonsopgang inluidde. De wekker van de natuur. Beter dan welke telefoonapp ook. Al snel verspreidden lichtblauwe vingers van licht zich langs de horizon.

Carter nam een paar slokjes water, wenste dat het sterke koffie was en vouwde de gelamineerde kaart open. Hij bekeek de route die voor hem lag en probeerde te bedenken waar Vann heen zou gaan.

*De Tadzjiek ontmoet ons bij de weg aan de andere kant van de grens,* had Hakimi in het kamp gezegd. *Hij en zijn jongens.*

*Morgen bij zonsopgang.*

Vandaag dus.

Carter bestudeerde het grensgebied ten noorden van zijn positie. Een kronkelende rivier vormde een natuurlijke grens tussen de twee landen. Ten noorden van de grens liep een secundaire weg langs een smalle helling die was ingeklemd tussen de rivier en de enorme bergketen verder naar het noorden. Voor zover Carter het kon zien was het de enige weg in de omgeving. Hij zag nergens dorpjes in de buurt.

*De ontmoetingsplek.*

*Daar gaat Vann heen.*

In het parelgrijze licht van de zonsopgang vond hij het pad al snel. Carter liep in een hoek van negentig graden vanaf de klifrand langs de bomen en de stenen naar het pad. Hij vond de laatste aanwijzing die hij de vorige avond een stukje terug had gezien. De gouden regel bij spoorzoeken: geloof alleen wat je daadwerkelijk voor je ziet. Ga alleen verder als je een zekere aanwijzing hebt gevonden. Als je die regel negeerde en dingen ging aannemen, kon je er donder op zeggen dat je de verkeerde kant op ging.

Carter bleef even staan om op zijn horloge te kijken. Zijn adem maakte wolkjes in de koele ochtendlucht. Het was vijf uur in de ochtend. Carter vermoedde dat het nog drie uur lopen was naar de weg. Terwijl Vann zich ergens voor hem bevond, vergezeld door een Afghaanse krijgsheer en een lading heroïne ter waarde van miljoenen dollars.

Het was tijd om te gaan.

Hij liep in een gestaag tempo over het pad, zoekend naar meer zekere aanwijzingen, terwijl hij voortdurend alert bleef op het gevaar van een mijn of een boobytrap. Carter wist dat de kans bestond dat zijn missie vergeefs was. Vann was misschien al lang en breed vertrokken tegen de tijd dat Carter de grens over was. Hij zou hem dan onmogelijk nog kunnen vinden.

*Daar kan ik niets aan doen.*

*Het enige wat erop zit is Vanns route volgen en hopen dat de sporen niet verdwenen zijn.*

*En als het je lukt om Vann te vinden?* vroeg Carter zich af. *Wat dan?*

*Ik weet het niet.*

Hij had geprobeerd tijdens zijn lange wandeling naar het noorden niet zo ver vooruit te denken. Maar nu dwaalden zijn gedachten af naar de vraag hoe hij Vann moest isoleren. Dat zou lastig worden. De man was in het gezelschap van een Afghaanse krijgsheer en twee van diens trawanten. Ze waren allemaal gewapend. Vann zou zich niet zonder slag of stoot overgeven.

Zelfs als het Carter lukte Vann te overmeesteren en de Afghanen uit te schakelen, waren zijn problemen niet voorbij. Als hij Vann eenmaal te pakken had, zou hij de CIA moeten bellen. Hun moeten vertellen waarom Vann was verdwenen. De smokkeloperatie met Hakimi. De vijfhonderd kilo heroïne van hoge kwaliteit. Carter kon hun reactie al voorspellen.

*Leg hem het zwijgen op.*

*Voorgoed.*

Six en de CIA hadden er niets aan om Vann levend in handen te krijgen. Ze zouden het schandaal van een gedecoreerde voormalige SAS'er die berecht werd wegens heroïnesmokkel in Afghanistan koste wat kost willen vermijden. Volgens de meedogenloze logica van de buitenlandse inlichtingendiensten was het doden van Vann een geringe prijs als daarmee kon worden voorkomen dat Londen en Washington ernstig in verlegenheid werden gebracht.

*Deze missie heeft niet langer een aanhouding tot doel.*

*Nu is de opdracht hem op te sporen en te elimineren.*

*Ik zal Vann moeten doden. De man die me alles heeft geleerd twee kogels door het hoofd moeten jagen.*

*Als hij mij niet eerst doodt.*

Hij verdrong die deprimerende gedachte zo goed hij kon terwijl hij verder zwoegde.

Een uur later, iets voor acht uur, ging hij de laatste top voor de grens met Tadzjikistan over. Carter zocht een weg over een met stenen bezaaide helling tot hij bleef staan bij een kreupelbosje iets voorbij de top. Toen liet hij zijn ogen over het landschap onder zich gaan.

De grens.

Het pad liep vanaf de berg driehonderd meter naar de oever van een meanderende rivier, die op het smalste punt niet meer dan vijftig meter breed was. Ten zuiden van de rivier lag Afghanistan. Ten noorden Tadzjikistan. Langs de zuidelijke oever liep een secundaire weg. Honderd meter naar het westen stond een kleine militaire buitenpost op een verhoogd stuk grond aan de Afghaanse kant van de rivier. De karakteristieke witte vlag van de taliban wapperde aan een paal voor het grootste gebouw in de ochtendbries.

De grens zag er verlaten uit. Langs beide oevers zag hij hele stukken drooggevallen terrein. Carter had verwacht een paar plaatselijke inwoners bij de rivier te zullen zien, maar er was geen mens te bekennen. Hij zag verscheidene vervallen huisjes aan de overkant van de rivier en het roestige restant van een pick-up. Verder naar het noorden liep de grond vanaf de oever steil omhoog, in de richting van een keten van lage bergen vol bomen en struiken. Aan de voet van de dichtstbijzijnde berg liep een onverharde weg ongeveer parallel aan de rivier.

De ontmoetingsplek.

Carter voelde zijn hart sneller kloppen door het besef dat het nu bijna zo ver was. *Ik ben nu dichtbij.*

Hij nam een slok water en observeerde de omgeving een poosje.

Hij wachtte tot hij patrouillerende soldaten aan weerszijden van de rivier zag. In grensgebieden had je vaak veel militaire activiteit. Maar alles leek stil en verlaten. Geen soldaten, geen verkeer.

De ideale plek voor smokkelaars om de grens over te steken.

Carter scande de gebieden aan weerszijden van de buitenpost van de taliban, om te zien of hij een geschikte plek zag om de rivier over te komen. Rechts voor zich, een halve kilometer naar het oosten, zag hij een drooggevallen bedding die zich van de voet van de berg helemaal tot aan de rivieroever uitstrekte.

Carter zag dat de bedding steile oevers had. Het gevolg van eeuwenlange bodemerosie. De bedding was diep genoeg om een volwassene aan het zicht van de soldaten bij de voorpost te onttrekken.

*Daar ga ik de grens over.*

*En ik wil wedden dat Vann met de ezelkaravaan hetzelfde heeft gedaan.*

Carter trok zijn North Face-jas uit, maakte het tasje aan zijn riem los en stopte ze allebei in de rugzak. Toen leegde hij zijn broekzakken en deed hij de rest van zijn spullen in de waterdichte tas: zijn satelliettelefoon, het Russische pistoolmes, de zaklamp. Hij wist niet hoe diep de rivier was, maar vanaf zijn positie zag het water er vrij ondiep uit. Het zou misschien tot zijn middel reiken. De ezels waren aan de overkant gekomen, dus het zou wel meevallen. Carter zou doorweekt raken, en dat zou klote zijn, maar hij zag geen andere route waarlangs hij onopgemerkt de rivier over kon komen.

Toen hij zijn spullen veilig had weggeborgen, begon hij de berg af te gaan. De zon stond nu boven de pieken en hij voelde warme lucht op zijn gezicht. Ondanks het feit dat hij weinig had geslapen en hij de loodzware tocht naar het noorden achter de rug had, was hij niet moe. Hij had tijdens de introductieweek van de selectieprocedure wel langere afstanden afgelegd. Hij verkeerde nog steeds in topconditie. Een ex-vriendin van hem had wel eens gezegd dat zijn spieren eruitzagen alsof ze uit marmer waren gehouwen.

Na tweehonderd meter kwam hij bij een grassig gebied aan de onderkant van de helling. Het bergpad eindigde hier abrupt. Hij ging naar rechts en volgde half rennend in grote lijnen de rivier tot hij honderd meter ten zuiden van het oversteekpunt de drooggevallen bedding bereikte.

Carter klom de steile helling af en begon in de richting van de rivier te lopen. Hij bleef dicht aan de rechterkant van de geul, zodat hij in de schaduw liep en niemand hem vanaf de buitenpost kon zien. Hij maakte zich klein toen hij bij een ondieper deel van de bedding kwam en rechtte zijn rug weer toen de geul twintig meter verderop dieper werd.

Tussen de stenen en takken waar de bedding mee was bezaaid lag ook ezelpoep, wat extra bewijs vormde dat Vann hier niet lang geleden met de muilezels was geweest.

Ik hijg hem nog altijd in zijn nek, dacht Carter. Ik heb nog steeds een kans om hem te pakken te krijgen.

Hij ging nog honderd meter door en bleef even staan op het punt waar de geul een recht stuk van de rivier in liep. Carter pakte een paar takken en gooide die in het water om de kracht van de stroming in te schatten. Hij zag ze wegdrijven en liep toen voorzichtig verder langs de oever, langs allemaal losse stenen, voordat hij bij de rand van de rivier weer bleef staan. Hij tilde de M4 boven zijn hoofd en begon door het zilvergrijze water te waden.

Dat was kouder dan hij had gedacht. Eerder een Europese rivier dan een rivier in een Zuid-Amerikaans oerwoud. Carter liep langzaam verder en lette goed op dat hij niet op gladde stenen stapte. Hij richtte zich op een punt vijftig meter stroomafwaarts. Carter verzette zich niet tegen de stroming maar gebruikte het gewicht van zijn waterdichte rugzak om zich door het water langzaam te laten voortduwen. De rivier werd al snel dieper. Het water kwam nu tot zijn borst en verkleumde hem tot op het bot. Carter zwoegde vastbesloten verder en wist uiteindelijk de tegenovergelegen oever te bereiken. Hij stak zijn hand uit, pakte een laaghangende tak vast en trok zich op uit het ijskoude water.

Snel klom hij omhoog, rillend in zijn doorweekte kleding terwijl hij naar de kale bodem van een andere, drooggevallen bedding liep. Een paar minuten sjokte hij door de geul, tot hij in een dieper gedeelte een meter of honderd van de oever bleef staan. Toen trok hij zijn doorweekte cargobroek en sokken uit en trok de droge exemplaren aan die in zijn rugzak zaten. Hij trok de riem door de lussen van zijn broek, haalde de satelliettelefoon, het pistoolmes en de kaart uit zijn rugzak en stopte die in zijn zijzakken.

Carter pakte zijn M4, wierp de kogel uit de kamer, verwijderde het magazijn en demonteerde het geweer. Hij stopte de onderdelen en het magazijn in zijn rugzak en vergewiste zich ervan dat de Grach in zijn holster aan het zicht werd onttrokken door zijn shirt. Vanaf nu zou hij op zijn pistool moeten vertrouwen als hij in de problemen kwam. Hij kon niet met een geweer door Tadzjikistan rondbanjeren. Tenzij hij van plan was tijd in een cel door te brengen.

Carter deed zijn rugzak om en begon weer door de geul naar het noorden te lopen, in de richting van de weg, een kilometer verderop. Hij voelde enige opluchting toen de vrees dat de taliban hem gevangen zouden nemen of executeren van zijn vermoeide schouders viel.

*Ik ben Afghanistan uit.*

*Goddank.*

*Nu hoef ik alleen nog maar met Vann af te rekenen.*

Na achthonderd meter bereikte Carter het punt waar de noordelijke bedding de steile oever bereikte die omhoogliep naar de onverharde weg. Hij klom met brandende kuiten omhoog. Naast de weg bleef hij staan om op adem te komen en zich te oriënteren.

De weg was verlaten. Waarschijnlijk kon je hier om zeven uur 's morgens een auto voorbij zien komen en duurde het dan twaalf uur voordat er weer een langskwam. Zo'n plek was het.

De weg zelf zag er totaal versleten uit. Carter vermoedde dat hij was aangelegd in de tijd van de Sovjet-Unie en dat er sindsdien nooit meer iets aan gedaan was. Misschien zouden de Chinezen op een gegeven moment hun portemonnee trekken. Financiële hulp voor een betere infrastructuur en veiligheid in ruil voor het autoritarisme van een surveillancemaatschappij.

Zo werkte het tegenwoordig in de wereld.

Hij keek nog een keer om zich heen maar zag niets opvallends. Niets waaraan hij kon zien welke kant Vann en zijn metgezellen op waren gegaan.

*Links of rechts?* dacht hij.

*Hierheen of daarheen?*

*Kop of munt?*

Hij koos links. Een berekende gok. Het westen was grofweg de richting waarin Vann de heroïne vanuit Afghanistan had gesmokkeld. De smokkelroute liep van Centraal-Azië via Rusland naar Europa. Het sloeg nergens op om naar het oosten te gaan. Degene die de drugs van Vann kocht zou zich niet verder van huis willen wagen dan nodig was. Het westen leek Carter waarschijnlijker. De kant uit van de hoofdstad Dushanbe en de grens met Oezbekistan.

Carter liep vijftig meter en speurde de weg af.

Niets.

Hij liep door, zoekend naar poep of afval. Iets wat mogelijk was achtergelaten door de ezelkaravaan toen de drugs van de dieren waren overgeheveld naar een vrachtwagen. Hij liep nog eens honderd stappen verder, met hetzelfde resultaat.

Na vierhonderd meter begon Carter te geloven dat hij misschien beter om kon draaien om zijn geluk in oostelijke richting te beproeven. Toen zag hij iets aan de zijkant van de weg. Tien stappen voor hem.

Een sigarettenpeuk, naast een paar stenen.

Het enige afval in de wijde omtrek.

Hij liep ernaartoe, bukte zich en pakte de peuk op. De sigaret was nog warm en een paar centimeter tabak was niet verbrand. De peuk was niet vertrapt en Carter zag nergens dat de bodem was omgewoeld. Dat impliceerde dat iemand hem uit een autoraam had gegooid. Iemand die te voet was geweest, had de peuk waarschijnlijk onder zijn hak uitgetrapt. En dus was het een chauffeur of een bijrijder geweest. Die in westelijke richting had gereden, concludeerde Carter, aangezien de sigaret aan de rechterkant van de weg lag.

Het hoeft niets te betekenen, dacht hij. Misschien was het een passerende vrachtwagen.

Maar misschien ook niet.

Hij ging weer verder.

Na nog eens achthonderd meter liep de weg in een hoek van negentig graden van de rivier af en kronkelde vervolgens door een lang, smal dal. Dankzij de kaart wist Carter dat het dal vijfentwintig kilometer naar het noorden liep en dat daar een verharde weg liep. Aan zijn linkerhand, langs de weg, liep een smalle greppel. Carter liep snel verder over de weg terwijl die om de berghelling heen en vervolgens in noordelijke richting door de vallei liep.

Toen zag hij de motoren.

Vier stuks.

Ze stonden aan de rand van een steile helling.

Twee Yamaha's en twee oude Suzuki's.

Van de eigenaren was geen spoor te bekennen.

Carter liet een hand naar de Grach in zijn holster zakken en liep er voorzichtig naartoe.

Het leek geen geschikte plek voor een hinderlaag. Te open en onbeschut, zonder natuurlijke schuilplaatsen of grond die vanaf de weg niet zichtbaar was. De sleutels zaten nog in de ontsteking en alle vier de motoren stonden op hun standaard.

Twee meter verderop lagen een stuk of zes lege kogelhulzen te glanzen in de felle zon.

Carter liep met een gevoel van onheil naar de rand van de helling. Die liep steil omlaag, in de richting van een groep stenen en dwergstruiken op de bodem van de vallei. Een meter of vier, vijf onder hem. Dichter bij de rivieroever zag hij de ruïne van een verlaten boerderij en twee vervallen schuurtjes. De verdorde stam van een dode boom.

Carter keek omlaag.

Naar de onderkant van de helling, recht onder hem.

En zag de lichamen.

# 19

Ze lagen verspreid onder aan de helling. Het waren er zes, en de ledematen staken er in onnatuurlijke hoeken uit. Carter zag bloedsporen op de helling, waar hij uit afleidde dat de slachtoffers op de weg waren neergeschoten en vervolgens naar beneden waren gegooid. Hun moordenaars hadden niet de moeite genomen hun sporen fatsoenlijk te wissen, gezien de motoren, de kogelhulzen en het bloed. Ze hadden alleen de lichamen uit het zicht willen hebben, zodat langsrijdende automobilisten die niet zouden zien.

Degenen die dit gedaan hebben, hadden haast, dacht Carter.

Twee lijken droegen militaire camouflagejassen. Carter herkende hun gezichten uit het kamp: Mansur en Gele Sjaal. Hij had de vier andere mannen nooit eerder gezien maar nam aan dat het de eigenaren van de motoren waren. De muilezels lagen iets verderop in een bloedplas. Degene die de dieren had doodgeschoten had ze waarschijnlijk naar beneden gebracht voordat hij ze allemaal een kogel door de kop had gejaagd. Dat was minder inspannend dan een ezel van vierhonderd kilo van de weg te slepen.

Hij zag Vann niet tussen de doden. En Hakimi ook niet.

Toen kreeg hij een eindje van de overige lichamen vandaan een zevende gestalte in het oog, die deels aan het oog werd onttrokken door een grote steen. Er stak een rechterbeen achter de steen vandaan, die een camouflagebroek droeg. Carter bleef vanaf de helling even kijken maar zag het been niet bewegen. Er liep een bloedspoor van de helling naar de steen. Het was heel veel bloed. De persoon die daar lag was dood of zwaargewond, concludeerde Carter.

Hij haalde de Grach uit de holster en ging langzaam naar beneden. In een wijde boog liep hij naar de steen toe.

Er zoemden vliegen om de dode lichamen heen. De geur van bloed hing in de lucht, vermengd met de doordringende stank van geleegde darmen. Carter liep met geheven pistool en zijn ogen onafgebroken op zijn doel gericht langs de vermoorde motorrijders. Toen hij nog een stap naar rechts deed, zag hij het gezicht van de man die tegen de rots in elkaar gezakt zat. Er stroomde bloed uit het gat in zijn borst. Carter liet de Grach zakken.

Jabar Hakimi was twee keer geraakt. Een keer in zijn borst en een keer in zijn maag. Hij klemde zijn rechterhand om zijn buik, in een vergeefse poging het bloeden te stelpen. Zijn vingers waren nat van het bloed. De krijgsheer leefde nog, zij het ternauwernood. Zijn ademhaling was oppervlakkig en raspend en zijn gezicht klam en lijkbleek. Hakimi's ogen hadden die holle blik die Carter al eerder had gezien, op het gezicht van andere stervende mannen.

Hij schatte dat de rebellenleider nog een half uur te leven had.

Misschien wel minder.

Carter deed de Grach in de holster en knielde neer naast de zwaargewonde krijgsheer. Hakimi keek naar hem op, met uitpuilende ogen van schrik en angst. Het lugubere besef dat het leven snel wegsijpelde uit zijn lichaam.

Hij stak een slappe hand uit naar Carter en vormde een woord met zijn gebarsten lippen. Carter boog zich dichter naar hem toe en moest zijn uiterste best doen om de hese stem van de Afghaan te verstaan. Elke keer wanneer hij inademde kwam er een zompig geluid uit de wond in zijn borst.

'Water,' kraste Hakimi. 'Water, alsjeblieft...'

Carter haalde de halflege fles water uit zijn rugzak. Hij draaide de dop los en drukte de flesopening tegen de mond van de krijgsheer.

Hakimi dronk gulzig. Het water liep uit zijn mondhoeken en druppelde van het litteken op zijn kin, tot hij hoestte en proestte en niet meer verder kon drinken. Carter zette de fles naast zijn rugzak op de grond. Wachtte tot de man klaar was met het ophoesten van zijn darmen.

Toen vroeg hij: 'Wat is er in godsnaam gebeurd?'

Hakimi likte aan zijn lippen en slikte moeizaam. Praten kostte hem duidelijk veel kracht. 'Vann,' zei hij raspend.

'Heeft Vann dit gedaan?'

'Hij... en de anderen.'

Carter voelde een intense woede. Hij had ten diepste al geweten dat dit Vanns werk was – vanaf het moment dat hem duidelijk werd dat de Noord-Ier aan het bloedbad was ontkomen. Hij wilde Hakimi vragen waarom maar bedacht zich.

Ik weet het antwoord toch wel, dacht hij. Vann heeft de Afghanen bedrogen. Ze in de val gelokt.

Hij heeft de hele voorraad voor zichzelf gehouden.

'Welke anderen?' vroeg hij grommend.

'We zouden... de Tadzjieken ontmoeten,' antwoordde Hakimi tussen moeizame ademhalingen door. Hij trok een grimas doordat er een nieuwe pijngolf door zijn lichaam ging. 'Ze zouden op ons wachten. Dat was... het plan.'

Hakimi ademde weer een teug lucht in. Zijn ademhaling werd steeds onregelmatiger. Carter wachtte tot hij verderging. Hij hoefde Hakimi niet te bedreigen om hem te laten vertellen wat er was gebeurd. Hakimi was belazerd door zijn handlanger en wilde echt wel praten. Op een merkwaardige manier stonden Carter en Hakimi nu aan dezelfde kant.

*We zijn allebei genaaid door Vann. Dat betekent dat we allebei hetzelfde willen.*

*Wraak.*

'Ga door,' zei hij.

‘Ze hebben ons bedrogen,’ vervolgde Hakimi schor. ‘Mijn mannen gedood, en de Tadzjieken. Alles… meegenomen.’

‘Wie?’

‘Vann en zijn vrienden.’

‘Vrienden?’

‘Amerikanen.’

Carter schrok. Hij had het gevoel alsof iemand de paddels van een defibrillator tegen zijn hoofd had gezet en had geactiveerd.

‘De Amerikanen zijn betrokken bij deze operatie?’

Hakimi knikte zwakjes.

‘Hoeveel zijn het er?’

‘Ik heb er drie gezien. Ik weet niet hoe ze heten.’

Hij wilde verdergaan maar begon toen hevig te hoesten. Carter gaf hem nog een slok water.

Hakimi nam even de tijd om bij te komen en praatte toen verder. ‘We hebben maanden met ze samengewerkt.’

‘Met de Amerikanen?’

‘Ja. Wij brengen de heroïne de grens over en geven die aan de Amerikanen. Zij hadden een deal met de Tadzjieken geregeld. Een grote deal.’

Carter luisterde terwijl hij als een razende nadacht. Hakimi vervolgde zijn verhaal.

‘Dit zou de laatste lading zijn. Nu zou de ruil plaatsvinden.’

‘De ruil?’

‘Ja. De Amerikanen wachtten hier op ons. De Tadzjieken ook. Ik geloof niet…’

De krijgsheer kneep zijn ogen dicht. Zijn lichaam schokte van de pijn.

‘Ga verder,’ zei Carter. ‘Vertel me wat er is gebeurd.’

‘We begonnen de drugs op de motoren te laden… Toen begonnen de Amerikanen te schieten.’

Carter keek omhoog, naar de weg. Hij stelde zich voor hoe Vann, Hakimi en de anderen die de ezelkarvaan hadden begeleid naar de ontmoetingsplek liepen. De Amerikanen naast hen in een ander voertuig, wachtend om de deal af te ronden. Heroïne voor de Tadzjieken in ruil voor geld. Een doorsnee ruil. Niets bijzonders. Hakimi en zijn mannen hadden zich vast geen zorgen gemaakt. Ze zouden geen argwaan hebben gekoesterd.

Pas toen het misging.

De Amerikanen hadden de blokken heroïne vlug van de muilezels in hun voertuigen overgeladen. Ze hadden de lichaam van de helling gegooid en waren snel weggereden. Ongetwijfeld hadden ze in oostelijke richting iemand in een ander voertuig de weg in de gaten laten houden, voor het geval er patrouilles van het leger of de politie aankwamen. Dat verklaarde de sigarettenpeuk.

'Waar zijn ze nu?' vroeg hij.

'Weg,' antwoordde Hakimi zwakjes. 'Naar het noorden. Met de vrachtwagen. Naar Talbarok.'

'Welke vrachtwagen?'

'Die de Tadzjieken bij zich hadden.'

'Is Vann weggegaan met de Amerikanen?'

'Ja.'

'Wat is er in godsnaam in Talbarok?'

'Het gebouw,' mompelde Hakimi.

'Welk gebouw?'

De krijgsheer antwoordde niet. Het licht in zijn ogen begon te doven. Zijn ademhaling was nu niet meer dan een zacht geruis. Hij verloor steeds even het bewustzijn.

'Talbarok... het gebouw is in Talbarok,' herhaalde hij. Daar had Carter niets aan. 'Daar sturen ze alles vandaan.'

Carter drong aan op een adres, maar de Afghaan leek hem niet te hebben gehoord. Hij mompelde iets onverstaanbaars terwijl zijn ogen heen en weer schoten in hun kassen. Hij probeerde nog iets anders te zeggen, maar Carter kon hem niet verstaan. Hij boog zich dichter naar hem toe.

‘Je vriend,’ mompelde Hakimi.

‘Wat is er met hem?’

Hakimi rilde. ‘Shit. Zo koud…’

Carter keek hem fronsend aan. ‘Godver, zeg op.’

De krijgsheer gaf geen antwoord. Hij ademde niet meer. Zijn mond verslapte, zijn ogen werden dof, en toen werd zijn lichaam helemaal slap. Alsof iemand de stroom had uitgeschakeld.

Carter stond op terwijl zijn hersenen overuren maakten om te verwerken wat de Afghaan hem zojuist allemaal had verteld. Vanns verraad. De Amerikanen. Het gebouw in Talbarok.

Hij nam aan dat de Amerikanen drugsdealers waren. Volgens Hakimi verkochten ze heroïne aan de Tadzjieken. Maar wie waren het? Hoe kende Vann ze? En wat hadden ze überhaupt in Tadzjikistan te zoeken? Ze waren een heel eind van huis.

Hij had nog een heleboel vragen.

*Er is maar één persoon die me kan vertellen wat er werkelijk aan de hand is.*

*David Vann.*

Carter haalde de kaart uit een zijzak van zijn broek en brak het wereldrecord kaartlezen. Talbarok lag zo’n honderd kilometer ten noordwesten van waar hij zich nu bevond, aan het zuidelijke uiteinde van een lange vallei die de vorm had van een wijnfles. Op vijftien kilometer ten noorden van de stad lag een vliegveld. Carter zou er twee uur over doen om de stad te bereiken.

Hij doorzocht Hakimi’s jaszakken en viste er een leren portemonnee vol briefjes van twintig dollar uit. Carter stopte het geld in zijn zak, stapte weg bij Hakimi en liet hem liggen als prooi voor de aasvogels. Hij had niet te doen met de krijgsheer en zijn dode maten. Het was drugs dealend tuig.

Nog geen vierentwintig uur geleden had Hakimi zich met een sadistische grijns over het dode lichaam van Sharza heen gebogen. Nu was hij doodgebloed in de Tadzjiekse wildernis.

Het verdiende loon voor die eikel.

Nu moest Carter hier eerst zien weg te komen. Hij moest ver verwijderd zijn van de weg wanneer de eerstvolgende mobiele patrouille op kwam dagen.

Daarna moest hij Vann zien te vinden.

Hij deed zijn rugzak om en haastte zich weer de helling op, naar de weg. Hij liep naar de dichtstbijzijnde Yamaha. Die zag er oud uit maar verkeerde in redelijke conditie. Een stevig gebouwde machine. Niet het comfortabelste vervoersmiddel dat er bestond, maar perfect om over achterafweggetjes door bergachtig terrein te reizen.

Carter draaide de dop van de benzinetank los en keek erin. Zo te zien was de tank nog ongeveer halfvol. Zeven of achter liter benzine, goed voor ongeveer honderdvijftig kilometer. Genoeg om naar Talbarok te rijden. Hij plaatste de dop terug, liep naar de zijkant van de motor, zwaaide een been over het zadel en ging zitten. Hij deed de standaard omhoog, draaide de sleutel om en drukte de startknop in.

Trapte met zijn rechtervoet de motor aan.

Even later reed Carter de onverharde weg af. Hij stuurde de Yamaha over de secundaire weg terwijl hij al schakelend steeds sneller ging rijden. Hij reed door de diepe vallei naar het noorden, in de richting van Talbarok.

Op zoek naar Vann en de waarheid.

# 20

Om 11.30 uur arriveerde hij in Talbarok. Carter naderde vanuit het zuiden over de hoofdweg. Hij bleef ruim onder de toegestane snelheid van zestig kilometer per uur, zodat hij geen onnodige aandacht van de politie trok. Er was geen bord dat hem in het stadje verwelkomde. De weg ging eenvoudigweg over in een brede hoofdstraat met aan weerszijden grauwe flatgebouwen en waar kaarsrechte zijstraten op uitkwamen. Carter reed langs chaotische markten, en op de achtergrond bevond zich een landschap van akkers en grasland. Aan de horizon zag hij talloze besneeuwde bergtoppen.

Carter reed een halve kilometer door de hoofdstraat. Hij was blij dat hij weer op vlak terrein was na de kronkelende, loodzware tocht door de bergen. Het stadje zelf stelde weinig voor; een samenraapsel van groezelige restaurants, kleurloze kroegen en aftands uitziende openbare gebouwen. De wegen zaten vol kuilen en leken sinds de val van de Muur niet meer hersteld te zijn. Carter zag een hoop grote standbeelden van de president-voor-het-leven, in vele verschillende houdingen. Voor zover hij kon zien was dat de enige investering die de afgelopen jaren in Talbarok had plaatsgevonden.

Hij reed rechtstreeks naar het centrum en stopte op een klein plein met felverlichte restaurants, discountshops en een hotel uit de jaren zeventig. Het midden van het plein werd gedomineerd door een marmeren standbeeld van de president. Carter parkeerde de motor op een hoek en keek om zich heen. Hij vroeg zich af waarom de Amerikanen zo'n godvergeten gat hadden uitgekozen. Maar toen herinnerde hij zich het vliegveld in het noorden.

*Daar sturen ze alles vandaan*, had Hakimi gezegd.

Dus daar is Vann mee bezig, dacht Carter. Die klootzak werkt samen met zijn Amerikaanse partners om grote hoeveelheden heroïne op het vliegtuig te zetten.

Dit was de enige plaats van betekenis in de buurt van het vliegveld. Hier konden Vann en de anderen de heroïne in een privévliegtuig laden en naar zijn bestemming vliegen. Hun eigen distributienetwerk. De tussenpersoon kon geëlimineerd worden. Bij aankomst kon het product versneden en hun winst verviervoudigd worden.

Hij liep met grote passen het plein over, naar het hotel van zes verdiepingen. Carter had geen concrete aanwijzingen waar hij Vann zou kunnen vinden. Hakimi had iets gezegd over een gebouw maar verder geen details gegeven. Dus moest Carter het probleem op een andere manier oplossen.

De drie Amerikanen vinden. Vanns zakenpartners.

Als je hen vindt, vind je Vann ook.

Carter nam aan dat ze een verblijfplaats in Talbarok nodig hadden na de confrontatie met de Tadzjieken. Ze zouden eerder voor comfort kiezen dan voor gemak, want zijn ervaring was dat Amerikanen dat altijd deden. Ze zouden een hotel willen met wifi, fatsoenlijk eten, airconditioning, tv, koffie en een werkende douche. Dat was het absolute minimum.

In een plaats met de omvang van Talbarok had je meestal drie soorten hotels. Een budgethotel voor rondtrekkende avonturiers en backpackers, een duurder hotel in het centrum en iets ertussenin in een van de buitenwijken. De Amerikanen zouden zeker niet voor het goedkope hotel kiezen, en Carter vermoedde dat ze in de buurt van de hoofdweg wilden blijven. Op loopafstand van de plaatselijke voorzieningen. Dus was het hotel in het centrum de meest logische optie. Daar zou hij beginnen te zoeken.

Hij ging het hotel binnen en liep door de lobby naar de receptie. Een onberispelijk geklede medewerker begroette hem met een beleefde glimlach en luisterde aandachtig toen Carter vroeg of ze de laatste tijd Amerikaanse gasten hadden gehad. De man schudde zijn hoofd en glimlachte verontschuldigend. Hij zei dat het hem speet maar dat er op het moment geen Amerikanen in het hotel verbleven. Ze hadden er al een poosje geen gehad. De receptionist klonk teleurgesteld. Alleen Duitsers. Hij adviseerde Carter het Ochus aan de andere kant van de stad te proberen. Misschien had hij daar meer geluk.

Carter stapte weer op de Yamaha en reed naar het noorden. Hij volgde de aanwijzingen die de portier hem had gegeven, en zes minuten later vond hij het Ochus Hotel, een zalmkleurig gebouw aan de noordkant van Talbarok. Het gebouw had vier verdiepingen, witte balkons aan de voorkant en driehoekige ramen. Het had duidelijk onderhoud nodig, maar was in architectonisch opzicht aangenamer dan het brutalistische bouwwerk in het centrum.

Een man met doorlopende wenkbrauwen stond achter de receptie. Hij keek verveeld en zat wat te scrollen op zijn computer. Carter vond het gebouw meer op een tempel lijken dan op een hotel. Midden in de lobby stond een standbeeld van de president. Aan de muren hingen schilderijen van de Grote Leider. Carter zag dat het er tientallen waren.

Toen hij zijn voetstappen hoorde keek Wenkbrauw op van zijn scherm en rechtte zijn rug. Als een soldaat die in de houding sprong. Carter zag dat er achter hem nóg meer foto's van de president aan de muur hingen, om de verering van de president voort te zetten.

Carter vroeg of hij Engels sprak.

Wenkbrauw knikte. 'Ja, ja,' zei hij met een zwaar accent. 'Wilt u een kamer?'

Carter schudde zijn hoofd. 'Ik zoek een vriend van me.'

'Ja?'

'Volgens mij heeft hij een afspraak met een paar andere mannen. Amerikanen. Misschien verblijven ze hier?'

Wenkbrauw wendde zijn blik af. 'Sorry, ik mag geen informatie over onze gasten geven. Beleid van het hotel.'

Carter stak een hand in zijn zak en haalde vier briefjes van twintig dollar tevoorschijn. Hij legde ze met een klap op de balie en zei: 'Misschien frist dit je geheugen op.'

De receptionist keek snel om zich heen en stopte de briefjes in zijn jaszak, met de geoefende beweging van iemand die veel ervaring heeft met het aannemen van smeergeld. 'Nu u het zegt, we hebben hier momenteel een paar Amerikanen,' zei hij zacht.

'Hoeveel?'

'Drie. Ze zitten op de derde verdieping. U hebt dit niet van mij, oké?'

Carter zei: 'Hoe zien ze eruit?'

De receptionist keek even verbaasd. 'Gewoon, als Amerikanen. Net als u, eigenlijk. Even lang. Twee van hen zijn echt heel groot. Net worstelaars. Als op tv.'

'En de derde?'

'Ouder.' Hij haalde zijn schouders op. 'Niet zo groot. Geen worstelaar.'

'Hebben ze gasten ontvangen?'

'Nee.'

'Mijn vriend ook niet?' Hij beschreef Vann. 'Stoere gast. Blauwe ogen, half grijs haar. Baard. Eind veertig. Noord-Iers accent. Heb je hem hier gezien?'

'Nee, ik ben bang van niet.'

'En je collega's? Als mijn maat hier is geweest, was het ongeveer een uur geleden. Misschien heeft een van de schoonmakers hem gezien.'

'Sorry.' Wenkbrauw schudde zijn hoofd. 'Ik werk al sinds zeven uur vanmorgen. Als uw vriend hier was geweest, had ik hem gezien. Alleen de Amerikanen zijn hier.'

'Waar zijn ze nu?' vroeg Carter.

‘Boven.’ De conciërge wierp een snelle blik op de lift, alsof hij bang was dat zijn gasten elk moment naar buiten konden komen. ‘In hun kamer.’

‘Allemaal?’

‘Alleen de grote mannen. De oudere man heb ik vandaag niet gezien.’

‘Hoe lang verblijven ze hier al?’

‘Drie dagen. Ze checken morgen uit.’

‘Hebben ze gezegd wat ze hier doen?’

Wenkbrauw haalde zijn schouders op. ‘Dat heb ik niet gevraagd. Ik nam aan dat het toeristen waren. We krijgen hier nu veel gasten, overal vandaan. Talbarok is de geboorteplaats van onze president,’ zei hij trots. ‘Veel mensen komen hier om meer te weten te komen over zijn leven. De president zelf heeft vorig jaar het museum geopend, weet u.’

Carter bestudeerde het gezicht van de man. ‘Je hebt geen idee wat ze hier doen? Waar ze heen zouden kunnen gaan? Helemaal niets?’

‘U stelt een hoop vragen.’

Carter legde nog twee van Hakimi’s briefjes van twintig dollar neer. De receptionist wierp weer een blik op de lift, kuchte en zei: ‘Ik weet alleen dat de twee mannen er vanmiddag op uit gaan.’

‘Wanneer?’

‘Om twee uur.’

‘Weet je het zeker?’

‘Ja. Ze hebben me gevraagd om een auto te regelen.’

Carter keek op de klok die naast de portretten van de Grote Leider aan de muur hing. Het was zes voor twaalf. De auto zou over iets meer dan twee uur arriveren.

‘Waar gaan ze heen?’

‘Dat zeiden ze niet. Ze vroegen alleen om een chauffeur die hen kon ophalen.’

‘Je hebt het niet gevraagd?’

'Het gaat me niet aan,' antwoordde de receptionist. 'Ze wilden een auto, zonder verdere vragen. Ik heb mijn werk gedaan. Meer niet.'

Carter legde opnieuw veertig dollar op de balie. 'Dit krijg je als je je mond houdt,' zei hij. 'Zeg geen woord tegen de Amerikanen of wie dan ook over mij. We hebben dit gesprek nooit gevoerd. Ik ben hier nooit geweest. Begrepen?'

'Natuurlijk. Fijne dag nog, meneer.'

Carter draaide zich om en liep de lobby uit. Hij ging naar een groezelig theehuis op een meter of twintig van het hotel met goed zicht op de ingang en met de Yamaha binnen handbereik. Hij zette de rugzak tussen zijn benen, bestelde een glas groene thee bij een kelner met scheve tanden en betaalde met dollars. Toen installeerde hij zich om het hotel te observeren.

Carter beschikte over het vermogen zich helemaal af te sluiten voor zijn eigen gedachten. Dat was er bij hem ingeramd tijdens de fase van de Selectie die hij in het oerwoud had doorgebracht, en hij had het verder ontwikkeld gedurende zijn jaren in Hereford. Hij kon zich totaal afsluiten voor zijn lichamelijke pijn en vermoeidheid. Alsof hij het licht dimde met een dimmer. En dat deed hij nu ook. Hij staarde roerloos naar de ingang en was volledig op zijn missie gericht.

Carter was zich ervan bewust dat hij een gok nam. Hij had geen idee waar de Amerikanen heen gingen of wat ze van plan waren.

*Misschien gaan ze wel ergens lekkere kebab eten.*

*Maar ik betwijfel het.*

Alles wees op een grote drugsdeal. Carter kon het bijna voor zich uitgestippeld zien. De operatie waarmee de heroïne via de smokkelroute uit Afghanistan werd gehaald. Het bedrog van hun Tadzjiekse partners. Het vervoer van de drugs over de weg naar een eigen gebouw in Talbarok. Vervolgens de ontsnapping met een vrachtvliegtuig vol heroïne van de hoogste kwaliteit en een heleboel contant geld.

Carter vermoedde dat de twee Amerikanen in het hotel het vuile werk hadden opgeknapt. De receptionist had gezegd dat het heel grote gasten waren. *Net worstelaars.* Ingehuurde kleerkasten die voor extra vuurkracht moesten zorgen bij het verraad.

Dat betekende dat de derde Amerikaan de baas was, en Vann diens adjudant. Vann en zijn partner hadden de sterke mannen vast niet nodig tijdens de reis naar het vliegveld. Hun werk zat er op.

De baas had waarschijnlijk gezegd dat ze in het hotel moesten wachten terwijl Vann en hij de vlucht regelden. Mogelijk hadden de grote Amerikanen de opdracht gekregen zich later die middag bij het gebouw te melden om hun beloning op te halen. Carter vermoedde dat ze nu boven opgewonden zaten te bespreken hoe ze hun zuurverdiende geld gingen uitgeven. Aan cocaïne, vrouwen, champagne. Een knalfuif.

Om klokslag twee uur kwam een Toyota Camry van minstens twintig jaar oud voor het hotel tot stilstand.

Een minuut later gingen de hoteldeuren open en kwamen twee bleke mannen het felle zonlicht in lopen.

Het waren duidelijk Amerikanen. Voormalige Special Forces. Dat kon Carter zien aan de manier waarop ze liepen en zich gedroegen. Ze waren log en langzaam maar in staat om als het moest onmiddellijk en met grof geweld in actie te komen. Beide mannen droegen een kaki legerbroek, donkere schoenen en een poloshirt dat strak om hun enorme biceps zat. Ze hadden allebei een kleine rugzak om.

Ze vertrekken, dacht Carter. Ze gaan hun geld ophalen.

Hij was al opgestaan en pakte zijn rugzak terwijl de Amerikanen op de achterbank van de Camry gingen zitten. Hij liep snel naar de Yamaha, nam plaats op het zadel, trapte de motor aan en reed in oostelijke richting achter de taxi aan. Hij zorgde ervoor dat hij tweehonderd meter achter de Camry bleef.

Er was weinig verkeer op de weg. Carter zag bestelwagens, trolleybussen, gedeukte taxi's. Een paar mensen reden op een Indiase motor. Kennelijk was particulier autobezit niet echt gebruikelijk in Tadzjikistan.

Hij volgde de taxi toen die bij een T-splitsing linksaf ging en een paar kilometer in noordelijke richting reed over een tweebaansweg met aan weerszijden winkels met neonreclame en fastfoodrestaurants in Amerikaanse stijl. Ze kwamen langs een busstation dat in felle kleuren was geschilderd in een woonwijk aan de rand van de stad. Twee minuten later ging de Camry langzamer rijden en reed toen een hobbelige zijstraat in.

Carter volgde hem en manoeuvreerde de Yamaha langs verscheidene vervallen gebouwen.

Honderdvijftig meter verderop kwam de taxi tot stilstand voor een bakstenen gebouw van twee verdiepingen aan het einde van een verlaten en vervallen bedrijventerrein.

Carter stopte bij een voormalige garage. Hij zette de motor uit, deed de standaard omlaag en gooide zijn rugzak op de grond. Aan de overkant van de weg was een jongetje in een shirt van Argentinië met een bal tegen een muur aan het trappen. Carter ging in de schaduw van de garage staan om het gebouw te observeren waar de Amerikanen naar binnen waren gegaan. Hij voelde er niets voor om in een nieuwe val van Vann te lopen.

De meeste andere gebouwen op het bedrijventerrein leken leeg te staan. Aan een van de zijkanten van het terrein stonden een oude stalen scheepscontainer en een paar afvalcontainers die tot de rand gevuld waren met platgemaakte kartonnen dozen. Verder zag hij pallets en gaascontainers.

Er was een stalen rolluik neergelaten voor de oprit aan de voorkant van het gebouw waar de Amerikanen naar binnen waren gegaan. Aan de rechterkant zat een kleine deur en op een bord met verkleurde letters aan de voorkant van het gebouw stond iets in een of ander cyrillisch schrift. Carter zag een veiligheidscamera boven het deurtje hangen. Door de ramen scheen tl-licht.

Dit moet het gebouw zijn waar Hakimi het over had, dacht hij opgewonden.

Vann is vast binnen.

Ik heb hem gevonden.

Hij kon wel raden hoe ze het hadden georganiseerd. De Amerikaanse baas leidde ongetwijfeld een bedrijf vanuit het gebouw dat als dekmantel diende. Iets met elektrische apparaten, of een wasserette. Een bedrijf dat niet snel de nieuwsgierigheid van de plaatselijke bevolking zou opwekken. De Amerikanen hadden de heroïne hier ongetwijfeld naartoe gebracht en veilig opgeslagen voordat de drugs later naar het vliegveld werden vervoerd. De opbrengst van de deal zou worden witgewassen via een aantal buitenlandse lege vennootschappen. Carter was een uiterst complexe en geraffineerde drugshandel op het spoor. Maandenlange planning. Gigantische winsten.

*We hebben maanden met ze samengewerkt*, had Hakimi gezegd vlak voor het licht in zijn ogen was gedoofd.

De taxi stond buiten te wachten. De motor draaide en er kwam rook uit de uitlaat. De Amerikanen waren duidelijk niet van plan om langer te blijven dan nodig was. Hooguit een paar minuten. Ze zouden hun beloning opstrijken en hem smeren. In het vliegtuig stappen, de champagne openen en aan het feesten slaan.

Carter richtte zijn aandacht op het gebouw. De camera vormde het grootste obstakel voor een frontale aanval. Zodra hij aan kwam lopen, zouden de aanwezigen hem zien. Ze zouden al ontkomen zijn voor het hem was gelukt om binnen te komen. Of ze zouden een wapen kunnen pakken om zich te verdedigen, afhankelijk van hoe zeker ze van hun zaak waren.

En dat bracht hem bij het tweede probleem.

Hij wist niet met hoeveel tegenstanders hij te maken had. Misschien hadden ze zelfs wel een val voor hem opgezet.

*Ik moet weten wat me te wachten staat.*

Een halve minuut later kwamen de twee spierbundels de deur in het rolluik door. Ze droegen nu allebei twee rugzakken. Ongetwijfeld zat een daarvan vol cash. Hun deel van de winst die de heroïne had opgeleverd. Ze liepen lachend naar de Camry. Alsof ze net de jackpot hadden gewonnen. Ze verheugden zich om naar de casino's en de stripclubs te gaan. Het was tijd om eens flink de bloemetjes buiten te zetten. Dat ze rijk waren geworden ten koste van menselijke ellende was kennelijk geen probleem.

In het gebouw brandde nog steeds licht.

Carter trok zich terug uit het zicht toen de Camry voorbij kwam rijden en maakte zich klein achter een stapel houten pallets naast de garage. Hij kwam pas weer tevoorschijn toen de auto de hoofdstraat in was gereden. Vervolgens liep hij naar de jongen toe.

'Spreek je Engels?'

De jongen klemde de bal onder zijn blote voet en keek Carter wantrouwig aan. 'Een beetje.'

Carter haalde een briefje van twintig dollar uit de bundel in zijn zak. 'Wil je wat geld verdienen?'

Het joch zette grote ogen op. Carter wees naar het terrein dat naast het gebouw lag en waar een gaashek omheen stond. Het was bezaaid met afval, metalen wagentjes en pallets.

'Zie je dat hek?'

De jongen knikte enthousiast.

'Ik wil dat je daar de bal overheen schiet en hem terug gaat vragen. Dan vertel je mij wie er binnen is. Kun je dat doen?'

'Waarom?'

Carter keek hem doordringend aan. 'Wil je het geld of niet?'

'Oké.' Het joch probeerde het briefje uit Carters hand te grissen, en toen die zijn hand terugtrok schudde hij zijn hoofd. 'Eerst het geld. Dan bel ik aan.'

Carter lachte. 'Ik mag dan een buitenlander zijn, ik ben niet gek. Eerst aanbellen, dan het geld.'

'Oké. Wacht hier.'

De jongen pakte zijn bal op. Even later rende hij in de richting van het bedrijventerrein. Voor het terrein rechts van het gebouw bleef hij staan en hij gooide zijn bal over het hek. Die landde stuiterend tussen het afval en kwam rollend tot stilstand tegen een afvalcontainer.

Carter ging snel weer in de schaduw van de garage staan. Hij kroop achter de pallets en keek vanuit zijn schuilplaats toe hoe het joch naar de voorkant van het gebouw rende.

Het zat Carter niet helemaal lekker dat hij het kind nietsvermoedend poolshoogte liet nemen bij de ingang. Carter wist dat er een kleine kans bestond dat de spierbundels de laatsten waren die het gebouw hadden verlaten. Misschien was het licht opzettelijk aan gelaten en waren er explosieven geplaatst, die zouden ontploffen als er iemand bij de deur kwam. Of misschien kwam er iemand gewapend naar buiten voordat Carter zich toegang tot het gebouw kon verschaffen.

De jongen klopte op de deur aan de zijkant van het rolluik en wachtte.

Er deed niemand open.

Hij klopte opnieuw.

Hetzelfde resultaat.

Het joch liep een stukje achteruit. Krabde op zijn hoofd. Even dacht Carter dat hij het zou opgeven en rechtsomkeert zou maken.

Toen ging de deur piepend open. Carter slaakte een zucht van verlichting.

Geen boobytrap.

Vanaf zijn positie op honderdvijftig meter afstand zag Carter een gestalte in de deuropening staan.

Vann.

De Noord-Ier staarde naar het kind, dat een smekend gebaar maakte en naar de binnenplaats wees. Vann hoorde hem onbewogen aan. Hij had meer aan zijn hoofd dan de bal van een kind op zijn terrein. Hij zei iets tegen de jongen en deed de deur dicht. Het joch wachtte. Een halve minuut later ging de deur weer open en gaf Vann hem de bal.

De deur ging dicht.

De jongen rende terug naar de garage, met de bal onder zijn arm. Carter kwam tevoorschijn van tussen de pallets en knikte hem toe. 'En?'

'Er is maar één man binnen,' antwoordde de jongen, een beetje buiten adem. 'Hij lijkt op u.'

'Op mij?'

De jongen lachte en wees naar Carters gezicht. 'Wit. Maar ouder.'

'Heb je niemand anders gezien?'

'Nee. Alleen de witte man en een vrachtwagen.'

'Een vrachtwagen?' vroeg Carter fronsend.

'Ja.' De jongen spreidde zijn armen zo ver hij kon. 'Zo groot.'

Carter drukte het joch het knisperende bankbiljet in de hand. Die sloot zijn vuist eromheen. Carter zwaaide in de richting van de hoofdstraat en zei: 'Doe me een lol en ga een nieuwe bal kopen of zo. Ga de buurt uit.'

'Waarom?'

'Doe het gewoon.'

Het joch grijnsde en holde de straat uit. Carter bleef in de schaduw van de garage wachten tot hij bij de hoofdstraat was. Hij zette de rugzak achter een stapel puin en keek nog één keer om zich heen. Toen hij niemand zag, haalde hij de semiautomatische Grach onder zijn shirt vandaan.

Hij ontgrendelde het pistool en hield het naast zijn lichaam terwijl hij begon te rennen. Hij kon het gewicht van het volle magazijn voelen. Achttien 9x19mm kogels. Klaar om iedereen neer te schieten die zich mogelijk in het gebouw ophield.

Carter bereikte het dichtstbijzijnde gebouw en rende in een schuine hoek naar het gebouw om te voorkomen dat de camera hem vast zou leggen. Hij wilde niet dat iemand zijn gezicht zag. Dat wilde hij tot het allerlaatste moment voorkomen.

Met nog eens zes snelle stappen bereikte hij de zijdeur van het gebouw. Die zag er stevig uit en er hingen borden aan met allerlei waarschuwingssymbolen. Carter wist niet wat de woorden betekenden, maar dat was ook niet nodig. Hij snapte de strekking wel.

*Verboden toegang voor onbevoegden.*

Dat zullen we nog wel eens zien, dacht hij.

Hij ging een meter achteruit zodat hij de ruimte had om voldoende kracht te zetten.

Hij deed zijn linkerbeen omhoog.

Haalde uit.

Er klonk gekraak toen Carter met zijn hak links van het versleten handvat tegen de deur trapte, zodat hij de deur op de zwakste plek raakte en het inwendige afsluitmechanisme verbrijzelde. De deur vloog open en sloeg tegen de muur.

Carter hief zijn pistool.

Toen stormde hij naar binnen.

# 21

Meteen begon Carter de kamers te controleren. Iets wat hij al talloze keren had gedaan. Op het oefenterrein in Pontrilas, tijdens invallen in Afghanistan en op heel veel andere plekken. Val binnen en ga snel en met gecontroleerde agressie het gebouw in. Schakel de dreiging aan de andere kant van de deur uit. Precies zoals hij het de rekruten in Chili had geleerd.

Alleen was het doelwit deze keer ook een Blade.

Hij zwaaide zijn pistool van links naar rechts terwijl hij dieper het gebouw in liep om eventuele bedreigingen uit te schakelen. Hij bevond zich nu in een schaars verlichte ruimte van ongeveer tien bij twintig meter, met muren van kale baksteen en een vloer van grijze giethars. Aan het plafond hingen rijen tl-buizen. Carter zag aan zijn linkerhand een klein kantoor dat in de muur was ingebouwd, en achterin een keukentje en een wastafel. Midden in het vertrek stond een witte bakwagen, met de cabine naar het gesloten rolluik toe.

Rechts van de vrachtwagen stond een metalen werkbank, die bezaaid was met snoertjes en kabels, wegwerptelefoons en computerspullen. Drie opengeritste zwarte plunjezakken, met blokken zwarte teer erin. En wapens. Carter zag héél veel wapens. Glock-pistolen. Een Druganov-scherpschuttersgeweer. AK-47's. Iets wat eruitzag als een Russische GM-94-granaatwerper, plus munitietassen vol 43x30mm vacuümgranaten.

Vann stond naast de werkbank.

Met zijn handen langs zijn lichaam. Ongewapend.

Hij glimlachte.

'Hoi Geordie,' zei hij. 'Waar bleef je nou?'

Carter bleef stokstijf staan. Het pistool trilde in zijn hand. Vann lachte en schudde een vinger heen en weer. Hij had zijn Afghaanse kleding ingewisseld voor gewone kleren.

'Je had je hier buiten moeten houden, makker,' vervolgde Vann. 'Je had weg moeten lopen toen het nog kon.'

Hij glimlachte nog steeds. Carter kreeg een wee gevoel in zijn maag. Hij wist dat er iets heel erg mis was.

'Nu is het natuurlijk te laat,' ging Vann verder. 'Doodzonde. Maar ja, je hebt nooit goed naar advies kunnen luisteren, hè, Geordie?'

Carter voelde een enorme druk opkomen tussen zijn slapen. Hij bleef zijn pistool op Vanns lichaam richten. De zelfgenoegzame grijns op diens gezicht werd breder. Hij leek helemaal niet verbaasd te zijn om Carter te zien. Integendeel eerder.

Alsof hij had verwacht dat Carter precies op dat moment de deur binnen zou stormen.

'Doe dat wapen omlaag, jongen,' zei een lijzige stem.

Links van Carter.

Het was een stem die hij al eens eerder had gehoord.

Van een Amerikaan.

Carter keek opzij.

Een man met zilverkleurig haar, een gerimpeld gezicht en lichtblauwe ogen stond voor de deuropening van het kantoortje. Hij was gekleed in een zwart T-shirt, een grijze broek en donkere wandelschoenen. De man hield een Glock 17 in zijn rechterhand.

De donkere monding van de loop was recht op Carter gericht. Op de plek tussen zijn ogen.

Carter had het gevoel dat zijn maag in ijs veranderde.

Bill Ramsey grijnsde en zei: 'Jezus, jongen. Je zou de blik op je gezicht moeten zien. Echt onbetaalbaar.'

Carter staarde de voormalige CIA-directeur met stomheid geslagen aan. De druk tussen zijn slapen werd steeds heviger. Onzichtbare ijzeren klauwen klemden zich om zijn schedel.

Bill Ramsey.

De man die Carter een paar maanden geleden de Medal of Honor had uitgereikt. De meest naaste vertrouweling van de president.

*Wat doet hij hier in godsnaam?*

'Ik vraag het je niet nog een keer,' zei Ramsey met zijn slome zuidelijke accent. 'Laat je wapen zakken. Heel langzaam.'

'Doe wat hij zegt, Geordie,' zei Vann. 'Doe geen stomme dingen.'

Carter klemde van woede zijn kaken op elkaar. Hij vond het vreselijk om het te moeten toegeven, maar Vann had gelijk. Het was twee tegen een. Hij was kansloos. Vann bevond zich op minder dan een armlengte afstand van de wapens die op de werkbank lagen. Carter kon een van hen doden, maar niet allebei.

*Zodra ik het vuur open, ben ik er geweest.*

Heel langzaam liet Carter zich op een knie zakken en legde hij de Grach op de grond.

De dunne lippen van Bill Ramsey plooiden zich tot een glimlach. 'Braaf.'

Hij bleef de Glock op Carter gericht houden terwijl Vann naar voren liep en de Grach oppakte. De Noord-Ier ging rechtop staan en legde het wapen buiten het bereik van Carter op de werkbank.

'Wat is dit allemaal?' vroeg Carter, terwijl hij heen en weer keek van Ramsey naar Vann.

Vann negeerde de vraag en zei: 'Ik heb geprobeerd je hier buiten te houden. Vergeet dat niet. Ik heb je de kans gegeven om weer op te rotten naar Engeland, en die kans heb je niet gegrepen. Ik kan hier niets aan doen.'

Carter schudde zijn hoofd. Hij moest helder nadenken. De situatie begrijpen. Dat lukte hem niet. Er kolkten te veel vragen door zijn hoofd.

‘Wat doet híj hier?’ vroeg hij, met een knikje naar Ramsey.

‘Bill is mijn zakenpartner, maat. We werken al een tijdje samen,’ antwoordde Vann.

Carter staarde ongelovig naar de voormalige CIA’er.

‘Ik moet je nageven dat je een koppige klootzak bent,’ zei Ramsey. ‘Toen ze belden om te zeggen dat je hiernaartoe kwam, spoog ik bijna mijn koffie uit.’ Hij keek even naar Vann en grijnsde. ‘Ik denk dat je gelijk had. Je vriend weet niet wanneer hij moet stoppen.’

De woorden schokten Carter. ‘Heb je me getrackt?’

‘Tot de laatste stap.’ Ramsey lachte en wees met de loop van de Glock 17 naar een van Carters zijzakken. ‘De satelliettelefoon. Mocht je willen weten hoe we het hebben gedaan, er zit een volgzendertje in de accu. We volgen je al sinds je bent geland in Oezbekistan.’

Het besef drong niet langzaam tot Carter door maar trof hem als een klap in het gezicht. Hij dacht terug aan de briefing. Santiago. Chili. Het was nog maar een paar dagen geleden, maar het voelde alsof het voor de oerknal was gebeurd. Hij herinnerde zich de ernstige uitdrukking op het gezicht van Mike Mullins toen hij Carter de telefoon had gegeven.

*Wat er ook gebeurt, raak deze telefoon niet kwijt.*

Geschokt zei hij: ‘Mullins. Hij heeft me belazerd.’

Ramsey knikte. ‘Mike waarschuwde ons dat Langley iemand stuurde om David te zoeken. Ik vroeg hem een zendertje in de telefoon te plaatsen. Uit voorzorg. Voor het geval je David zou vinden. Maar we dachten niet dat je heel ver zou komen. Niet zó ver in elk geval.’

‘Jezus,’ zei Carter. ‘Jezus christus.’

Vann snoof minachtend. ‘Stel je niet zo aan, stomme sukkel. Dat zendertje heeft je leven gered.’

‘Wat lul je nou?’

‘Mullins hield me op de hoogte van waar je was. Daardoor had ik de tijd om die mijn te vervangen door dat ding met de gloeilamp. Als ik er niet was geweest, was je aan stukken gescheurd.’

Er vielen een paar dingen op hun plek. ‘Heb je daarom die mijn weggehaald? Omdat je wist dat ik eraan kwam?’

‘Als het iemand anders was geweest, had ik de moeite niet gedaan,’ zei Vann. ‘Ik wilde niet dat je iets zou overkomen. Ik heb je gered, maat.’

‘Bullshit.’ Carter voelde woede oplaaien. ‘Je hebt ons daar voor dood achtergelaten. Die Afghanen hadden ons allemaal kunnen afslachten.’

Vann lachte. ‘Dat waag ik te betwijfelen. Ik heb je getraind, of niet soms? Ik heb je in actie gezien. Ik wist dat je een paar armzalige taliban wel aan zou kunnen.’

‘Natuurlijk hoopten we dat David je in de bergen kwijt zou raken,’ zei Ramsey. ‘Dat was voor iedereen beter geweest. Dan hadden we deze onaangename situatie kunnen voorkomen.’

Er klopte iets niet. Carter wendde zich tot Ramsey. ‘Waarom zou jij betrokken raken bij drugssmokkel? Jezus, je bent de baas van de CIA geweest. Je zult toch niet blut zijn.’

Ramsey keek naar Vann. De twee wisselden een blik uit en barstten toen uit in hysterisch gelach. Carter keek ze boos aan.

‘Dit gaat niet om het geld,’ zei Ramsey. ‘Je hebt het echt helemaal mis als je dat denkt, jongen.’

Carter snoof. ‘Rot op. Jullie hebben heroïne aan de Tadzjieken verkocht. Toen hebben jullie ze belazerd en zelf het geld en de drugs opgestreken. Hakimi heeft me alles verteld voordat hij doodgebloed was.’

‘Dat klopt half. We hebben een overeenkomst met de Tadzjieken. Of nou ja, die hadden we. Maar niet voor het geld.’

Ramsey glimlachte. Carter zag een voldane blik in de ogen van de Amerikaan, die hem zenuwachtig maakte.

‘We ruilden de drugs voor iets anders,’ zei Ramsey. ‘Iets van nog meer waarde dan geld.’

Carter keek Vance schuin aan. ‘Waar heeft hij het over?’

‘Kijk zelf maar,’ zei Ramsey.

Hij wees met zijn Glock naar de laadruimte van de vrachtwagen. Er gleed een geamuseerde blik over zijn gladde gezicht. ‘Toe maar, jongen. Ga maar kijken. Dan zul je het begrijpen.’

Carter liep voorzichtig naar de achterkant van de bakwagen. Hij zag dat de achterklep omhoog stond. In de laadruimte stonden vijf legergroene koffers, die allemaal een waterdichte metalen container bevatten zo groot en met dezelfde vorm als een biervat. Aan elk exemplaar was een rugzakframe vastgemaakt, compleet met schouderbanden en rugkussens om het vervoer te vergemakkelijken.

Ramsey grijnsde van opwinding. ‘Je weet toch wat dat zijn, hè?’

Er liep een rilling over Carters rug.

Hij had vergelijkbare containers gezien. SADM’s. Special Atomic Demolition Munitions. Oftewel draagbare atoombommen, ontwikkeld door het Amerikaanse leger op het hoogtepunt van de Koude Oorlog om op de rug van een parachutist of infanterist naar een doelwit te worden gedragen. De dingen konden zelfs onder water tot ontploffing worden gebracht om vijandelijke marinebases te vernietigen.

Carter wist dat in elke metalen container een kleine kernkop van een kiloton zat. Het equivalent van duizend ton springstof. Klein in vergelijking met de strategische kernwapens, maar nog altijd krachtig genoeg om een gebied ter grootte van een voetbalstadion te vernietigen.

Wat hij nu zag was het Russische equivalent van de SADM. Die zagen er net iets anders uit en werkten ook niet helemaal hetzelfde, maar ze waren even verwoestend.

Tienduizenden doden per bom.

Hele delen van een stad konden ermee worden weggevaagd.

‘Prachtig, hè?’ zei Ramsey. ‘Poëtisch bijna.’

‘Jezus,’ zei Carter.

‘Drie ton heroïne,’ zei Ramsey. ‘In ruil voor vijf draagbare atoombommen. Dat was de prijs die de Tadzjieken vroegen.’

Carter draaide zich naar de twee mannen om. 'Hebben jullie ze van de Tadzjieken?'

'Zij hebben een mannetje in Moskou,' antwoordde Vann. 'Met heel goede connecties. Hij regelde de bommen.'

'De Russen,' zei Ramsey, 'zijn een heleboel van die dingen kwijtgeraakt toen de Sovjet-Unie ineenstortte. Zevenennegentig, volgens de veiligheidsrapporten, al ligt het werkelijke aantal waarschijnlijk veel hoger. Een paar zijn uiteindelijk op de vreemdste plaatsen opgedoken. Een oligarch had een rugzak in een vitrine staan in zijn dacha in Sint Petersburg. Iemand anders had er eentje in zijn lekkende kelder liggen. Zei dat hij hem als aandenken had gehouden. Maar de meeste zijn nooit gevonden.

De Tadzjieken kwamen acht maanden geleden in het bezit van deze exemplaren. Vraag me niet hoe. Onze man heeft contact opgenomen met zijn compagnons. Gezegd dat ze een balletje moesten opgooien, om na te gaan of er misschien partijen geïnteresseerd waren in een ruil. Terroristische groeperingen, de taliban. Zo hoorden we over die bommen. De Tadzjiekse criminelen regelden de onderhandelingen. De deal was snel beklonken. Voor atoombommen is het aanbod groter dan de vraag. De Tadzjieken vroegen vijftig procent van de heroïne als aanbetaling en de andere helft na een succesvolle overdracht. We hebben de ruil vanmorgen bij de weg afgerond. Een prachtig moment. Je had erbij moeten zijn.'

'Ik heb genoeg gezien,' beet Carter hem toe. 'De lichamen lagen daar.'

'Het moest gebeuren. De Tadzjieken, Hakimi. Die gasten wisten te veel. Dacht je dat we ze konden laten gaan? Dat risico konden we niet nemen. Dat snap je toch wel, met mijn achtergrond?'

Carter staarde de Amerikaan aan en probeerde helder na te denken.

Heroïne voor atoombommen. Dat was geen onlogische ruil. Daarmee vermeed je het probleem van contant geld, het belangrijkste obstakel voor elke drugsdealer. Het was niet zo heel riskant om drugs het land binnen te smokkelen. Het grote probleem was om het geld er weer uit te krijgen. Geld liet altijd een spoor achter. Alles moest worden witgewassen, en dat kostte veel tijd en moeite. Met een directe ruil vermeden beide partijen het gedoe van contant geld.

'Heb je dit al die tijd in Afghanistan gedaan?' vroeg hij aan Carter. 'Heroïne smokkelen zodat je atoombommen kon kopen?'

'Zo is het niet begonnen,' antwoordde Vann. 'Ik ben in eerste instantie gestuurd om die rebellen te trainen.' Hij knikte naar Ramsey. 'Bill werkte aan de andere kant van de operatie.'

'De Nationale Alliantie had wapens nodig,' legde Ramsey uit. 'Ze moesten het opnemen tegen een serieuze militaire krijgsmacht die ruimschoots van wapens werd voorzien door Pakistan en China. Het was duidelijk dat ze wel wat meer nodig hadden dan een paar AK-47's om een kans te maken. Mijn taak was om zware wapens te leveren. David zou de rebellen trainen, ze laten zien hoe ze met die wapens moesten omgaan. Raketwerpers, handvuurwapens en zo. En Stingers.'

Carter fronste verbaasd zijn wenkbrauwen. FIM-92 Stingers waren makkelijk vervoerbare luchtdoelraketten. Als je ze goed gebruikte, kon je er bijna alles mee neerhalen. Helikopters, vliegtuigen, drones.

Eén kort moment vroeg hij zich af waarom de Afghaanse rebellen luchtdoelsystemen nodig hadden. Maar toen herinnerde hij zich wat Mullins en Ortega hem hadden verteld over de vloot Black Hawks. Oorlogsbuit, hadden ze gezegd. In bezit gekomen van de taliban nadat de Amerikanen zich uit Afghanistan hadden teruggetrokken.

Hij dacht aan de Chinese drones.

De steun uit Rusland.

'Het aanvankelijke plan was om de taliban te bestrijden door de rebellen beperkt te steunen,' zei Ramsey. 'Dat was wat de CIA wilde. Een kleinschalige opstand. Minimaal risico. Maar sommigen van ons wilden het grootser aanpakken.'

'Hoe dan?'

'We wilden Chinese doelen in Afghanistan aanvallen. Burgerluchtvaart, vliegtuigen die ingenieurs en geologen naar en van de mijnen en de fabrieken brachten. We voerden aan dat de beste manier om de taliban te destabiliseren was om de Chinese operaties te verstoren. De Chinezen te dwingen het land weer te verlaten. Het regime in Kaboel te isoleren. Ze te ontdoen van hun bondgenoten.'

Carter herinnerde zich iets wat Sharza tegen hem had gezegd.

*De Chinezen openen nu mijnen.*

*Ze willen dat de taliban de veiligheid van hun mensen garanderen.*

'Wat zei de CIA?' vroeg hij.

Hij wilde Ramsey aan de praat houden, de Amerikaan zijn stokpaardje laten berijden. Tijd winnen om een ontsnappingsplan te kunnen bedenken.

*Ik moet hier op de een of andere manier zien weg te komen.*

'De CIA hield het plan tegen.' Ramsey snoof. 'De president zelf bemoeide zich ermee. Zei dat ze niets moesten doen waarmee ze Beijing pissig zouden maken. Rond die tijd waren de Chinezen erover begonnen dat ze Taiwan met geweld wilden heroveren. De president deed dat af als dreigen met wapengekletter zoals Zhongnanhai dat zo vaak deed. Maar ik had de rapporten van de inlichtingendiensten gelezen. Het was me duidelijk dat de Chinese president vastbesloten was om deze keer de daad bij het woord te voegen. Een grootschalige amfibische aanval. De grootste uit de geschiedenis. Met een miljoen manschappen. De landingen in Normandië zouden er een strandfeestje bij lijken. Toen besloten we voor een andere strategie te kiezen.'

Ramsey was nu aan het snoeven. Zijn ogen glansden koortsachtig. Carter slikte nerveus. Hij wist dat er maar één reden kon zijn waarom Ramsey hem dit allemaal vertelde. Maar daar wilde hij niet over nadenken.

Ramsey ging verder. 'We wisten dat de Taiwanezen niet opgewassen zouden zijn tegen een grootschalige invasie. Amerikaanse steun zou zwaar beperkt zijn om een kernoorlog te voorkomen. Tuurlijk, we zouden de machthebbers in Beijing kunnen bedreigen met sancties, maar dat was het wel zo'n beetje. Dus bedachten we dat we een nieuwe vorm van afschrikking nodig hadden. Eentje waardoor ze het niet in hun hoofd zouden halen om weer met iemand te lopen kloten.'

Hij glimlachte angstaanjagend. Carter voelde een siddering in zijn borst.

'Er is vandaag een privévliegtuig aangekomen,' zei Ramsey. 'Op het vliegveld ten noorden van Talbarok. Gaat over een uur weer de lucht in. De bommen worden vervoerd naar Taiwan. We hebben daar vrienden ter plaatse. Mensen die we kunnen vertrouwen. Die vastbesloten zijn de Chinese agressie tegen iedere prijs te weerstaan, zelfs als dat ze het leven kost.'

Carter wilde de vraag niet stellen maar deed het toch. Hij moest absolute zekerheid hebben.

'Wat gaan jullie ermee doen?'

'We zullen de bommen vóór de Chinese invasie op van tevoren vastgestelde locaties klaarzetten,' zei Ramsey. 'Op vliegvelden en in havens. Alle plekken die de Chinezen als bruggenhoofd willen gebruiken. Wanneer de troepen landen, zullen we de bommen van een afstand tot ontploffing brengen. En ze een lesje leren dat ze niet snel zullen vergeten.'

# 22

Een paar seconden kon Carter geen woord uitbrengen. Het kostte hem zelfs moeite om adem te halen. Hij had het gevoel alsof iemand een paar stenen platen op zijn borst had gelegd. Het gebons in zijn slapen was erger dan ooit.

'Dat kunnen jullie niet doen,' zei hij ten slotte. 'Dat kán gewoon niet. Jezus, jullie hebben het over het laten afgaan van atoombommen op een dichtbevolkt eiland. Dat is gestoord.'

Terwijl hij de woorden uitsprak kon Carter nauwelijks geloven dat het waar was. Toen zag hij de arrogante blik in Ramseys ogen en wist hij dat de Amerikaan bloedserieus was.

'Ik zal je vertellen wat gestoord is. Niets doen terwijl onze vijanden in het Oosten steeds sterker worden. En kom niet aan met dat gelul over sancties en hulppakketten. We weten allebei dat dat onzin is. Pure schijnpolitiek. Steunbetuigingen zonder dat je mankracht hoeft in te zetten. De vlag van een land aan een openbaar gebouw hangen, een afbeelding aan je socialmediaprofiel toevoegen. Tegen je volgers zeggen dat je achter de inwoners van Oekraïne staat in hun strijd tegen de tirannie. Met een meme boek je geen overwinning.

We zijn te lang zwak geweest,' vervolgde Ramsey. 'We hebben het vredesdividend aan het einde van de Koude Oorlog verkwanseld. We hebben onszelf in slaap gesust, hebben onze eigen morele en spirituele aftakeling in de hand gewerkt terwijl onze vijanden in de tussentijd alleen maar sterker werden. Je hebt geen idee hoe vaak ik heb bepleit dat we moesten voorbereiden op de volgende grote oorlog, dat de Chinezen vernietigd moesten worden. Dat het einde der tijden nabij was. Maar niemand wilde het horen. Ze staken allemaal hun kop in het zand. Al die stommelingen wisten het beter. Dachten dat we onoverwinnelijk waren. Nu ruikt China dat we zwak zijn. Ze denken dat we bang zijn, weet je. Dat we de strijd niet zullen aangaan. Nou, sommigen van ons zijn bereid om te vechten. Wij zijn klaar ons te verdedigen. Om te doen wat er moet gebeuren.'

Carter deed zijn uiterste best om de toenemende druk in zijn oren te negeren. Hij was verbijsterd en gedesoriënteerd. 'Weet de CIA hiervan? Six?'

Ramsey grijnsde. 'Wat denk je zelf?'

'Maar iemand moet jullie helpen bij zoiets groots.'

'Er zijn mensen die sympathiseren met onze zienswijze,' gaf Ramsey toe. 'Mensen binnen het establishment die er genoeg van hebben om de andere kant op te kijken in plaats van de Chinese agressie te bestrijden. Ware gelovigen.'

'Mensen als Mullins bedoel je.'

'Hij is een van hen. Er zijn ook anderen. In het Pentagon en daarbuiten. Godvrezende mannen en vrouwen die begrijpen wat er op het spel staat. We zijn tegenwoordig een soort bedreigde diersoort. Maar daar weet jij als soldaat vast alles van.'

Carter probeerde nog altijd tijd te rekken. Hij kon geen manier bedenken om uit deze hachelijke situatie te ontkomen. Ramsey hield de Glock 17 op hem gericht. Vann stond een meter bij hem vandaan, met een identiek uitziend pistool in een holster aan zijn riem. Er was nog een deur aan de achterkant van het vertrek, op tien meter afstand van de bakwagen. Heel even overwoog Carter Ramsey omver te lopen en naar de deur toe te rennen. Maar nee. Hij zou nooit tijd genoeg hebben. Vann zou hem al lang voordat hij kon ontsnappen hebben neergelegd.

‘Hoe weet je überhaupt zo zeker dat de Chinezen Taiwan zullen binnenvallen?’ vroeg hij. ‘Misschien bluffen ze wel weer.’

‘Net als Oekraïne bedoel je?’ Ramsey snoof honend. ‘De Ruslandkenners bleven maar zeggen dat het Kremlin de buurlanden niet echt wilde binnenvallen. De prijs daarvoor zou te hoog zijn, beweerden ze. Het zou economische en politieke zelfmoord zijn. Toen gebeurde het toch. Gisteren hadden de experts gelijk, vandaag hebben ze het mis. We leven in een nieuwe wereld, jongen. De oude regels gelden niet meer. Alles is veranderd.’

‘We zouden ze Taiwan niet laten innemen,’ zei Carter stellig. ‘Er zou een wereldwijde reactie komen. We zouden wel móéten handelen.’

Ramsey schudde zijn hoofd. ‘Ik ken de president. Bijna niemand kent hem beter. Hij is een gevoelloze klootzak. Het beeld van de keurige familieman dat hij tijdens de campagnes uitdraagt klopt voor geen meter. De Russen zouden een kernwapen op Letland of Estland kunnen afschieten, wat zeg ik, op Duitsland zelfs, en hij zou godverdomme geen vinger uitsteken. Geloof me, wanneer de bommen beginnen te vallen op Taipei, heeft hij het lef niet om militair te reageren. Dus is het aan ons.

Als we de helft van de Chinese troepen kunnen treffen, betekent dat het einde van de invasie. Zelfs de Communistische Partij zou zulke grote verliezen niet kunnen opvangen. Troepen zouden teruggetrokken worden. De Chinese president zou moeten aftreden. De volgende leider zou niet dezelfde fout willen maken als zijn voorgangers. We zouden Beijing een generatie lang temmen, misschien wel langer.’

Carter keek hem verbijsterd aan. ‘Je hebt het misschien wel over honderdduizenden doden.’

‘Dit is de enige manier om te winnen. Het gaat om niets minder dan het voortbestaan van de christelijke wereld.’

Tering, dacht Carter. Die gast begint te klinken als een televisie-evangelist.

'God heeft tot me gesproken, weet je,' vervolgde Ramsey zacht. 'Hij is tot me verschenen in een visioen. Hij zei dat dit de grote missie van mijn leven was. Dat ik uitverkoren ben. Om te voorkomen dat de dreiging uit het Oosten onze manier van leven zou vernietigen.'

Hij sprak angstaanjagend kalm. Emotieloos. Afstandelijk. Carter luisterde vol afgrijzen toe.

'Het staat letterlijk in de bijbel, weet je. Het boek Openbaring. Je zou het eens moeten lezen. China is de vleesgeworden duivel. God heeft enkelen van ons uitgekozen als zijn geheiligde soldaten, om te voorkomen dat de machten van het kwaad ons land kunnen aanvallen. Dit hier,' voegde hij daaraan toe terwijl hij met zijn pistool naar de atoombommen zwaaide, 'is de toorn van God.'

Zijn gezicht was kalm, sereen zelfs. Carter realiseerde zich dat de kerel totaal gestoord was. *Hij denkt echt dat die kerel in de wolken tegen hem zegt dat hij een paar bommen moet laten afgaan in het belang van de mensheid.*

Ramsey ging zo op in zijn eigen verknipte overtuiging dat Carter wist dat hij nooit tot hem zou kunnen doordringen. Daarom richtte hij zich tot Vann.

'Dit is moord, Dave. Massamoord.'

Vann haalde zijn schouders op. 'Het is niet anders, maat.'

'Vertel je me nou dat je het prima vindt om aan deze shitzooi mee te werken?'

'Het is China,' zei Vann. 'Een totalitair regime. Eerlijk gezegd kan het me geen moer schelen wat daar gebeurt. Het interesseert me niet.'

'Waarom werk je dan samen met Ramsey?'

'Geld, Geordie, simpel. Bill heeft me een vermogen beloofd om hem te helpen met het smokkelgedeelte van de operatie. Twee miljoen, plus de helft van de waarde van de heroïne wanneer we hier weg zijn.'

Carter keek weer naar Ramsey. 'Krijg je hiervoor betaald?'

'Natuurlijk. Voor zo'n grote operatie is een substantiële investering nodig.' Hij glimlachte weer. 'Gelukkig zijn onze vrienden in Amerika heel vrijgevig. Zij begrijpen dat we verwikkeld zijn in een oorlog met de vijanden van Christus.'

Ramsey keek op zijn horloge. Hij begon zijn belangstelling te verliezen. En Carter realiseerde zich dat dat slecht nieuws was. De tijd begon op te raken.

'En die twee andere kerels? Die ik hier net weg zag gaan? Zijn zij hier ook bij betrokken?'

Ramsey schudde zijn hoofd. 'Voormalige Delta's. Ik heb ze ingehuurd om het vuile werk op te knappen in een specifieke operatie. Zij weten van niets. David en ik hebben de leiding.'

Carter richtte zich tot zijn voormalige maat. 'Je kunt dit niet maken. Het is verkeerd. Dat zie je toch ook wel in?'

Dat ontlokte Vann een schorre lach.

'Ik ben verraden door het Regiment, Geordie. Ik ben het stadium dat ik een reet gaf om goed en fout allang voorbij.'

Carter probeerde het nog een keer. 'Je hebt niks aan twee miljoen dollar. Niet als je de rest van je leven op de vlucht moet zijn.'

'Zo ver zal het niet komen,' kwam Ramsey tussenbeide. 'We hebben onze sporen gewist. Niemand zal die atoombommen met ons in verband brengen.'

Carter schudde verwoed zijn hoofd. 'Je kunt deze man niet vertrouwen,' zei hij tegen Vann. 'Hij heeft de Tadzjieken al verraden. Waarom zou hij jou dat ook niet flikken?'

'Ik waag het erop,' antwoordde Vann resoluut. 'Bill en zijn vrienden hebben beloofd dat ze me onder hun hoede zullen nemen. Een afspraak met een van de grote wapenfabrikanten geregeld. Daar is veel geld mee gemoeid. Een groot huis ergens in Amerika. Dat is een stuk beter dan mijn dagen in Hereford slijten en wachten tot de telefoon gaat. Dat is een ding dat zeker is.'

Ramsey schraapte zijn keel en zei geërgerd: 'We hebben genoeg tijd verspild. Laten we er een einde aan maken. We vliegen over vijftig minuten.' Hij gaf een knikje naar Vann. 'Dood hem.'

Vann keek hem aan. 'Wacht even. Wie had gezegd dat we hem zouden neerknallen?'

'Hij is jouw probleem,' zei Ramsey. 'Je hebt eerder niet met hem afgerekend, in Afghanistan. Jij hebt deze puinzooi veroorzaakt. Nu is het tijd om het probleem op te lossen.'

Carter voelde het bloed wegtrekken uit zijn gezicht en uit zijn hele lichaam.

'Niet doen, Dave,' zei hij. 'Jezus, niet doen.'

Hij zag dat Vann aarzelde. Innerlijk verscheurd werd. Heen en weer werd geslingerd tussen loyaliteit aan een voormalige Blade en het bevel dat hij had gekregen.

Hij wendde zich tot Ramsey. 'We kunnen hem ook vastbinden. Zijn handen boeien met kabelbinders en hem in het kantoor achterlaten. Wij zitten al lang en breed in de lucht wanneer hij gered wordt. Dat is minder rommelig.'

'Kan niet. Deze klootzak kan later voor heel veel problemen zorgen. Ook voor jou. Sorry jongen, maar hij moet eraan. Het is niet anders,' zei Ramsey.

Vann aarzelde nog steeds.

'Doe het niet, maat,' smeekte Carter. 'Jezus man, we zijn allebei Regiment.'

Vanns gezicht verhardde zich. Er verscheen een kille blik in zijn ogen. 'Ik had al gezegd dat je op moest rotten, Geordie. Maar je luisterde niet.'

Hij klonk als iemand die de stemmen in zijn hoofd het zwijgen wilde opleggen. De twijfels wilde verdrijven.

'Kom op, man,' zei Ramsey ongeduldig. 'Schiet hem neer. Wil je niet betaald worden?'

Nog altijd aarzelde Vann.

Carter stond als aan de grond genageld.
Hij had geen opties meer. Er was geen ontsnapping mogelijk.
Toen hoorde hij het zware geronk van een automotor.

# 23

Het geluid kwam van achter Carter. Ergens aan de voorkant van het bedrijventerrein. Zo te horen kwam er meerdere auto's met hoge snelheid aanrijden. Het waren er minstens twee. Carter hoorde piepende banden die over het asfalt slipten en auto's die abrupt tot stilstand kwamen. Er sloegen autoportieren dicht en er werd geschreeuwd.

De temperatuur in het vertrek leek tot het vriespunt te dalen.

Vann wierp een blik op de werkbank. Het scherm van de laptop. Carter keek in dezelfde richting en Ramsey ook. In het hoofdvenster waren liveopnamen in een hoge resolutie zichtbaar. Carter herkende de plek meteen: de voorkant van het gebouw.

Er stonden twee zwarte Mercedes-Benz G-Wagons, met veel chroom en sidepipes. De banden waren zo groot dat ze onder een monstertruck niet zouden misstaan. De wagens stonden een meter of zeventig van de ingang.

Carter telde acht mannen die waren uitgestapt.

Allemaal gewapend met een AK-47.

Op het scherm scheidden vijf mannen zich af van de anderen en haastten zich naar de zijkant van het gebouw. In de richting van de achterkant.

'De Tadzjieken,' siste Ramsey. 'Shit. Ze hebben ons gevonden.'

Vann schudde vol ongeloof zijn hoofd. 'Onmogelijk. Ze weten niet van deze plek af. Ze zijn hier nog nooit geweest.'

Ramsey keek hem beschuldigend aan. Hij was bleek van woede. 'Ze moeten jouw man hiernaartoe zijn gevolgd. Dit is allemaal jouw schuld, idioot.'

Vann keek hem kwaad aan. Toen knikte hij naar Carter. 'Geordie, gebruik de GM-94. Schakel de fuckers die achterom komen uit. Wij rekenen met de drie gasten aan de voorkant af. Ga.'

Er was geen tijd te verliezen. Geen tijd om na te denken.

Carter wist dat er niets anders op zat dan samen met Vann en Ramsey te vechten. De Tadzjieken zouden waarschijnlijk geen onderscheid maken tussen Carter en de twee mannen die hem gevangen hadden genomen. Ze waren hier met één doel. Om hun vermoorde vrienden te wreken.

*Als ze hier binnenvallen zullen ze mij niet sparen.*

*Ik zal moeten vechten of sterven.*

Vann was al in actie gekomen. Hij gooide een van de AK-47's die op de werkbank lagen naar Ramsey en pakte zelf ook een geweer. Toen renden de beide mannen naar de ramen aan weerszijden van het neergelaten rolluik.

Op hetzelfde moment pakte Carter de Russische granaatwerper en een munitietas met 43x30mm thermobarische granaten. Vacuümgranaten, ontworpen voor gevechten in afgesloten ruimten omdat de granaten vrijwel geen scherven veroorzaakten. Ze waren krachtig genoeg om een licht pantservoertuig te verwoesten doordat ze een enorme hitte en overdruk genereerden. De explosie die dat tot gevolg had zoog alle zuurstof in de lucht op, waardoor er een dodelijk vacuum ontstond dat iemands longen uit het lijf kon zuigen of de vitale organen kon scheuren.

Carter pakte zijn Grach, ramde die in de holster aan zijn riem en rende naar de achterdeur. Achter hem klonk het oorverdovende geluid van geweervuur toen Vann en Ramsey door de ramen het vuur openden op de drie gangsters die het gebouw aanvielen. De ruiten sprongen in duizend stukjes uiteen. Meteen begon de vijand het vuur te beantwoorden. Kogels vlogen door de openingen en sloegen tegen de cabine van de vrachtwagen en in de stenen muren.

Eén kogel raakte de brandblusser die aan de achterste muur hing. Er kwam sissend een witte wolk naar buiten die de muur met schuim bedekte. Carter rende erlangs en rukte de achterdeur open. Daarachter lag een geasfalteerde binnenplaats die ongeveer half zo groot was als een basketbalveld en waar aan drie kanten grotere magazijnen omheen stonden. Rechts voor hem, op ongeveer vijftien meter afstand, zag hij een opslagcontainer vol puin. Een vorkheftruck stond recht voor hem naast een stapel pallets.

Carter ging half in, half buiten de deuropening op een knie in de schiethouding zitten. Hij gebruikte de deurpost om zichzelf te beschermen tegen vijandelijk vuur. Hij legde de munitietas naast de deur en laadde snel de GM-94. Hij had de granaatwerper al een paar keer gebruikt op het oefenterrein in Pontrilas, toen hij had leren omgaan met allerlei verschillende buitenlandse wapens. Een belangrijk onderdeel van de opleiding van iedereen bij het Regiment: je wist van vrijwel elk wapen dat je oppakte hoe het werkte zonder kostbare tijd te verliezen.

Hij wrikte de kap van de magazijnbuis open en haalde een granaat uit de munitietas. Liet die in de buis glijden en draaide de kap weer vast. Klikte het vizier omhoog, trok de sluiter naar achteren en drukte deze weer naar voren.

Carter richtte het wapen op de hoek van het gebouw rechts van hem. Op hetzelfde moment verschenen er drie gangsters. Twee van de mannen renden voor hun maat uit. Een kleine gast met een dikke buik in een zwartgroen trainingspak en een kaalgeschoren kerel met een gebleekte spijkerbroek en een glanzend blauw overhemd. Een derde Tadzjiek in een grijze hoody rende een paar meter achter de *tribute act* uit de jaren tachtig aan. Alle drie richtten ze hun AK-47 op de deur terwijl ze over het open terrein renden.

Even later zag Carter hun mondingsvlammen.

Kogels vlogen een paar centimeter boven Carter door de lucht. De deurpost achter hem veranderde in een zee van splinters. Andere kogels sloegen in de muur en veroorzaakten kolkende stofwolken. Carter bleef rustig. Hij raakte niet in paniek. Dat was cruciaal als je een vuurgevecht wilde winnen. Elke idioot kan onder dekking een wapen afvuren. Maar vroeg of laat moet je je blootgeven als je je tegenstander wilt doden. In die situatie wint de persoon die de ballen heeft om kalm te blijven en gericht te schieten.

Carter schatte zijn opponenten een fractie van een seconde in – hun manier van lopen, hun schiethouding, hun tactische bewustzijn. Hij kon zien dat deze mannen slecht getraind waren. Ze renden op hem af terwijl ze hem schietend uit de heup onder vuur namen en niet eens de moeite namen op hem te richten. Door in zo'n situatie te hopen op een succesvolle afloop gedroegen ze zich als een voetballer die met een blinddoek om een penalty neemt. De kans dat Carter door deze amateurs overhoop werd geschoten was een op een miljoen.

Trainingspak en Spijkerbroek waren nu twaalf meter van hem verwijderd. Hoody volgde op ongeveer een meter afstand en dichtte de afstand tot zijn vrienden. Hij wilde maar al te graag meedoen aan de moordpartij.

Een paar meter achter hem waren de twee andere criminelen ook de hoek om komen stormen. Een van hen had een leren motorjack aan, en zijn maat droeg een zwarte beanie en een glanzend pufferjack.

Carter hield de GM-94 kalm schuin omhoog. Hij bracht zijn ademhaling tot rust en richtte de granaatwerper op de drie dichtstbijzijnde criminelen. Het baarde hem geen zorgen om zo dichtbij een doelwit met dit wapen onder vuur te nemen. Je kon een vacuümgranaat op een doelwit afvuren dat zich op tien meter afstand bevond zonder het risico te lopen zelf gewond te raken.

Een seconde later haalde hij de trekker over.

De GM-94 was enorm krachtig. Carter voelde de terugslag door zijn lichaam trillen toen de granaat uit de loop schoot. Met een enorme flits landde de granaat vlak bij de afvalcontainer op de grond. Er klonk een oorverdovende klap. Dikke rook zweefde in de lucht.

De drie gangsters werden aan flarden gescheurd. De verwoestende kracht van een thermobarische granaat in actie. Je hoeft het doelwit niet te raken. Binnen de dodelijke straal van drie meter deden de drukgolf en het vacuüm de rest.

Drie vijanden uitgeschakeld.

Nog twee te gaan.

De eerste klap trok de aandacht van de twee mannen die achter hun nu dode maten aan waren gerend. Carter zag ze uit zijn ooghoek het open terrein over rennen en dekking zoeken achter de vorkheftruc. Hun overlevingsinstinct had het overgenomen. Niemand wil onbeschut zijn wanneer hij bedreigd wordt door een granaatwerper. Opeens was het hun topprioriteit om dekking te zoeken.

Carter haalde nog een granaat uit de tas en deed die in de buis. Meer kogels versplinterden de deurpost toen de twee mannen van achter de vorkheftruck tevoorschijn kwamen en het vuur openden. Twee kogels sloegen een paar centimeter rechts van Carter in het hout. Hij voelde hete lucht toen een ander projectiel vlak boven zijn hoofd over hem heen scheerde. De gangsters konden niet goed richten. Carter had de indruk dat ze de hele dag op hem zouden kunnen schieten zonder hem te raken.

Hij mikte op de vorkheftruc.

Schoot nog een granaat af.

De criminelen deden geen poging om weg te komen. Er bevond zich vierduizend kilo metaal tussen hen en de soldaat in de deuropening. Ze dachten dat ze veilig waren.

Daar vergisten ze zich in.

De granaat trof de zijkant van de vorkheftruck. De twee Tadzjieken die erachter neerhurkten gilden het uit van pijn en schrik. De man in het pufferjack kwam overeind en liep wankelend een eindje opzij. Het bloed stroomde uit zijn ogen en oren, en zijn mond hing open van onuitsprekelijke pijn.

Carter gooide de granaatwerper opzij en haalde zijn Grach uit de holster terwijl hij naar de vorkheftruck rende om het werk af te maken. Pufferjack zat een paar meter van de vorkheftruck op handen en knieën op de grond en hoestte bloed op. Het effect van de drukgolf had bijna letterlijk gehakt gemaakt van zijn vitale organen terwijl zijn lichaam aan de buitenkant intact was gebleven.

De Tadzjiek had door wat Carter van plan was toen die naar hem toe kwam lopen. Hij deed een trillende hand omhoog in een vergeefse poging zijn gezicht te beschermen en maakte een diep kreunend geluid achter in zijn keel. Misschien smeekte hij om genade. Carter had geen idee, hij was geen taalkundige.

Hij schoot de gangster van dichtbij twee keer door het hoofd, waarmee hij het asfalt van een hersenrode tint voorzag. Toen liep hij naar de zijkant van de vorkheftruc. Klaar om de andere kerel de genadeslag toe te dienen.

Motorjack lag languit op de grond met zijn hoofd binnenstebuiten gekeerd. Al zijn gezichtsholtes waren geëxplodeerd. De schokgolf had zijn gelaatstrekken volledig misvormd. Het leek wel of Carter naar een slecht getekende benadering van een gezicht keek. Op de een of andere manier haalde de man nog steeds adem. Een niet-menselijke kreun ontsnapte uit het gerafelde gat dat ooit zijn mond was geweest. Carter bracht hem met twee kogels in zijn verneukte gezicht verlossing.

*Pak aan, stomme lul. Moet je maar niet kloten met de SAS.*

Hij rende voor de afvalcontainer langs om de strijd met de andere drie gangsters aan te gaan voordat zij zich konden herstellen. Hij had zich de moeite kunnen besparen. Ze waren alle drie omgekomen in de dodelijke straal van drie meter rondom de ontploffende granaat. Ze waren compleet afgeslacht. Er stroomde bloed uit hun ogen, hun neus, hun mond en hun oren.

Niet meer dan een minuut geleden waren de Tadzjieken uit hun G-Wagon gestapt. Carter hoorde een hard gesuis in zijn oren. Hij was zich er vaag van bewust dat er aan de voorkant van het gebouw niet meer werd geschoten. Vann en Ramsey hadden de drie andere criminelen uitgeschakeld.

Acht man dood. Militaire verdediging volgens het boekje.

Het was bijna voorbij.

Maar nog niet helemaal.

*Nu moet ik die andere klootzakken afmaken.*

Hij deed de Grach weer in de holster, boog zich voorover en pakte de AK-47 die naast het misvormde lichaam van Trainingspak lag. Carter controleerde het magazijn, om er zeker van te zijn dat hij genoeg munitie had voor de twee resterende tegenstanders in het gebouw. 7.62x39 kogels glansden dof in het magazijn.

Het zat voor twee derde vol. Iets van twintig kogels.

Meer dan genoeg.

Hij stelde het geweer in op semiautomatisch.

Toen ging hij naar de achteringang.

*Tijd om af te rekenen met Vann en Ramsey.*

Carter liep voorzichtig op het gebouw af, met de houten kolf tegen zijn schouder en het vizier van de AK-47 op de ingang gericht, die zich vijftien meter voor hem bevond. Het was al een tijdje geleden dat hij schoten aan de andere kant van het gebouw had gehoord. De kans was aanwezig dat hij in een hinderlaag liep. Ramsey en Vann lagen hem binnen misschien wel op te wachten. Achter de vrachtwagen bijvoorbeeld. Met hun wapens op de achterdeur gericht. Klaar om Carter vol kogels te pompen zodra hij in de deuropening verscheen.

Hij zou Vann moeten neutraliseren. Daar bestond geen enkele twijfel meer over. Er was nu geen weg terug meer, daar had Vann zelf voor gezorgd. Elke sympathie die Carter nog voor zijn voormalige mentor had gehad, was verdwenen zodra hij de atoombommen had gezien.

Honderdduizenden slachtoffers. Massavernietiging.

En misschien wel het einde van de wereld. Wanneer de Chinezen zich eenmaal realiseerden wie er verantwoordelijk was – wat onherroepelijk ging gebeuren, hoe zorgvuldig Ramsey ook te werk was gegaan – zouden ze niet aarzelen ongekend hard terug te slaan.

Vann was heel diep gezonken door hebzucht. Daar zou hij een prijs voor moeten betalen. We mogen dan allebei voormalige Para Reg zijn, dacht Carter, ik ben anders dan Vann. Héél anders.

Hij bevond zich tien meter van de deur toen hij een karakteristiek geluid hoorde. Het gesnor van een elektrische motor.

Ergens in het gebouw was een motor aangegaan.

Even schrok Carter. Toen begon hij te rennen. Hij gooide alle voorzichtigheid overboord. Even later stormde hij naar binnen en keek in de richting van de voorkant van het gebouw. Het rolluik was omhooggedaan en er stroomde daglicht naar binnen.

De bakwagen scheurde over de oprit.

In de richting van de hoofdstraat.

Carter richtte zijn wapen op de achterkant van het voertuig, maar hij had niet genoeg tijd om goed te richten. Hij schoot snel drie keer achter elkaar met de AK in de richting van de banden. Hij wilde de vrachtwagen onklaar maken voordat ze weg konden komen. Carter wist dat er geen gevaar bestond dat hij de bommen zou activeren. Die zaten in kogelwerende containers zodat er tijdens het vervoer niets mee kon gebeuren.

Twee kogels bereikten de vrachtwagen niet en sloegen vlak voor de achterbanden in het wegdek. De derde kogel ketste af tegen de schuifdeur.

De motor brulde en de bakwagen ging harder rijden. Schokkend reed hij over het dode lichaam van een Tadzjiekse gangster en vervolgens scheurde hij langs de twee G-Wagons. Het zwaar gehavende lijk van de crimineel bleef achter in een kluwen van bloederige ledematen.

Carter schoot een vierde keer op het wegrijdende voertuig. Een wanhoopsschot. De kogel raakte het nummerbord terwijl de vrachtwagen steeds verder van het gebouw verwijderd raakte.

Na honderdvijftig meter remde het voertuig opeens af; de remlichten brandden in het al langzaam afnemende middaglicht. Uit het raam naast de bijrijdersplaats kwam een tong van vuur. Kogels ketsten vonkend af tegen de Yamaha en doorzeefden de benzinetank.

Carter zag zijn voertuig in rook opgaan terwijl de bakwagen weer verder reed. Even later bereikte de vrachtwagen de hoofdstraat, sloeg rechts af en verdween uit beeld.

Hij had geen seconde te verliezen. Carter wist meteen wat hem te doen stond.

Ramsey had gezegd dat er vandaag een vliegtuig zou komen, waarmee de atoombommen naar Taiwan werden vervoerd.

Het kleine vliegveld. Vijftien kilometer ten noorden van Talbarok. De enige landingsbaan in de omgeving van de stad.

Daar gingen die klootzakken heen.

Hij gooide de AK-47 aan de kant en rende zo snel hij kon door de garagedeur naar de lijken die twintig meter voor het gebouw op de grond lagen.

Vann had zijn Yamaha aan gort geschoten in de hoop hem op te houden, maar hij kon nog altijd in de achtervolging met een van de G-Wagons.

Hij moest de sleutels vinden en achter ze aan gaan.

*Als ik plankgas geef, heb ik nog een kans om Vann en Ramsey in te halen.*

Hij ging op een knie naast de man zitten die was overreden door de bakwagen en begon zijn verminkte lijk te fouilleren. Carter voelde in de zakken van zijn jas en broek maar vond niets. De man was niet meer dan een verzameling gebroken botten en zompig vlees.

Carter snelde naar de andere twee criminelen en fouilleerde ze grondig. Hij vond een portemonnee van krokodillenleer, een paar telefoons, geldbundels, kauwgum, Russische sigaretten, goedkope aanstekers.

Maar geen autosleutels.

*Shit.*

Carter rende terug naar het gebouw. Zijn hart bonsde in zijn borstkas. Hij stormde de achterdeur door, naar de twee dode kerels die recht voor de uitgang lagen. Eerst probeerde hij het bij Pufferjack. Die was ongelooflijk toegetakeld. Er kwam bloed uit zijn neusgaten, zijn ribben waren verbrijzeld en zijn oogballen waren uit hun kassen geblazen. Zijn huid zag eruit als gekneusd fruit. Binnen de kortste keren zaten Carters handen onder het bloed. Hij had nog altijd geen sleutels gevonden. Nu richtte hij zijn aandacht op Motorjack en doorzocht snel zijn zakken. Hij vond de verbrijzelde resten van een *key fob* in de binnenzak van de Tadzjiek. Geplet door de kracht van de drukgolf.

Daar had hij niets aan.

Carter kwam weer overeind. Rende naar de andere drie kerels, die met hun gezicht naar beneden naast de volle afvalcontainer lagen.

Er waren minuten verstreken sinds de vrachtwagen was weggescheurd. Vann en Ramsey waren nu ongetwijfeld met volle snelheid op weg naar het vliegveld en vergrootten hun voorsprong. Met elke extra seconde waren ze meer in het voordeel.

Bij Trainingspak had Carter eindelijk prijs. Hij haalde een ongeschonden key fob uit de met bloed doorweekte trainingsbroek. Carter veegde hem schoon aan de mouw van het trainingsjack, kwam overeind en rende terug naar de achteringang van het gebouw. Bij de werkbank bleef hij even staan om het Dragunov-scherpschuttersgeweer te pakken. Hij verwachtte dat hij een wapen nodig zou hebben waarmee hij accurater en verder kon schieten dan met een AK-47 of de gedemonteerde M4 in zijn rugzak.

De Dragunov had 7.62 patronen die groter waren dan de 5.56mm patronen voor de M4. Dat betekende vooral meer stopkracht. Dat kon zijn nut hebben als hij de banden van de vrachtwagen kapot moest schieten of de zijkant van de privéjet moest bestoken.

*Ik ga het opnemen tegen een voormalige Blade en een gepensioneerde Amerikaanse Delta-soldaat. Die allebei gewapend zijn met een geweer.*

*Ik zal alle hulp nodig hebben die ik maar kan krijgen.*

Hij deed de draagband van de Dragunov over zijn schouder zodat hij het geweer met de loop omhoog op zijn rug droeg. Pakte een paar extra magazijnen van tien patronen van de werkbank, stopte die in zijn zijzakken en rende toen door de gehavende voordeur naar buiten. Hij haastte zich naar de twee G-Wagons die zeventig meter verderop stonden. Een eindje ervoor bleef hij staan en drukte de ontgrendeling op de key fob in. De knipperlichten van het linker voertuig knipperden en het voertuig werd ontgrendeld.

*Rijden*, zei een stemmetje in Carters hoofd.

Hij legde de Dragunov achter in de G-Wagon, rende naar de voorkant en ging achter het stuur zitten. Het interieur was een en al luxueus leer, sfeerverlichting en glanzend aluminium. Carter drukte de startknop in en de motor ging ronkend aan. Het dashboard lichtte op. Hij zag dat de tank bijna vol zat. Er dreunde een of andere Russische rap met zware bassen door de luidsprekers. Carter zette de muziek uit.

Hij keerde de G-Wagon zodat die met de neus naar de straat stond. Toen trapte hij het gaspedaal in, en met luid gebrul van de V8-motor reed de wagen het industrieterrein af.

Honderdvijftig meter verderop kwam hij tot stilstand. Naast de garage en de doorzeefde Yamaha. Carter stapte uit en pakte de rugzak achter de berg puin vandaan. Hij haalde de satelliettelefoon eruit, smeet die op de grond en gooide de rugzak op de achterbank, naast het geweer.

In de verte hoorde hij het geluid van sirenes.

De politie.

Carter wist dat het geluid van het geweervuur en de granaten tot kilometers in de omtrek te horen moest zijn geweest.

*Over een minuut krioelt het hier van de politie.*

*Wegwezen.*

Snel ging Carter weer achter het stuur zitten. Hij scheurde naar de hoofdstraat en gaf bij de T-splitsing een harde ruk naar rechts. De G-Wagon zwaaide heen en weer – tweeënhalve ton metaal slingerde met piepende banden over het wegdek. Motoren zwenkten opzij om hem te ontwijken en taxi's toeterden. Carter wortelde met het stuur, wist de wagen recht op de weg te krijgen en trapte het gaspedaal weer in.

De G-Wagon schoot in minder dan vijf seconden met een snelheid van zestig kilometer per uur naar voren.

Een halve minuut reed Carter in noordelijke richting Talbarok uit.

In de richting van het vliegveld.

# 24

Carter reed over een kaarsrechte weg zes kilometer lang naar het noorden. Hij trapte het gaspedaal zo diep mogelijk in en hield het stuur zo stevig vast dat hij witte knokkels had. Hij werd gedreven door een obsessieve vastberadenheid om Vann voor eens en altijd tegen te houden. Vann en Bill Ramsey. De man die God tegen hem had horen zeggen dat hij tienduizenden burgers op moest blazen om het einde der wereld te voorkomen. Het was bijna niet te geloven dat zo'n kerel ooit aan het hoofd van de CIA had gestaan. Dat hij de afgelopen drie jaar door de gangen van het Witte Huis had gelopen en de president adviezen had gegeven.

Terwijl hij dichter bij het vliegveld kwam, bleef hij voortdurend op de dashboardklok kijken. 14.59 uur. Als hij het goed had uitgerekend, was hij acht kilometer van zijn bestemming. Nog elf of twaalf minuten rijden. Een minuut of vier, vijf achter de vrachtwagen. Hij had kostbare tijd verloren met het fouilleren van de neergeschoten Tadzjieken. Maar Vann en Ramsey reden vast niet op volle snelheid naar het vliegveld. Deels vanwege de beroerde staat waarin de Tadzjiekse wegen verkeerden, maar ook omdat ze vijf atoombommen in de laadruimte hadden staan. Ze zouden hun opperste concentratie nodig hebben om een ongeluk te voorkomen. Carter had er nog steeds vertrouwen in dat hij ze kon inhalen voor ze het vliegveld hadden bereikt.

Dan kon hij een paar kogels in hun banden jagen, zodat ze niet verder konden.

En vervolgens kon hij Vann en Ramsey neerschieten.

Een kilometer verder kwam hij naast een truckstop bij een T-splitsing.

En toen ging zijn plan in rook op.

Bij de splitsing zag hij nergens verkeersborden. Niets waaruit hij kon afleiden welke kant hij op moest naar het vliegveld.

*Fuck.*

Carter ging aan de kant van de weg staan. Hij moest kostbare minuten verspillen door de kaart uit zijn rugzak te halen en zich te oriënteren. Hij vond de route, ging bij de splitsing naar rechts en reed toen zo hard hij kon over de slecht onderhouden weg, door een troosteloos landschap met stoffige, bruinachtige valleien en kale, uitgestorven velden. In de verte zag hij hoge bergen met besneeuwde bergtoppen die eruitzagen als netjes gevijlde tanden. Hij zag nergens dorpen, benzinestations, kraampjes of andere tekenen van bewoning. Alleen een enorme, kale uitgestrektheid.

De meest verlaten plek op aarde.

*Vijf minuten tot het vliegveld.*

*Ik ben er bijna.*

*Jezus, het gaat er echt om spannen.*

Hij gaf zo veel mogelijk gas, in een wanhopige poging de achterstand op Vann en Ramsey goed te maken. De motor brulde als een wild dier en de snelheidsmeter kwam ruim boven de honderd kilometer per uur kwam. Carter voelde zijn botten trillen terwijl de SUV door diepe kuilen in het wegdek reed. Intussen zocht hij de horizon af. Het vliegveld was nog drie minuten rijden, maar de vrachtwagen was nog altijd nergens te bekennen. Hij wist dat dat maar één ding kon betekenen. De bakwagen was al bij de landingsbaan.

Ik heb nog tijd, hield Carter zichzelf voor.

Het vliegtuig zou voor vertrek eerst moeten bijtanken, redeneerde hij. Een langeafstandsvlucht naar Taiwan. Het zou een paar minuten kosten om de atoombommen uit te laden en het vliegtuig in te brengen. Er zouden controles moeten worden uitgevoerd voor de vlucht. Al dat soort dingen. Het zou ongelooflijk krap worden, maar er bestond nog altijd een kans dat hij het zou redden.

Een minuut later reed hij over een betonnen brug een smalle rivier over, en toen zag hij het vliegveld liggen, vierhonderd meter in noordelijke richting. Het werd gescheiden van de weg door een uitgestrekte omgeploegde akker en was omheind met een ondeugdelijk gaashek. Aan weerskanten van het dal stonden hoge bergen waarvan de hellingen waren bedekt met puin en losse stenen.

Doordat hij de kaart had bestudeerd wist Carter dat de enige landingsbaan over een lengte van ongeveer twee kilometer van het noordoosten naar het zuidwesten liep – lang genoeg voor een middelgroot straalvliegtuig. Carter nam aan dat het vliegveld was aangelegd op verzoek van de plaatselijke elite. De president en zijn gezin zouden een fatsoenlijke landingsbaan nodig hebben voor hun snoepreisjes naar het buitenland.

Honderd meter in westelijke richting zag hij dat een deel van het hek omver was gereden. Er liepen bandensporen van de opening in het hek naar de noordoostkant van de landingsbaan, twee kilometer verderop. Toen wist Carter dat Ramsey en Vann de weg hadden verlaten, door het hek heen waren gereden en een stuk hadden afgesneden door de akker. Om seconden te winnen in hun uitzinnige haast om weg te komen.

Aan het einde van de landingsbaan zag Carter een vliegtuig van gemiddelde grootte waar een witte bakwagen naast stond. Hij pakte het stuur nog steviger vast en voelde een vlaag van opwinding in zijn borst.

*Ze zijn er nog. Goddank.*

*Ik doe nog mee.*

Zo hard hij kon reed hij met de G-Wagon een paar honderd meter met de klok mee om de rand van het vliegveld heen. Hij naderde de afslag naar de ingang, maakte een scherpe bocht naar rechts en stoof over de smalle toegangsweg.

Er was geen beveiliging aanwezig op het vliegveld – geen controlepost of wachthuisje. Alleen een gat in het gaashek en een geasfalteerd platform aan het einde van de toegangsweg.

Carter spoot het vliegveldterrein op en bleef nog vierhonderd meter op de toegangsweg rijden. Hij snelde langs de parkeerplaats en trapte vlak voor een rij loodsen en hangars aan de westkant van het platform op de rem. Tien meter van de dichtstbijzijnde loods kwam hij slippend tot stilstand. Carter stapte uit en rende met dreunende schoenen over het asfalt naar het achterportier. Hij pakte de Dragunov van de achterbank en haastte zich naar het platform.

Carter liep nu echt op zijn tandvlees. Hij had zijn uithoudingsvermogen de afgelopen twee dagen tot het uiterste beproefd, doordat hij bijna niet had geslapen en amper iets had gegeten. Zijn spieren deden pijn van vermoeidheid en elke cel in zijn lichaam hunkerde naar rust, maar dat maakte nu allemaal niet uit. Hier ging het allemaal om.

De dood of de gladiolen.

Hij hoorde het bloed in zijn oren razen en voelde zijn hart tekeergaan in zijn borst. Carter dwong zijn uitgeputte lichaam om door te gaan. Riep zijn laatste krachten aan voor nog één laatste inspanning.

*Blijf in beweging.*

*Schiet op.*

*Wat er ook gebeurt, ik moet voorkomen dat dat vliegtuig vertrekt.*

Hij bereikte de zuidoosthoek van het platform en stapte uit de beschutting van de dichtstbijzijnde loods. Voor hem bevond zich een geasfalteerd platform dat ongeveer twee voetbalvelden groot was. Schuin links voor hem stond een rij lage gebouwen – hangars, aftandse loosden en werkplaatsen. In een van de hangars zag hij allerlei vliegtuigonderdelen en onderhoudsbenodigdheden: stellages, vliegtuigtrappen, een kar vol vliegtuigbanden, gereedschapskisten en een ontmantelde turbofan.

In een grote carport voor de volgende hangar stond een brandweerwagen, naast een sneeuwschuiver en verscheidene andere voertuigen. Ten noorden van het platform zag Carter een luchtverkeerstoren en een opslagtank.

Carter ging ervan uit dat er zich een basisbezetting op het vliegveld bevond. Een paar mensen in de verkeerstoren, misschien een paar monteurs die in de hangars aan een vliegtuig sleutelden, maar hij betwijfelde of ze zich ergens mee zouden bemoeien als de kogels in het rond begonnen te vliegen.

Hij nam rechts van de dichtstbijzijnde loods een schiethouding in. Carter trok de tweepoot die aan de onderkant van de loop was bevestigd uit en zette het geweer op het asfalt. Hij legde zijn wang tegen het leren kussen op de geweerkolf, trok de grendel naar achteren en duwde hem vervolgens weer naar voren om de eerste 7.62 patroon in de kamer te plaatsen. Toen keek hij door het telescoopvizier dat op de rail boven op het geweer gemonteerd was. Het dradenkruis bevatte een reeks markers en lijnen om de schutter zaken als de afstand tot het doel, de afbuiging en de invloed van de wind te helpen inschatten.

Carter richtte het dradenkruis op de Learjet die zeshonderd meter verderop in noordoostelijke richting rechts voor hem aan de rand van de landingsbaan stond.

Hij keek naar de voorkant van het toestel. Aan de linkerkant van de romp was de vliegtuigtrap omlaag, maar Carters zicht op de trap werd deels belemmerd door de cockpit. De vrachtwagen stond een meter of acht van de trap geparkeerd, ook aan de rand van de baan. Ramsey was naast het toestel aan het ijsberen, met een telefoon aan zijn oor. Toen bleef hij even staan om op zijn horloge te kijken.

Carter zocht de omgeving weer af. Vann was nergens te bekennen. Misschien was hij in de cabine. Een van de bommen aan het inladen. Carter overwoog te proberen Ramsey overhoop te schieten maar besloot meteen dat niet te doen. Hij wilde Vann niet alarmeren en hem een nieuwe kans bieden om te ontsnappen. Hij kon beter wachten tot hij beide doelwitten in het oog kreeg.

*Deze keer komt Vann niet weg. Echt uitgesloten.*

Carter observeerde de cockpit. Een van de piloten keek omlaag naar het vluchtplan. Hij zou Carter van die afstand niet kunnen zien. De man ging ongetwijfeld helemaal op in de controles die hij voorafgaand aan de vlucht moest uitvoeren. De stoel van de copiloot was leeg.

Die is waarschijnlijk achter in het vliegtuig, dacht Carter. Hij helpt bij het vastmaken van de bommen. Dat doen ze met z'n tweeën om ervoor te zorgen dat ze goed vastgegespt worden. Je wilt niet dat die dingen tijdens de vlucht door het gangpad rollen. Carter kon de piloot niet neerschieten. Het glas van de cockpit was centimeters dik. Een 7.62 kogel zou ertegen afketsen. Alsof je een steen naar een tank gooide. Als hij een .50 kaliber geweer had, zou het misschien een optie zijn de piloot neer te schieten. Nu niet.

Dus wachtte hij.

Op die ene kans om het goed te doen.

Drie seconden later kwam er een gestalte uit de cabine. Carter kon hem pas goed zien toen hij onder aan de trap was. Het was Vann. Carter keek toe hoe zijn voormalige mentor met grote stappen naar de achterkant van de vrachtwagen begon te lopen. Hij had duidelijk haast.

Ramsey was nog altijd aan het bellen. Hij maakte geen aanstalten om Vann te helpen de bommen aan boord te krijgen. Ramsey kwam op Carter niet over als het soort man dat graag zijn handen uit de mouwen wilde steken. Mannen als Ramsey lieten het zware werk altijd over aan hun ondergeschikten.

Carter bleef zijn vizier op de bakwagen richten.

Hij keek toe hoe Vann nog een bom uit de laadbak haalde. Het was de laatste. Hij zette hem op de landingsbaan, sprong in de cabine van de vrachtwagen en reed het voertuig naar de zijkant van de landingsbaan, een eind uit de buurt van de Learjet. Hij stapte weer uit en jogde terug naar Ramsey en de laatste atoombom.

Carter spande zijn vinger om de trekker van de Dragunov.

Zodra hij Vann had neergeschoten zou hij zich op Ramsey richten. Carter zou de gast omleggen voordat die de kans had om dekking te zoeken of te vluchten.

Als de twee mannen eenmaal waren uitgeschakeld kon Carter naar het vliegtuig rennen en de atoombommen onder dreiging van een vuurwapen bewaken. Hij dacht niet dat de bemanning veel weerstand zou bieden. Vervolgens zou hij met een van hun telefoons contact opnemen met Vauxhall Bridge.

Vertellen wat er allemaal was gebeurd.

Vann boog zich voorover om de tonvormige atoombom op te pakken. Ramsey stond vlakbij en hield zijn telefoon omlaag. Hij zei iets tegen Vann. Moest schreeuwen om boven het geloei van de vliegmotoren uit te komen. Ze hadden Carter niet gezien. Hadden niet eens in de richting van het platform gekeken. Daar hadden ze ook geen reden toe. Ze wilden alleen maar zo snel mogelijk het land verlaten.

Vann bleef staan en keek op naar Ramsey. Hij schreeuwde iets tegen de Amerikaan. Beide mannen zwaaiden driftig met hun handen. Vann leek pissig te zijn. Hij stak een vinger uit naar Ramsey. Misschien hadden ze ruzie over het geld. Over de voorwaarden van de betaling. Misschien vond Vann dat hij een royalere bonus verdiende.

Carter ademde uit en ontspande zijn spieren terwijl hij op Vanns romp richtte. Het schot op het lichaam. Van een afstand van zeshonderd meter moest je op het grootste doel mikken om de meeste kans te hebben om iemand te doden. Carters ervaring was dat een borstwond net zo goed werkte als een schot in het hoofd.

Hij haalde de trekker over.

Hoorde een klik.

Er gebeurde niets.

*Shit.*

Het geweer blokkeerde.

Carter deed de laadhendel omhoog en weer naar achteren om de 7.62 kogel uit te werpen. Hij duwde de hendel naar voren en weer naar beneden om de volgende kogel in de kamer te laden. Keek door het vizier en richtte het geweer opnieuw op Vanns lichaam. Vann was nog altijd naast de vrachtwagen in een verhitte discussie verwikkeld met Ramsey.

Carter haalde trekker over.

Klik.

Hetzelfde resultaat.

Hij vergrendelde het wapen een tweede keer terwijl paniek en verwarring zich door zijn lichaam verspreidden. Carter haalde zijn gezicht weg van het vizier en bekeek de laatste kogel die hij had uitgeworpen. Het slaghoedje aan de onderkant van de kogel was niet geraakt door de slagpin. Het geweer werd dus niet geblokkeerd maar de pin was defect. Er was door iemand mee geknoeid of het ding was gewoon naar de klote. Het maakte niet uit.

De Dragunov was naar z'n grootje.

Carter probeerde te bedenken wat hij kon doen. De Grach was alleen nuttig voor korte afstanden. Hij kon terugrennen naar de G-Wagon en de onderdelen van de M4 uit zijn rugzak halen, maar er was geen tijd om het wapen in elkaar te zetten. En zelfs als dat hem lukte voor het vliegtuig opsteeg, zou de M4 niet erg effectief zijn – niet van een afstand van zeshonderd meter.

Ik kan het wel vergeten, dacht Carter verbitterd. Ik kan die klootzakken nooit meer tegenhouden.

Toen hoorde hij een knal.

# 25

Carter keek op.

Zeshonderd meter verderop lag Vann op de grond naast de atoombom.

Ramsey boog zich over hem heen. Met een pistool in zijn rechterhand.

Carter keek weer door het vizier van de Dragunov en richtte het op Vann. De afstand was te groot om te kunnen zien waar hij was geraakt, maar één blik op zijn roerloze lichaam maakte hem duidelijk dat de Noord-Ier dood was. Waarschijnlijk een schot door het hoofd. Praktisch en efficiënt.

*We hebben onze sporen gewist*, had Ramsey gepocht.

*Niemand zal de atoombommen met ons in verband brengen.*

Het was dwaas van Vann geweest om zijn Amerikaanse partner te vertrouwen. Nu had hij daar de ultieme prijs voor betaald.

Carter keek machteloos toe door zijn vizier hoe Ramsey het pistool weer achter zijn broeksband stopte. Hij pakte de laatste atoombom op aan de schouderriemen, stapte om Vanns levenloze lichaam heen en zeulde het ding naar de vliegtuigtrap. Terwijl hij zich de treden op haastte begon hij naar de piloten te schreeuwen.

*Opschieten, we gaan.*

Carter zag hem in de cabine verdwijnen. Toen werd de vliegtuigtrap ingetrokken, ging de cabinedeur dicht en begonnen de motoren luider te dreunen terwijl de piloten de laatste voorbereidingen troffen om te vertrekken.

Carter keek wanhopig om zich heen.

Het gehuil van de motoren werd steeds harder. Hij had nog maar een paar seconden de tijd voordat het toestel over de landingsbaan zou razen.

*Ik ben al zo ver gekomen. Ik mag niet verliezen. Niet hier.*

*Niet vandaag.*

Zijn blik viel op de oranje sneeuwschuiver. Hij kreeg een idee. De kans was misschien een op de tien dat het zou werken. Maar hij moest het proberen.

Een laatste wanhoopsworp met de dobbelsteen.

Carter sprong overeind. Hij liet de Druganov op het asfalt staan en rende naar de carport zestig meter verderop, met brandende longen van de inspanning.

*Opschieten.*

Hij rukte de deur aan de zijkant van de sneeuwschuiver open en klom in de cabine. De sleutel zat al in het contact. Carter draaide hem naar rechts.

De motor startte niet.

Carter vloekte gefrustreerd. Nog meer defecte apparatuur. Hij begon deze shit persoonlijk op te vatten.

Het geloei van de vliegtuigmotoren was nu oorverdovend.

Hij had nog een paar seconden voor de Learjet vertrok.

Carter draaide de sleutel weer naar de startpositie. Heel even bleef het angstaanjagend stil, maar toen begon de dieselmotor luidruchtig te sputteren en kwam er zwarte rook uit de uitlaat. De motor sloeg pruttelend aan.

*Ik doe weer mee.*

Carter deed zijn gordel om, omdat die straks zijn leven zou kunnen redden. Hij zette de versnelling in zijn één, trapte op het gaspedaal en begon in de richting van de Learjet te rijden, die zich op zeshonderd meter afstand bevond.

Terwijl de sneeuwschuiver aan snelheid won, liet Carter het blad ongeveer een meter van de grond komen door middel van de hydraulische hendel aan de rechterkant van de stoel. Hij zou het blad pas de allerlaatste seconde voordat hij in aanraking kwam met het vliegtuig helemaal omhoog doen. Anders zou hij niet kunnen zien waar hij reed.

De sneeuwschuiver ging steeds sneller rijden terwijl Carter als een bezetene schakelde, en op een gegeven moment ging hij vijftig kilometer per uur. Snel genoeg om de kracht op te wekken die hij nodig zou hebben voor wat hij in gedachten had. Het gegier van de motor overstemde het onophoudelijke geloei van de vliegtuigmotoren. Een paar meter verder reed hij van het platform af, en Carter moest alle zeilen bijzetten om het toestel in bedwang te houden terwijl dat hortend en stotend door het irrigatiekanaal reed dat parallel aan de landingsbaan liep.

Hij was nog vierhonderd meter verwijderd van de Learjet.

Carter kwam met een schok op de landingsbaan terecht. Hij reed er dwars overheen. Hij knalde een verkeersbord omver en toen hij weer opkeek zag hij dat het vliegtuig snelheid maakte.

Je gaat mooi niet aan me ontkomen, vriend, dacht Carter.

Hij maakte een snelle berekening, gebaseerd op snelheid en afstand, en paste de koers zo aan dat het half geheven blad naar een punt op de baan wees dat zich driehonderd meter van de positie van de Learjet bevond. Een grove schatting, maar dat was het beste wat hij kon bereiken onder de huidige omstandigheden. Hij had één kans om het vliegtuig te raken en te voorkomen dat Ramsey opsteeg.

In het noordoosten reed het vliegtuig verder. Het ging nu een stuk sneller en bevond zich tweehonderd meter van Carter. Hij moest voortdurend de richting van de sneeuwschuiver aanpassen om de toename in snelheid te compenseren waarmee het vliegtuig over de baan schoot. Alsof hij op een snel vliegende vogel wilde schieten. Je moest de vogel blijven volgen en een paar meter voor het dier richten voordat je de trekker overhaalde, zodat de vogel tegen de kogel aan vloog. Hier was het principe hetzelfde. Alleen stond er veel meer op het spel.

De grond werd hobbeliger toen Carter de landingsbaan verliet. Honderdvijftig meter tot het doelwit. De piloten moesten hem nu in de gaten hebben gekregen. Het was uitgesloten dat ze hem van deze afstand over het hoofd hadden gezien. Maar ze remden niet af, wat betekende dat ze erop gokten dat ze de sneeuwschuiver voor konden blijven en dat die het vliegtuig niet zou raken. Ze speelden een potje blufpoker, maar dan een heel gevaarlijke variant.

Carter had zichzelf erbij neergelegd dat dit een zelfmoordmissie was. De kans dat hij een frontale botsing met een rijdend vliegtuig zou overleven was vrijwel nul. Maar hij had geen andere opties meer, en zijn tijd en geluk waren ook op. Hij kon kiezen: Ramsey laten ontsnappen en hopen dat iemand anders het probleem later zou oplossen, of hem nu tegenhouden.

Dat was eigenlijk helemaal geen keus.

Carter geloofde er niet in om anderen shit te laten opknappen. Kwestie van persoonlijke verantwoordelijkheid. Wat hem betrof kon je iets goed doen of kon je helemaal niets doen. En dat was net zo erg als het fout doen.

Er hingen levens af van deze confrontatie op de landingsbaan. Als dat betekende dat hij zichzelf moest opofferen, dan was dat maar zo.

Na nog eens vijftig meter stuurde Carter de landingsbaan weer op, waarbij hij door een rij lampen ploegde. Hij bevond zich nu op nog geen veertig meter van het vliegtuig. Dat had nu een snelheid van ruim honderd kilometer per uur bereikt; de piloten gaven plankgas, in een wanhopige poging aan de sneeuwschuiver te ontkomen. Carter corrigeerde zijn koers een laatste keer en zette zich schrap.

Hij dacht niet dat de bommen door de inslag zouden afgaan. Daar zou meer voor nodig zijn dan een harde klap.

Hij hoopte het maar.

In de laatste seconden voor de botsing gaf Carter weer een ruk aan de hydraulische hendel en bracht hij het blad omhoog tot het zich op gelijke hoogte bevond met de neus van de Learjet. Het blad blokkeerde zijn zicht nu volledig, maar dat maakte niet uit. Hij wist dat hij het vliegtuig zou gaan raken. Een botsing was onvermijdelijk.

Hij vroeg zich af of kamikazepiloten zich zo hadden gevoeld in de momenten voor ze zich in een slagschip boorden.

Zijn lichaam spande zich. Carter zette zich schrap.

De sneeuwschuiver ramde de cockpit in een hoek van negentig graden en doorkliefde de neus, wat gepaard ging met het doordringende geluid van verwrongen metaal en gekrijs van motoren.

Carter zag nog net hoe de Learjet om zijn as draaide en op de linkervleugel kantelde. Toen werd hij door de kracht van de botsing naar voren geslingerd. Hij ramde met zijn hoofd tegen het dashboard van de sneeuwschuiver. Even werd het wit voor zijn ogen. Een helse pijn schoot door zijn schedel, en toen begon de wereld te draaien doordat de sneeuwschuiver zwaar naar rechts overhelde. Er klonk een onophoudelijk kabaal van brekend glas, schurend metaal, brandend rubber en het geloei van een beschadigde motor. De cabine trilde hevig en Carter schoot alle kanten op. Hij was ervan overtuigd dat hij ging sterven.

De motor van de sneeuwschuiver sloeg af.

Carter deed zijn ogen open.

Hij realiseerde zich dat hij leefde.

*Hoe is het mogelijk.*

Hij was zich bewust van iets in de lucht. De onmiskenbare geur van kerosine die uit de gescheurde brandstoftanks van de Learjet stroomde. Een seconde later voelde hij verschroeiende hitte door het gebarsten raam van de cabine komen toen het vliegtuig vlam vatte.

Opeens werd Carter gedreven door een soort oerinstinct. Een stem in zijn reptielenbrein schreeuwde boven het gegil van de motoren uit: *Ga de cabine uit. Nu!*

Carter schudde de glasscherven uit zijn haar en reikte naar het deurtje aan de zijkant van de cabine. Dat bevond zich nu boven hem. Hij gooide het vertwijfeld open door het omhoog te duwen, als een bemanningslid dat vastzit in een onderzeeboot en het luik probeert open te krijgen.

De vlammen verspreidden zich snel terwijl Carter uit het voertuig kroop. Hij viel op de grond, krabbelde overeind van het met glas bezaaide asfalt en rende weg van het vliegtuig.

Hij was twintig meter ver toen het toestel met een luid gebrul in brand vloog. De hitte verschroeide zijn nek; hij liep wankelend een paar stappen verder en keek toen even om naar het wrak, dat in lichterlaaie stond.

Abrikooskleurige vlammen verzwolgen de gekantelde Learjet. Er kwam rook uit de vliegtuigromp, die hoog de lucht in golfde. Overal lagen brokstukken. Verwrongen stukken metaal, elektrische draden, verbrijzelde instrumenten. Midden in de ravage zag Carter het zwaar gehavende lichaam van een van de piloten, dat geroosterd werd in de vlammen. Het was door het blad van de sneeuwschuiver gehalveerd.

Carter zag beweging achter het brandende vliegtuig. Hij schermde zijn ogen af tegen de intense hitte en de rook en zag Ramsey weg strompelen. De man droeg een zwarte weekendtas in zijn rechterhand. Hij hield het nog drie, vier meter vol en viel toen neer.

Carter liep langzaam naar de gewonde Amerikaan toe. Met vingers die onder het bloed zaten tastte hij naar de Grach in zijn holster. Hij bleef naast Ramsey staan. Die tilde zijn gezicht van het asfalt en rolde op zijn rug. Toen hij opkeek naar Carter, zag die dat hij er heel slecht aan toe was. Zijn kleren waren verbrand, net als zijn vlees. De linkerkant van zijn gezicht leek wel bewerkt te zijn met een lasbrander.

Ramsey zag in Carters ogen wat hij van plan was. Zijn gezicht, of wat er van over was, werd wit van angst.

'Nee,' bracht hij hijgend uit. 'Nee.'

'Ja,' zei Carter.

Hij zette de loop van de Grach tegen Ramseys met blaren bedekte voorhoofd. Ramseys ogen werden groot van angst. Hij kreunde nog een keer smekend voordat Carter hem door het hoofd schoot.

Carter wendde zich af van de dode Amerikaan. Hij strompelde over de landingsbaan in de richting van de verkeerstoren.

Een miljoen verschillende zenuwuiteinden gloeiden in zijn lichaam. Zijn hoofd voelde aan alsof het met een bijl doormidden was gekliefd. Hij was een paar tanden kwijt. Een kneuzing op een van zijn slapen bonsde pijnlijk.

Ademhalen deed ongelooflijk veel pijn en hij voelde bloed uit een diepe wond op zijn schedel stromen. Maar verder leek hij in orde. Geen ernstige inwendige schade. Niets wat uiteindelijk niet zou genezen.

Hij was er slecht aan toe, maar het had godverdomme veel erger kunnen zijn.

Aan de rand van de landingsbaan bleef hij even staan om nog een keer om te kijken naar Vann. Naar de man die hij ooit had bewonderd en die nu met een gat in zijn hoofd op een vliegveld in Tadzjikistan lag. Ergens verwachtte Carter dat hij de diepere bedoeling van dit alles zou begrijpen. Dat gebeurde echter niet.

De verkeerstoren was zeshonderd meter ver weg, maar het leek wel zes kilometer. Zijn benen waren zwaar van vermoeidheid en alle spieren van zijn lichaam deden vreselijk pijn. Net als aan het einde van de introductieweek. Het kostte hem heel veel wilskracht om de deuropening door te strompelen en de trap naar de controlekamer op te gaan.

Er stond hem nog één ding te doen.

Even vroeg hij zich af wat er zou gebeuren als hij dit aan Six had gemeld. Er zou een verwoede poging worden gedaan om alle sporen te wissen. Dat zou de eerste prioriteit van Vauxhall Bridge zijn. Er zou zo snel mogelijk een opruimploeg naar het vliegveld worden gestuurd. De atoombommen zouden worden geconfisqueerd. Getuigen zouden worden omgekocht om hun mond te houden. De basisbezetting van het vliegveld kon zich opmaken voor een onverwachte bonus.

Als hij terugkwam in Engeland zou er een debriefing plaatsvinden. Six zou alle forensische details van zijn verhaal willen bespreken. De CIA zou er waarschijnlijk niet bij betrokken worden. Die zou het druk genoeg hebben om intern orde op zaken te stellen. Mullins en Ortega, en wie er verder maar betrokken waren geweest bij Ramseys gestoorde complot. Maar de haviken zouden alles wat er was gebeurd in hun voordeel gebruiken. Er zouden een paar moeilijke gesprekken worden gevoerd in het Oval Office. Ongemakkelijke waarheden zouden aan de president worden voorgelegd. Over een paar weken zou het Witte Huis een vloot naar de Zuid-Chinese Zee sturen. Voor een oefening. Er zou diplomatieke toenadering tot China worden gezocht. Er zouden waarschuwingen worden geuit. Niets specifieks, niets agressiefs, maar stevig genoeg om het Chinese regime ervan te overtuigen dat het de Amerikanen ernst was.

*Jullie willen ons echt niet op de proef stellen. Geloof ons, dat is geen goed idee.*

Niemand zou Carter bedanken voor zijn inspanningen. Er zou geen medaille worden uitgereikt, hij zou geen hand krijgen van iemand van het hoofdkwartier. Dat stond als een paal boven water.

Hij kwam boven aan de trap, richtte zijn Grach op de bemanning van de verkeerstoren en zei dat hij een telefoon nodig had. Kennelijk verstond niemand hem. Iedereen staarde alleen maar geschokt en bang naar de bebloede Engelsman. Ten slotte begreep een van hen de boodschap en bracht hem naar een paneel met een toetsenbord, een paar monitors en een IP-telefoon.

Carter pakte de hoorn van de haak en toetste uit zijn hoofd een Brits nummer in. Een nummer in Vauxhall Bridge dat mensen in het veld konden bellen in geval van nood.

De telefoon ging twee keer over. Toen nam een telefoniste op die met een beleefde, zakelijke stem de naam noemde van een generiek databedrijf, een van de dekmantels die Six gebruikte.

'Met wie kan ik u doorverbinden, meneer?'

'Afdeling negentien,' zei Carter.

'Een moment alstublieft.'

Er viel een korte stilte, gevolgd door luide, opgewekte wachtmuziek. Een liedje uit de jaren tachtig. Carter luisterde ernaar terwijl hij door de schuine ramen van de verkeerstoren naar het brandende vliegtuig keek.

Toen nam er iemand op.

'Ja?' vroeg de stem.

'Met Carter. Ze zijn allemaal dood.'

# Epiloog

Hereford, VK

Vier dagen later zat Carter aan het uiteinde van een lange tafel in een raamloze briefingruimte op de basis van het Regiment in Credenhill. Je had verscheidene van zulke vertrekken op het hoofdkwartier van de SAS: kaal, spaarzaam gemeubileerd, verboden voor telefoons of laptops; ideaal voor geheime bijeenkomsten.

Hij was eerder die ochtend door de commandant van het Regiment gesommeerd om naar de basis te komen. Drie dagen na zijn terugkeer in Hereford. Carter had sinds zijn vertrek uit Tadzjikistan zijn tijd doorgebracht met lezen en herstellen van de verwondingen die hij had opgelopen op het vliegveld. Zijn eigen vorm van ontspanning. Er was een eerste briefing geweest op de Britse ambassade in Dushanbe, kort na zijn telefoontje. Maar Carter wist dat er in Engeland vroeg of laat een vervolg zou komen. Dat was onvermijdelijk, gezien de gevoeligheid van de missie. Toen hij gebeld werd met het bevel zich op de basis te melden, wist hij precies wat er aan de hand was.

Er zaten vier mensen voor Carter aan de tafel. Hun gezichten werden fel verlicht door de plafondlampen.

Peter Hardcastle, de bevelvoerend officier van 22 SAS, was een onbuigzame, harde man, een beroepsofficier die Carter minachtte vanwege diens onafhankelijke houding. Het was een publiek geheim dat hij Carter had willen wegsturen bij het Regiment na de bestorming in Mali.

Naast Hardcastle zat een man van eind vijftig met een glad gezicht en priemende blauwe ogen. Eliot Lebrun was een ervaren Six-medewerker, een China-deskundige met een accent dat riekte naar oud geld en Franse aristocratische wortels. Hij maakte deel uit van de dynastie van oud-leerlingen van Eton College die graag mochten denken dat ze nog altijd de lakens uitdeelden bij Six maar die steeds onbelangrijker werden.

Rechts van Lebrun zat nog iemand van Six, Philippa Beck. Ze had donker haar en een muisachtig gezicht. Beck was klein maar pittig, een Noord-Engelse van ergens in de veertig met een voorliefde voor old ale en rugby. Carter mocht haar al sinds de eerste keer dat ze elkaar hadden ontmoet.

De vierde persoon was een mollige kerel in een slecht passend pak en met een grote kale plek op zijn hoofd. James Gregory was een voormalige kolonel van de Grenadier Guards en een van de rijzende sterren bij Buitenlandse Zaken. Hij had een permanente frons op zijn voorhoofd en de rusteloze energie, het grenzeloze ego en de onverbloemde meedogenloosheid van een man die erop gebrand was op een dag minister van Defensie te worden.

Carter had bij eerdere klussen al een paar keer met Gregory, Beck en Lebrun gewerkt. Ze hadden al op hem zitten wachten in de briefingruimte toen hij op de basis arriveerde. Lebrun was het meest aan het woord. Hij begroette Carter met een vriendelijke glimlach en veinsde medeleven over zijn verwondingen. Toen vroeg hij hem zijn verhaal nog één keer te vertellen.

Hardcastle deed geen poging zijn ongenoegen over Carter te verbergen. Het grootste deel van de ontmoeting staarde hij hem dreigend en vol minachting aan.

'... en toen besloot ik de sneeuwschuiver in het vliegtuig te rammen,' zei Carter ter afsluiting van zijn verslag.

‘Een riskante zet, vind je zelf ook niet?’ zei Lebrun. ‘Het had makkelijk slecht voor je kunnen aflopen.’

Carter haalde zijn schouders op. ‘Ik had geen keus. Het was de enige manier die ik kon bedenken om hem niet te laten opstijgen.’

‘Waarom liet je hem niet gaan?’ vroeg Gregory zich hardop af. ‘Je had het staartnummer aan ons kunnen doorgeven, dan hadden onze jongens hem vroeg of laat weten op te sporen. Dat had een hoop minder gedoe opgeleverd, denk je ook niet?’

‘Ik moest iets doen,’ zei Carter. ‘Ik kon het risico niet nemen om hem te laten ontkomen.’

‘Dat klinkt heel logisch,’ zei Beck met haar sterke Lancaster-accent. ‘Er is geen garantie dat we ze op tijd te pakken hadden gekregen. Ramsey had de wapens kunnen verstoppen voordat we ze hadden kunnen vinden.’

Gregory mompelde iets.

‘Ga verder,’ zei Lebrun.

‘Na de crash heb ik Ramsey geëlimineerd. Dat is alles. Ik ben weggelopen en heb jullie gebeld,’ zei Carter.

‘En Vann?’ vroeg Gregory. ‘Ben je bij zijn lichaam wezen kijken?’

Het drong tot Carter door dat de anderen hem strak aanstaarden.

‘Dat was niet nodig,’ antwoordde hij. ‘Ik zag hem vallen. Hij was dood. Ik nam aan dat Ramsey hem door het hoofd had geschoten.’

‘Maar je wist het niet zeker?’

‘Er stond een vliegtuig vol atoombommen in brand,’ zei Carter geïrriteerd. ‘Ik was niet van plan daar heel lang te blijven plakken.’ Hij fronste zijn wenkbrauwen. ‘Wat is er aan de hand? Waarom vragen jullie dit allemaal?’

Lebrun en Beck keken elkaar aan. Gregory hoestte en verschoof ongemakkelijk op zijn stoel. Hardcastle zat met samengevouwen handen boos naar Carter te kijken, alsof hij iets was wat hij van de onderkant van zijn schoen had geschraapt.

‘Nadat je ons hebt gebeld,’ zei Lebrun, ‘heeft de CIA een paar van hun lokale mensen naar het vliegveld gestuurd om dat te vergrendelen. Het moesten de Amerikanen zijn omdat we zelf niemand in het gebied hadden. Zij hebben het vliegtuig en de sneeuwschuiver aangetroffen, in de exacte omstandigheden die je hebt beschreven. Ze hebben Ramsey en de twee piloten gevonden. Maar je maatje was nergens te bekennen.'

Carter schrok zo dat hij achteruitdeinsde. Hij voelde een rilling langs zijn rug lopen. 'Nee.'

'Er wordt ook een tas vol heroïne vermist, als we jouw versie van de gebeurtenissen moeten geloven,' vervolgde Lebrun.

Gregory staarde hem lang en onderzoekend aan. 'Daar weet je zeker niets van, hè?'

'Natuurlijk niet.'

'Maar toch.' De man van Buitenlandse Zaken spreidde zijn handen. 'Het komt allemaal wel heel goed uit. Je vriend verdwijnt op onverklaarbare wijze, samen met de drugs.'

Carter schudde zijn hoofd. 'Ik begrijp het niet. Vann ging neer. Ik zag het gebeuren.'

Lebrun zette een bril met een randloos montuur op en keek in zijn handgeschreven aantekeningen. 'Zullen we even specifiek worden? Je zei dat Vann is gedood door een schot in het hoofd.'

'Dat klopt.'

'Maar dat kun je niet zeker weten, wel? Niet van zeshonderd meter afstand.' Hij keek op van zijn aantekeningen. 'Tenzij je ons een andere verklaring wilt geven?'

Carter keek de Six-man kwaad aan maar wist nog net op zijn tong te bijten.

*Gun ze de voldoening niet. Ze proberen je op de kast te krijgen, dat is alles.*

*Blijf rustig.*

Hardcastle had nog niets gezegd. Nu leunde hij naar voren en wierp Carter een blik toe die zo hard was dat je er stenen mee kon vergruizen.

'Dit is lang niet het enige verontrustende aspect van deze missie, Geordie,' zei hij.

Carter fronste zijn wenkbrauwen. 'Ik weet niet goed wat u bedoelt, baas.'

'Nee?' Hardcastle snoof schamper. 'Ik zal het voor je uitspellen. We hebben een CIA-agent die dood op een landingsbaan in Tadzjikistan ligt, met een schotwond in het hoofd. We hebben twee Amerikaanse piloten die op dezelfde landingsbaan dood zijn aangetroffen. We hebben een zwaar beschadigd privévliegtuig, om nog maar te zwijgen over het lichaam van een voormalige tolk van de Coalitie die van dichtbij door het hoofd blijkt te zijn geschoten. Een van onze waardevolste mensen in Afghanistan. Voor het laatst waargenomen in jouw gezelschap, als ik het goed heb begrepen.'

Carter voelde dat zijn gezicht rood werd van kwaadheid. 'U wilt toch niet suggereren dat ik iets met zijn dood te maken heb, hè? Ik heb jullie al verteld dat Hakimi hem gedood heeft. Ik heb het zelf gezien.'

'Misschien is dat allemaal waar,' zei Lebrun diplomatiek. 'Maar je moet toegeven dat het er niet goed uitziet. Er is een spoor van dood en verwoesting dat je helemaal van Afghanistan naar Tadzjikistan volgt.'

'Ik heb gewoon mijn werk gedaan,' kaatste Carter terug. 'Ik had geen keus.'

'Je werk?' herhaalde Hardcastle geërgerd. 'Je hebt opdracht gekregen om Vann te vinden en hierheen te brengen, Geordie. Nu wordt hij vermist, en je hebt ons een uiterst kleurrijk verhaal op de mouw gespeld over Vann die het verkeerde pad op is gegaan en betrokken is geraakt bij heroïnehandel.'

'Elk woord is waar, baas.' Carter moest zijn best doen om de woede uit zijn stem te houden.

'Doe niet zo belachelijk,' donderde Hardcastle. 'Ik ken David Vann heel goed. Ik ken zijn karakter. Probeer je me wijs te maken dat een uiterst gerespecteerd voormalig lid van de SAS nu een drugssmokkelaar is? Hou je me godverdomme voor een idioot, Geordie?'

Hij staarde Carter aan, bijna alsof hij hem uitdaagde om antwoord te geven. Carter staarde terug naar zijn commandant. En opeens begreep hij wat er gebeurde.

*Ik word er gewoon in geluisd. Ze proberen hun sporen te wissen. Vann gaat gerehabiliteerd worden. Bevel van hogerhand waarschijnlijk.*

*Ze willen geen publiek schandaal.*

'Nou?' beet Hardcastle hem toe.

'Nee, baas.'

'Er is ook de kwestie van de draagbare atoombommen,' bracht Gregory naar voren. 'De, eh, rugzakbommen zoals je ze in je verklaring noemt, als ik het goed heb.'

Carter knikte. 'Ja. Wat is daarmee?'

'Je wilt toch niet in alle ernst beweren dat die dingen bestaan, hè? Dit is een onzinverhaal, man. Pure fantasie. Je reinste complottheorie.'

'Als jullie me niet geloven, vraag het dan maar aan de CIA,' zei Carter. 'Zij zullen de bommen intussen wel verwijderd hebben uit het vliegtuig.'

Gregory streek zijn blauwe stropdas glad en glimlachte afgemeten. 'Dat hebben we al gedaan. Ze hebben ons verzekerd dat dergelijke wapens niet zijn aangetroffen op het vliegveld. We hebben ook contact gehad met enkele Russische contactpersonen om na te gaan of dergelijke bommen tijdens de Koude Oorlog zijn ontwikkeld. Zij hebben op persoonlijke titel gezegd dat ze dat niet kunnen bevestigen. Ze zijn er heel stellig over dat zij ervan zouden weten als de Sovjets daadwerkelijk aan zo'n programma waren begonnen.'

Carter begreep meteen wat er was gebeurd. Zodra er alarm was geslagen, waren de Amerikanen naar het vliegveld gesneld om de bommen weg te halen voordat iemand anders ze in handen kon krijgen. De CIA had de atoombommen ongetwijfeld gedumpt en alleen de opgeschoonde versie van de gebeurtenissen gedeeld met hun vrienden van MI6.

'Jullie kunnen net zoveel bedekken als jullie willen,' zei Carter, 'maar ik weet wat ik heb gezien. Ik weet wat zich in dat vliegtuig bevond. Jullie hoeven niet bang te zijn dat ik mijn mond voorbijpraat. Ik zal niks loslaten.'

'Ik heb werkelijk geen idee waar je het over hebt, ouwe jongen.'

'Zijn er verder nog vragen?' Lebrun keek het vertrek rond. Toen vouwde hij zijn handen en glimlachte Carter geforceerd toe. 'Volgens mij zijn we hier wel zo ongeveer klaar. Je kunt gaan, Carter.'

'En mijn volgende stationering, baas?' vroeg Carter aan zijn commandant. Die keek hem afkeurend aan.

'Je hebt nog twee jaar,' zei Hardcastle. 'Ik was van plan je weer naar het buitenland te sturen om daar je contract uit te dienen, maar nu ik hoor dat je de zoon van een Chileense generaal hebt mishandeld kun je dat mooi op je buik schrijven. Nee, je blijft thuis.'

De commandant had een valse schittering in zijn ogen. De moed zakte Carter in de schoenen. Hij schudde furieus zijn hoofd. 'Wat moet ik dan de komende twee jaar doen?'

'In de kroeg gaan zitten wat mij betreft. Je bezatten en oude oorlogsverhalen ophangen. Je geld uitgeven bij een gokkantoor. Een nieuwe taal leren. Het kan me eerlijk gezegd geen reet schelen wat je gaat doen. Maar je zet nooit meer een voet op de basis. Ik wil je hier niet meer in de buurt hebben, begrepen? Geen appèl, geen onverwachte bezoekjes.'

Carter staarde zijn commandant verbijsterd aan. 'Waarom?'

'Je bent een blok aan ons been,' zei Hardcastle kil. 'We hebben je op een overzichtelijke missie gestuurd om iemand te zoeken en weg te halen en je hebt er een bloedbad van gemaakt. Bovendien heb je doelbewust leugenachtige verklaringen afgelegd in een poging je incompetentie te verhullen door Vann en Ramsey te belasteren. Dat gedrag is volkomen onacceptabel.'

Carter realiseerde zich verbitterd dat dit allemaal deel uitmaakte van de doofpot van Six.

*Ze willen me helemaal weghouden uit Hereford. Mijn reputatie kapotmaken. Ervoor zorgen dat niemand in Hereford nog iets met me te maken wil hebben. Op die manier zetten ze me neer als een verbitterde fantast zonder enige geloofwaardigheid als ik ooit de publiciteit zoek met mijn beweringen.*

*Dit is het einde van mijn carrière bij het Regiment.*

Lebrun zei: 'Nog één ding.'

Carter wendde zich tot de MI6-man en wachtte tot hij verderging. Lebrun keek hem met harde blik aan en glimlachte kil.

'Als ook maar een van deze, eh, buitensporige geruchten ooit in de openbaarheid komt, zullen we je persoonlijk verantwoordelijk houden,' zei hij. 'Dan zullen we de Amerikanen vertellen wie Ramsey heeft gedood. We willen natuurlijk niet dat je beschuldigd wordt van moord, hè?'

# Hallo!

Bedankt dat je *Verstoten* hebt gelezen.

Sinds ik ben begonnen met het schrijven van fictie is de moderne oorlogsvoering enorm veranderd. Tijdens de langdurige conflicten in het Midden-Oosten hebben de mannen van 22 SAS heel wat deuren ingetrapt en elke nacht weer meerdere invallen gedaan om targets gevangen te nemen, waarbij ze nauw samenwerkten met hun Amerikaanse tegenhangers van Delta Force en SEAL Team Six. Nu heeft het Westen te maken met een nieuwe dreiging van autoritaire regimes die de beschikking hebben over een enorme hoeveelheid militaire middelen en die heel bedreven zijn in het verspreiden van desinformatie. Een kernramp is weer tot de mogelijkheden gaan behoren, zoals de recente gebeurtenissen in Oekraïne helaas duidelijk hebben gemaakt.

Een van de redenen die ik had om *Verstoten* te schrijven, is dat ik wilde illustreren welke rol het Regiment zou kunnen spelen in deze nieuwe dynamiek. Ondanks hun verschillen opereren Carter en Vann allebei in het 'grijze gebied' van het slagveld: het trainen van buitenlandse rebellen, de veilige aflevering van wapens in oorlogsgebieden, het verzamelen van geheime informatie over de kracht en strategie van vijandelijke troepen, en het weghalen van sleutelfiguren uit gevaarlijke gebieden. Dit soort werk zal voor de SAS steeds belangrijker worden. Maar het brengt ook nieuwe risico's met zich mee voor de jongens die erbij betrokken zijn. Wat als een soldaat vermist raakt of gevangen wordt genomen? Hoe zou de Britse regering op zo'n situatie reageren? Die vragen brachten me voor het eerst op het idee van *Verstoten*. Uiteindelijk is dit een verhaal over de mogelijke gevolgen die het heeft om soldaten eropuit te sturen om in hun eentje en zonder steun achter vijandelijke linies te opereren.

Als je meer wilt weten over mijn boeken, neem dan eens een kijkje op bit.ly/ChrisRyanClub, waar je lid kunt worden van de Chris Ryan Readers' Club. Lid worden is zo gepiept en er zijn geen kosten aan verbonden. Bonnier Books UK zal je gegevens vertrouwelijk behandelen, en ze zullen nooit worden doorgegeven aan anderen. We zullen je niet bestoken met e-mails – we sturen alleen zo nu en dan nieuws over mijn boeken, en je kunt je uitschrijven wanneer je maar wilt.

En als je zou willen meehelpen om mijn boeken onder een breder publiek bekend te maken, schrijf dan vooral eens een recensie over *Verstoten* op Amazon, Goodreads, op je eigen blog of socialmedia-account of waar dan ook op internet, of breng het ter sprake bij vrienden, familie of een leesclub! Het helpt andere lezers als je je gedachten deelt, en ik geniet er altijd van om te horen wat mensen van mijn boeken vinden.

Nogmaals: bedankt dat je *Verstoten* hebt gelezen.

Hartelijke groet,

Chris Ryan

LEES MEER VAN

## *Chris Ryan*

Het bloedstollende zevende deel in de *Danny Black*-serie

Een reeks gruwelijke moorden vindt plaats in Verenigde Arabische Emiraten, Ghana en de Verenigde Staten. De slachtoffers zijn verbonden met de SAS, de Special Air Service van het Verenigd Koninkrijk. Op de thuisbasis in Hereford realiseert Danny Black zich dat de slachtoffers iets heel specifieks gemeen hebben: ze zijn allen betrokken geweest bij de training van de jonge soldaat Ibrahim Khan.

Khan werkt tegenwoordig als MI6-undercoveragent bij Islamitische Staat. Danny Black besluit hem te zoeken met de hulp van Khans MI6-contactpersoon, die hem naar Damascus leidt. Via de Syrische woestijn komt hij uit in Wales, in de Brecon Beacons. Daar ontdekt Danny dat hij eindelijk zijn gelijke heeft gevonden, zijn dodelijkste vijand – en het is de laatste persoon die hij had verwacht.

Verkrijgbaar als

LEES MEER VAN

*Chris Ryan*

Het Kremlin vergeet nooit. Zes jaar geleden ontvluchtte de hooggeplaatste Russische buitenlandse inlichtingenofficier Nikolai Volkov zijn land, beschuldigd van het verkopen van staatsgeheimen aan MI6. Hij dook onder in het Verenigd Koninkrijk. Negen weken geleden werd Volkov op een bankje in een park gevonden, vergiftigd met zenuwgas. Hij herstelt. Maar nu staat hij voor de ultieme keuze: samenwerken met zijn gezworen vijanden, of de toorn van het moederland onder ogen zien...

Ondertussen worden Porter en Bald door MI6 opgeroepen voor een uiterst gevoelige missie. Hun doelwit: de excentrieke Britse populist Derek Lansbury, van wie vermoed wordt dat hij spioneert voor het Kremlin. MI6 gelooft dat Lansbury iets groots aan het plannen is voor een geheime extreemrechtse bijeenkomst. Bald en Porter moeten hem ten val zien te brengen. Maar hoe dichterbij ze komen, hoe meer ze verstrikt raken in een verbijsterende samenzwering die de gevestigde orde van het Westen omver dreigt te werpen.

Verkrijgbaar als